John Updike

TASTE

I have, alas, no taste—
Talleyrand's; that ally of the marginal;
taste, that arbiter of harmonies
between the draped and the drape
that unfailingly selected, is tricker of
that advocate of the right
betwixt the drawer, the drape, and the draped;
that advocate of the right as it reclines
in its tight-lipped shame to the edge of excess,
beneath the airy heritage of not quite enough.

My first wife had taste, white walls
were her answer
white walls were her answer, and, face to face
to the attic, nothing pleased her, not quite,
but elegance and emptiness,
and a Oriental rug so full
of dust and virtue it made me sneeze,
descended as it was from her ancestors,
exemplary in purity and in the China trade.
Yet she was right, I knew she was right in all things,
and draped herself in cerulean silk
of white print, her arms opulently white.
(perfect as bones?)

I know a man with taste
all live alone on the floor of a saloon
and designs machines that make nothing
but vivid impressions of whirling,
of elegance, dazzle, and flow.
He works in a single room,
has hung his walls with pencil drawings

厄普代克作品

东镇寡妇

John Updike

The Widows of Eastwick

〔美〕约翰·厄普代克 著 黄协安 译

上海译文出版社

图书在版编目(CIP)数据

东镇寡妇/(美)厄普代克(John Updike)著;黄协安译.
—上海:上海译文出版社,2017.8
(厄普代克作品)
书名原文:The Widows of Eastwick
ISBN 978-7-5327-7498-2

Ⅰ.①东… Ⅱ.①厄… ②黄… Ⅲ.①长篇小说-美
国-现代 Ⅳ.①I712.45

中国版本图书馆CIP数据核字(2017)第101136号

东镇寡妇
[美]约翰·厄普代克/著 黄协安/译
策划/冯涛 责任编辑/管舒宁 装帧设计/张志全工作室

上海世纪出版股份有限公司
译文出版社出版
网址:www.yiwen.com.cn
上海世纪出版股份有限公司发行中心发行
200001 上海福建中路193号 www.ewen.co
浙江新华数码印务有限公司印刷

开本 890×1240 1/32 印张 8.25 插页 6 字数 189,000
2017年8月第1版 2017年8月第1次印刷
印数:0,001—5,000册

ISBN 978-7-5327-7498-2/I·4575
定价:65.00元

那时候，他们说，没有一个鬼魂可以出外行走
夜间的空气非常清净，没有一颗星用毒光射人
没有一个神仙用法术迷人，妖巫的符咒也失去了力量
一切都是圣洁而美好的。

《哈姆雷特》
第一场，第一幕

目　录

第一章　女巫再聚

三个女巫离开美好的罗得岛东镇以后，各自利用妖术勾引到的丈夫都没有活多久，在当地引起不少流言，了解她们的邪恶和各种丑闻的人听到这些流言都不会觉得惊讶。恶行终究换不来善果。撒旦也会创造，但他创造的都不是好东西。

亚历山德拉是第一个成为寡妇的。在三个女巫中，她最年长，身材最高大，性格最爽朗。跟很多突然得到解放变成单身的女人一样，她的本能就是要去旅行。在当今这个世界，登机卡越来越薄，航班延误时间越来越长，飞机燃油成本和航空公司破产率不断上升，自杀式恐怖袭击日益猖獗，飞机的金属疲劳不断累积，在这样的世界，旅行的风险不容置疑，但是，相比之下，拥有伴侣的问题更大，摆脱了伴侣之后冒险旅游的冲动十分巨大。吉姆·法兰德是她用一个掏空了的南瓜、一顶牛仔帽和一把从皮卡上刮下来的西部泥土施法招来的，那是七十年代的事情，有一天，她碰巧看到这辆挂着科罗拉多车牌的皮卡停在橡树路上，样子很奇怪，就把手从后挡泥板伸进去抓了一把泥土。可是，结婚之后，她发现他完全离不开陶艺，他整天呆在工作坊里面，只是偶尔会到新墨西哥陶斯去逛陶瓷商店。

在吉姆的概念中，所谓旅行就是开车一个小时左右到南边的圣达菲去，所谓度假就是到某个印第安人保留区去呆一天，例如纳瓦霍人、祖尼人、阿帕切人、阿科马人和普韦布洛人的保留区，不过，他去那里常有另外的目的，就是去看看这些土著美国人的礼品店是否有卖什么陶器，希望在某个印第安人事务局物资供应所捡到一个正宗的黑白几何图案普韦布洛陶罐，最好能碰到黄色底纹红色图案的霍霍坎陶罐。西南地区很多城市的旅游业蒸蒸日上，那里新建了许多博物馆，如果能捡到这种陶罐卖给这些博物馆，肯定能发一笔小财。吉姆很喜欢自己所处的环境，亚历山德拉也很喜欢这样，因为她作为他的妻子，也是他所处环境的一个部分。他保养得很好，到去世之前，他的肚子还是很平，一辈子没有熬过一次夜。她也很喜欢他这样。她甚至也很喜欢他身上的汗臭味和陶土气味，他强壮而灵巧的手上总是残留着陶土的气味，闻起来像乌贼墨。他们是在罗得岛设计学院认识的，算是巧遇吧，当时，单身了很久的她到罗得岛设计学院学习，而他正好来替别的老师上课。她的四个小孩，玛茜、本、琳达和埃里克，现在变成了他的继子女，他们对这个安静甚至于沉默的继父很满意。相比他们的亲生父亲奥斯瓦尔德·斯波福德，这个继父更加容易相处。以前，奥斯在康涅狄格州诺里奇经营着一家小型厨房家具厂，几乎所有时间都花在当地的少年棒球联盟俱乐部和他们工厂的保龄球队上面，对其他人，甚至包括他的孩子们，他都无暇顾及，大家也不大理睬他。

相反，大家都很在乎吉姆·法兰德，尤其是女人和孩子们，都习惯了他的淡定和沉默，然后报以同样的淡定和沉默。他灰色平静的目光，像一把枪在宽檐帽子的阴影下面闪着冷光似的。他头上确实经常戴着宽檐帽子，经常用手指抓的地方，颜色比周边深好多。在制陶的时候，他通常扎着一条褪色的蓝色头巾，防止他的头发碰到在陶轮上转的湿乎乎的陶土。他头发已经花白，但中间还有几绺被阳光晒成金黄色的，他把头发扎在后面，像一条八英寸长的马尾。十几岁的时候，他从马背上摔下来，从此走路一瘸一拐，他一直拒绝让陶轮电动化，所以，在他转动陶轮的时候，陶轮也好像一瘸一拐,不过,在他强健的双手的推动下,一坨泥土不一会就变成了一只漂亮的器皿,经常是细腰宽底。

她是在床上第一次感到他命不久矣。有一次,她还没有到高潮,他就蔫了,如果他再坚持一小会儿,她肯定能到高潮。同时,她也觉得压在她身上的身体肌肉松弛得很明显。平时吉姆穿戴很讲究,下身是尖头香草色靴子配紧臀牛仔裤,上身是色彩鲜艳的双纽扣袖口格子衬衫,看得出他是花花公子出身。可是,最近他经常连续三天穿同一件衬衫。他的下巴也常见白色的胡子,不知道是因为他刮得不仔细,还是眼神不好没看见。随后,他的验血报告出现了不好的数据,他也到医院拍了X光片,在X光片上,即使是外行的人也能看到阴影。面对这些检查结果,他很平静,不为所动。于是,亚历山德拉逼着他脱下脏兮兮的工作服,穿上体面的衣服,然后带着他加入医院的候诊大军。这些人大多是老年夫妻。每次去医院,他们都挺紧张,就像家长带着小孩去参加独奏音乐会似的。她能感受到其他人侧着眼看着他们,都在猜想他们俩到底谁是病人,谁是将死的那个人。这就是她想要的,她不想让人家一眼就看得明白。她带着吉姆去医院,就像妈妈带着孩子第一天去上学似的,好像那是她的荣耀。自从离开东镇以来,他们在陶斯的生活一直遵循着自己的规律,劳伦斯和梅布尔·道奇·卢汉的自由主义精神依然影响着陶斯的艺术崇拜者,这是个残余的部落,他们大多嗜酒成性,迷信所谓的新时代,有些艺术气息但本质上属于工匠,他们的作品定位于商店橱窗,主要面向口袋里钱不多且品位不高的游客,而不是对西南地区艺术情有独钟的收藏家,这些收藏家虽然比较有钱,但苛刻得很。亚历山德拉曾想重操旧业,继续做没有脸没有脚的女公仔"波波",她的波波手感很不错,她会给公仔画上像刺青的外衣。可是,吉姆不知道是因为嫉妒心太强还是艺术理念过于执着,一直不大乐意让她用他的炉子。不管怎么样,这些用牙签或者指甲钳刮一道凹痕作外阴的女公仔属于她的上半生,属于她在罗得岛作为女巫的难以回首的过去。

因为吉姆生病，迫使他们离开安全而充满艺术气息的陶斯，加入嘈杂的人群，流入痛苦的低谷，就像野牛群被赶到悬崖边上，正面临掉下悬崖摔死的危险。从此，她要面对各种人，包括年轻得让人不安的医生，也包括医院里的护士，因为这个病人有男子主义倾向，且情绪十分低落，所以她总是要亲自去找护士，她还要面对同病相怜的病人家属，对于这些人，她平时在街上碰到是会尽量避免接触的，可是在充满消毒水味道的医院通道里，他们却要相互拥抱，含着泪水相互安慰。和这些人的接触，为她与陌生人一起去旅行做了一定的准备。

吉姆走了之后，她每天早上醒来都会怅然若失，像听不到从前的公鸡打鸣似的，每天晚上她也很想念他穿着靴子一瘸一拐从前面进来的脚步声，或者隔着两个房间传来的陶轮转动的声音。他去世三个月后，她报名参加加拿大落基山十日游。她原来是娇生惯养的女人，性格玩世不恭，喜欢穿着男性化的衣服，并以此为骄傲，对于团队旅游这样的行为嗤之以鼻，认为这里面的人都是装腔作势。她觉得在团队旅游中，她每天都要按时起床，到食堂吃团餐，然后才能去看美好的风景，上车后，她要和陌生的身体挨在一起，旁边那个人很可能也是寡妇，身材臃肿，还可能是个话痨，她很困，却又只能强忍着。到了晚上，在宾馆的双人床上，她可能会因为房间里闪着神秘的小红灯，还有很低的噪音，整个晚上翻来覆去睡不着。宾馆的枕头总是很高，填充得太饱满，好不容易睡着一会儿，她会突然因为脖子酸而醒来，怀疑自己到底有没有睡着。她还会发现，旁边的那个枕头也高高地挺着，没有人睡在上面。这时她会认识到，再也不会有人和她睡在同一张床上了。

不过，出生在科罗拉多的她觉得顺着落基山脉向北进入另一个国家是一件有趣的事情，那里的景色十分壮观，绝对比牛逼哄哄的美国更漂亮。她了解到，加拿大有自己的优点：加拿大的机场不会接受人家的贿赂而安装电视机，因此在候机的时候她不用忍受电视机里面的喋喋不休。加拿大人的口音和美国比较相近，不过有一些残余的苏格兰口音。加拿大的公共建筑物一般是灰色的，很庄重，有皇家的气派。加拿大的国家属性含有明显的企业精神，所有省份都用铁路连在一起，连成一串珠子，而不是通过所谓“昭昭天命”联系在一起的，“昭昭天命”只适用于美国人，是美国人首先向西部扩张然后向外国扩张的借口，不知道有多少士兵为此身体残疾甚至丢掉性命。在伊拉克每天都牺牲很多人，如果说有人逃避兵役，那是可以理解的。

另一方面，加拿大酒店和餐馆似乎觉得弗兰克·辛纳屈和纳京高的音乐就是最新潮的背景音乐，也总是有巨型游轮停靠在温哥华，准备驶到沉闷寒冷的阿拉斯加。广阔的冻土带和冰原以及绵延不绝的森林，把加拿大的人口都压缩在北纬 49°以南，整个国家对绿色有本能的保护欲望，甚至把自然当成“宠物”，并以此为噱头激发游客的怀旧感和保护自然的正义感，从而赚取他们口袋里的美元。“回归自然”，谁会反对呢？可是，亚历山德拉觉得那些图腾柱子和驼鹿都很无聊。她觉得被困在了堆满毛绒动物玩具的阁楼上。她作为女巫，自然一直是她的盟友，但她仍然不信任自然，因为自然是一个无情的杀手，行为没有节制而且盲目。

旅游团一共有四十个人，其中没有一个年轻人，有八个是澳大利亚人。他们在温哥华呆了一天，然后在古老又古怪的维多利亚也呆了一天，之后搭乘卧铺列车向北挺进。醒来的时候，他们看到满山黄色的山杨树。在餐车上吃了早餐以后，旅游团为他们安排了一辆观光车，亚历山德拉一开始有些犹豫，最终还是上了观光车，已经在车上坐好了的成双成对的游客挤出笑脸，算是欢迎她加入吧。她挑了一个空座位坐下来，突然意识到，她旁边的座位也是空的，这时，她感觉脸上好像长了个巨大的瘤，整张脸都变了形。

可是，她又意识到，就算在从前，她也不可能说服吉姆参加这样的“历险”。他很讨厌外国，哪怕是美属维尔京群岛，他们结婚后不久，她曾经让他带着她去过那里几次，算是躲避陶斯漫长的冬天，也躲避滑雪季节 522 公路的拥挤交通。他们傍晚时分到达圣托马斯岛，却遇到了下班交通高峰，吉姆开着租来的大众甲壳虫车，一辈子第一次靠左边行驶，更不幸的是，他们被一帮黑人司机包围住，这些人都有种族主义复仇倾向，紧紧地贴着他们的车，只要他们开得不是很顺，就拼命按喇叭。他们沿着一条几乎没有路标的道路开到尽头，总算找到了旅游区，可是，吉姆第一天就被晒伤了，亚历山德拉反复劝他涂防晒霜，可是他总是不屑一顾，还在吃了几个海螺色拉后吐得一塌糊涂。所以，在夫妻口角的时候，甚至是在过了二十五年以后，他总是要提到这件事，说那次他差点死在她的手里。

此时在加拿大，她看不到一条公路，也看不到一辆汽车，只看到一条条铁轨和一个个隧道，火车不断穿越隧道，翻越被金黄色叶子覆盖的山峦。

“那就是罗伯逊峰！”在亚历山德拉背后有一个女人很兴奋地跟她丈夫说。

过道另一边有个澳大利亚人对亚历山德拉说：“前面就是罗伯逊峰。”她是出于好意，可能觉得她孤单一人而且耳朵不好挺可怜的。

在这个人的背后还有一个人说话，那个人不是澳大利亚人，爆发力没有那么足，倒是有点美国南方的口音。那个人给她解释说：“那是加拿大落基山脉的最高峰。”在这时候，周围的所有人都像侦探，好像什么都知道。

“真的？”亚历山德拉问。她觉得这样问显得自己很笨，所以紧接着说：“不是说晚一点才到吗？”

没有人笑，可能是没有听到她说什么吧，或者是以为她在说笑话但又没有觉得好笑。火车拐了一个很大的弯，闪闪发光的山头慢慢落到山杨树后面去。那个山尖的形状很规则，像小孩搭积木搭起来的金字塔，不过是白色的。“有多高？”她大声问。她想引起大家的注意，否则自己像不存在似的。

不过，这次还是没有人搭腔。过了一会儿才有一个澳大利亚人说：“大约四千米高。”

她对米制度量不熟悉，也不想熟悉，她可能跟刚去世的丈夫一样有排外情结。见她有些犹豫，那个南方口音的人好像明白了，所以为她解释说：“大约一万三千英尺吧，太太。”

“天啊!”亚历山德拉说。此时,她开始喜欢上自己的笨。她转过头去看了一眼那个南方人。他又长又瘦,和吉姆一样,脸也是瘦瘦长长,有很深的皱纹,八字胡很长,垂了下来。他穿着紧身褪了色的蓝色牛仔裤和长袖红色格子衬衫,也让她想起吉姆。“谢谢你,”她说。她说得很热情,她没想到自己会这么热情。这个人表情上有淡淡的伤感,可能是个鳏夫吧。也有可能他的妻子行动比较慢,还在观光车上,他正等着她。

“罗伯逊峰不在我们的行程里面,”坐在亚历山德拉背后的一个太太悄悄地在她耳边说。“那是另一个国家公园,不属于贾斯珀国家公园。”

“我确实没有做功课,”亚历山德拉侧着头说。她有些不好意思,但同时心里闪过一丝恨意,从前喜欢用巫术的时候,她比较容易发火,经常有这种恨意,不过,到了这个年纪,这种情绪早就消失殆尽了。让她生恨的是,这个女人很普通,她说话的声音听起来,她应该是个泼妇,但她居然有个还活着的丈夫,而她亚历山德拉却没有,只能让这么多陌生人包围,尽管这些人还算善良。

“我也不喜欢做功课,”一个澳大利亚男人安慰她说。“边走边学吧。一般都是我老婆事先看书。”

“我还要管各种票和护照呢,你这个懒虫,”他的老婆说。他的老婆也就是刚才那个太太,虽然是在抱怨,却还挺亲昵,可能他们在家里天天如此吧。

加拿大国家铁路是由政府建造维护的,所以加拿大的火车开得比美国火车更平稳。火车继续向北前进。罗伯逊峰再次出现在树林上方,不过,此时白色的山头出现了黑色的条纹,整个山头像被雕刻成了燧石武器。深蓝色的天空压着山尖,直到整座山又落到黄色树叶后面。“这里说,”那个澳大利亚太太拿着一本旅行指南大声朗读,“一九一三年首次有人爬上顶峰,那是一个澳大利亚人,名字叫做凯恩。书里还说,让外国人率先爬上国内山脉的顶峰,加拿大人很不高兴。他们气得红色的鼻子都歪了。”

亚历山德拉叹了一口气,闭上眼睛,她不想再听她说下去,也希望因此让大家别再把注意力放在她的身上。她身材魁梧，披着栗棕色头发，年轻的时候，人们注意到她，她会感到很开心，不过现在她已经老了，头发花白，又是个寡妇，让人家看着她，她倒觉得尴尬。“凯恩，”她想，“不会是《圣经》里的该隐吧？”该隐是《圣经》里犯了最大错误的人，他的错比夏娃吃禁果更大，他杀了自己的弟弟亚伯。三十年前，亚历山德拉和另两个女巫苏吉与简一起杀了珍妮·盖布利尔，尽管死亡证明上注明死因是卵巢恶性肿瘤。亚历山德拉一直清晰地记着她们的符咒，即使她睁着眼睛，她也似乎能看到那个符咒。这个符咒一直让她不得安宁，在白天可能和藏在地里的虫一样不容易发觉，但到了夜里，那个符咒会在她的梦里不断膨胀，变成一条蟒蛇张大嘴准备把她生吞下去。在梦里，她一次次回到那个疯狂的岁月，达里尔·范霍恩没有从她们三个女巫中挑选一个做老婆，而是选了一个更年轻的女人，她其实是个很漂亮的女孩，皮肤和象牙一样白，长着一双冰蓝色眼睛，她很单纯，三个女巫都觉得她很傻。珍妮如果不是很傻很单纯，如果她和她们一样坏，她们就不会怀恨在心，会觉得她是在公平竞争中打败她们和那个男人结婚的，况且，后来她们发现，那个男人其实并不喜欢女人，甚至也不富有。一切都是她们自己的想象，她们按照自己的需要把他想象成理想中的男人。在梦里，亚历山德拉经常到草丛里去寻找那个符咒，那个地方是个沼泽，泥很软，很容易陷进去，她要找的符咒是一个用箔纸包起来的小公仔，如果找到那个公仔，珍妮的下场就可以逆转。她一直没有找到，只是偶尔会梦到她发现一个高尔夫球，因为长时间浸泡，有一半被自然界里的化学物质染成了棕色。有时候，她还会梦到自己发现一具尸骨，是一个婴儿，应该是饥寒交迫而死的，就在这时她会突然惊醒，然后会想起自己的那些孩子，觉得自己没有很好照顾他们，觉得很愧疚，尽管四个孩子都没有冻死或者饿死，而是健健康康地活着，只是都住在很远的地方，住在不同的州，也各自有了自己的小孩，作为中年人的他们，也各有自己的烦恼。他们用不着她帮忙，也不会受她所害，她的一切罪恶，都够不着他们。但是，她的罪恶让她频繁从梦里惊醒。吉姆在她身边躺了三十几年,他抽了不少香烟,在她身边呼出来的气息都有焦油味,身上还有一股很浓的男人臭味,在整个卧室里都闻得到,但是,她也能感受到他的温暖。她醒来的时候,她会看到月光从窗户射进来,在地上洒下一片阴影。他给她创造了家的感觉,她从梦中惊醒之后,就有一种温馨的安全感,帮她消除毫无来由的恐惧。好多年来,她备受负罪感的折磨,成天担惊受怕,好像看到密封的船舱正在渗水。在她的记忆中,当时的情形有点乱,但有些事情还是很明白,她希望消除符咒,但终究没有实现,她的灵魂一直悬浮在空中,被罪恶感包围着,像一个胚胎泡在福尔马林溶液中。

随着她睁大眼睛,瞳孔接受了卧室里的光线,她意识到刚才的种种情景都已经过去了。珍妮·盖布利尔已经死了,很可能就是她梦中的那具尸骨,躺在她身边打呼噜的男人是她的男人,她的丈夫,他是爱她的,不过有些心不在焉,他的爱首先给予那些瓶瓶罐罐,给予它们柔软的嘴和柔韧的腰,剩下的才给她。男人的爱和女人的不一样,他们身体里面没有专门的器官。逃离东镇之后,她决心要做个好妻子,要对这个丈夫好,比对可怜的奥斯更好。在结婚后的几年,吉姆还没有完全适应,经常在外面喝得醉醺醺地回来,她只要问他是否在外面有女人,他就露出得意洋洋的表情,她压住了怒火,因为她以前就体验过占有欲的毒害。后来,他在外面鬼混的次数越来越少,他也知道她很努力去原谅他,对她而言这已经很不容易了,所以尽管不大情愿,但行为检点了不少,算是对她的回报和尊重。

这几天,她又常梦回东镇,但是,等她从梦里惊醒,吉姆的瘦长身体却已经不在床上,她醒来之后看到的现实是,她就一个人住在一间旅馆房间里面,老式的超大号内衣挂在浴室的绳子上晾干。房间的角落有红色的小灯在闪烁,像小龙在向她眨眼睛,但她看不懂小龙想干什么。那是消防设备吧,她猜想。也有可能是没有电的电池。也许是应急指示灯吧。她看了镜子,发现自己穿着睡衣就像一团白雾,她的身体散发着甜甜但又有些陈腐的气味，和烧花菜的气味或者油毡布背面的气味一样，小时候站在奶奶身边，也能闻到这样的气味。“红色的鼻子都歪了，”那个澳大利亚婊子就是这么说的。

旅游团坐大巴士向南前进，从贾斯珀来到了卡尔加里，途中在好几个旅游区的旅馆过了夜，这些旅游区的旅馆都很旧但很大，体现了加拿大的雄心壮志，也充分展现了苏格兰人的传统工艺。亚历山德拉看着那个南方口音的瘦长男人。他们俩是这个旅游团里仅有的两个落单游客，到景点看风景的时候，包括在险要的峡谷，他们会不由自主地走到一起，吃饭的时候也会凑到同一张桌子，尽管不管是哪张桌子，总是有别人坐在一起。有一对来自亚洲的夫妻常和他们坐在同一张桌子，男的是中国台湾人，女的是马来人，两个人都很健谈，但大家听不大懂他们说什么，那些美国人很少和他们在一起，这些人可能感受到亚历山德拉身上有些神秘气息，同时，这些人庸俗的思想和粗俗的语言也让她厌恶，他们可能猜到了这一点。那八个澳大利亚人也不大乐意跟他们在同一张桌子吃饭，这些澳大利亚人长相都不错，好像很有钱，对自己生活在“南方”十分自豪。他们沿着落基山一路向南大吃大喝，完了之后他们准备到得克萨斯吃牛排看马术表演，接着到新英格兰去赏叶吃龙虾。亚历山德拉跟一对澳大利亚夫妻说：“可是，赏叶季节可能要过去了。”那对夫妻除了男女性别特征之外，外形没有多大差别，都很强悍。

“总还有一两片吧，”那个男的很爽朗地说。“我们到时再看看。”

“我们的旅游指南说，”他的老婆说，“赏叶季节要到十一月中旬才结束。其实，我们最想看的是那些乡村草坪，很漂亮，还有那些白色的清教徒教堂。”

“过了这么些年，很多已经烧掉了。”亚历山德拉对他们说。她对自己说这句话的力量感到吃惊。“后来换成了钢框架玻璃房子，有些是预制框架，很丑很粗劣。有些根本没有再建起来。新英格兰的宗教热情不如其他地方高涨。”

那两张脸一下子变得木然，显得十分失望，他们转过身去，于是，有些后悔的亚历山德拉在他们的背后安慰说，“那里还是很好玩的。一定要尝尝炒蛤蜊。”

那对亚洲夫妻的胃口也让她大开眼界。他们虽然个子不大，很苗条，但他们在吃自助早餐的时候，盘子上堆了大量的香肠、烙饼和说不出名字的东方美食（亚洲是加拿大隔着太平洋的近邻，加拿大对亚洲很在乎），他们的嘴唇油光闪亮。他们拍了一卷又一卷的胶卷，每到一个地方下车，不管是让游客到山上自由行动，还是刻意安排的购物，他们都不会错过。在贾斯珀，亚历山德拉曾一个人勇敢地沿着旅馆对面的小湖散步，拐了一个弯就走到了一个高尔夫球场，草地修剪得很整齐，但没有人在打球。那里有些神秘，但她看见了那对亚洲夫妻，刚看到他们的时候，因为距离比较远，所以影子很小。他们看到她就很高兴地走过来，一边喊着她听不懂的话。“迷了！迷了！”

他们走近之后，那个英语说得比较清楚的马来女人说：“那边很不好走，我们走错了。我们碰到一个工人，他跟我们说，这是私人高尔夫球场。他不是很客气。他说我们想要绕湖散步，就要走土路。”

“你也迷了吗？”那个男的笑着说。他好像有些得意。

亚历山德拉的脸不由自主地红了，她感觉自己在这两个天不怕地不怕的人身边，就像是个胆小的傻大个。于是，他们三人漫步走回到空无一人的球道，果岭草上还沾着露水，看起来有些灰白，没有那么绿，沙坑很深，里面没有一个脚印，他们经过一个最近刚割过的高尔夫球梯台，标志是被水磨光的石头，那是从湖里面捞出来的，涂了各种不同的颜色标明不同的功能。

他们被人家从这个人工草场上赶出来，又回到没有任何标志的土路上，亚历山德拉向右转，那对夫妻匆忙向左转，各自回到自己的住所，他们要坐巴士然后坐有轨电车，到几英里外的地方去看一个很出名的景点。她一个人走着，开始琢磨起所谓“生活的胃口”，她觉得相对而言自己比较缺乏这种胃口，她偶尔会觉得生活很乏味，提不起精神，她想这是不是生病的征兆。她一直很害怕自己得癌症，癌细胞似乎已经在她的体内挣扎了七十多年，流转于她的静脉里面，而且疯狂地繁殖着。

公路逐渐变成了林间小道，两边有白云杉、道格拉斯冷杉、白桦树和山杨树，还有各种叫不出名字的矮树，这些树都被一片密密麻麻的海滩松遮住了阳光，这些海滩松很高很直，不仅遮住了其他树木的阳光，自己也被自己的阴影所笼罩，有些树枝已经腐烂掉落到湖里，阳光从这些缝隙稀稀疏疏地照到了地上。有几个女孩喘着粗气从她身边跑过去，她还遇到同个旅游团里的一对夫妻，他们应该是魁北克人，比她年纪还大，他们绕这湖按顺时针的方向走，和她刚好相反。她一个人行走了很长一段路。那对研究过旅游指南的夫妻可能知道，如果碰到灰熊，千万不能动，而如果是碰到棕熊，棕熊个头小一些，背部不鼓起来，那就必须拼命打，要比它更凶悍。亚历山德拉侧耳倾听，但没听到任何野生动物的声响，连一只鸟都没有。她看到湖水在闪闪发光，光线挺柔和，湖面上映着山杨树摇曳的金黄色影子。在湖的对面，从树梢上方看过去，可以看到落基山，山上没有树木，而是鸽灰色的，很好看，是加拿大低调的国民性格在地质方面的表现。山是石灰岩堆起来的，来源是所谓“海量”的海生贝壳动物。这个旅游团的导游海蒂很热情，让人感觉精力充沛，从前是空姐，她解释说，在十五亿年前，这个地区还位于现在北美洲西面的大海里面，是北美大陆板块的边界。中生代河流的沉积物在这里不断累积，不断受到挤压，变得和石头一样坚硬，随后在大约两亿年前，大陆板块漂移方向发生变化，把这个沉积带拱起来、折断，逐渐堆成了一柱柱山峰，然后，这些山峰遭遇风蚀和冰川冲刷，就变成峻峭的山尖。大陆板块漂移方向变化，以及石头带像彩带面条在锅里烧了之后拱起来，这种事与传统的宗教信仰格格不入，但在当代社会中几乎每个人都能接受。证明这是客观真理的证据不断出土，例如那些还栩栩如生的贝壳，当然，这些小生物在有生之年和她一样无足轻重。亚历山德拉和大自然的关系一度让她自己感到困惑，她依赖于大自然，从大自然吸取知识，她自己就是大自然的一部分，但是，她在内心深处又有些害怕和憎恨大自然。

她又一个人孤零零地走了一会儿，然后迎面碰到一个人，那个人走得很缓慢，个头很大，刚看到这个影子的时候，她心扑扑地跳，希望是碰到了灰熊，而不是棕熊，她目前还能保持一动不动，她年老体衰，和棕熊拼命打是不可能的事。接着，这个影子变成了一个身材高大的男人，就是那个留着长胡子的南方人，他穿着一件长袖蓝色格子衬衫，他的名字叫做威拉德·麦克休，是田纳西州的纳什维尔人。他已经跟她介绍过自己。可是现在，他似乎着急着赶路，只是对她点点头表示致意，然后接着快步向前走。

她也没有停下来的意思。他们并没有彻底与世隔绝，可能觉得有些不合适，他很腼腆，她也是。大自然已经烧光了他们的激情。海蒂曾经说过，海滩松果被松脂包裹着，需要火烧才能把松果打开。大自然居然这么纵容暴力，让人感到吃惊。大自然喜欢暴力，也需要暴力，可是，七十年来，加拿大国家公园一直平平安安，没有发生大火，所以，国家公园的管理当局竟然主动放了几把火，目的是促进自然重生，提高生物多样性。关于多样性，我们为什么都觉得多样性好？这个社会不是容不下异端吗？

因为心里一直在琢磨着这些东西，也想到了她之所以参加这次旅游，是因为吉姆死掉了，所以，亚历山德拉找不到那条穿过停车场走到旅馆的近路，于是，她只好绕了很长的路，沿着弯弯曲曲的湖边走，那里有不少野餐桌子和垃圾桶，这些垃圾桶是提醒人们不要污染环境的标志，敦促着人们要善待大自然。她好不容易回到旅馆，因为恐慌和快走，她出了很多汗，所以她要再冲一次澡，然后准备去吃午饭。

第二天上午大约十一点，她站在冰冷的阿萨巴斯卡冰川前，再次面对大自然。他们的行程是向南去路易斯湖，巴士按计划在这里停歇。哥伦比亚冰原位于大陆分水岭的几个山峰之间，沿着山谷延伸很长，阿萨巴斯卡冰川是从高速公路最容易进去的冰川。把游客带上冰川的交通工具是所谓的“雪上巴士”，雪上巴士轮子很宽，司机都是年轻人，雪上巴士载着游客从陡坡下到冰谷去，那个陡坡简直就是一个悬崖，开车的那个男孩用麦克风跟大家说，那是世界上汽车能开的最陡的坡道。亚历山德拉和其他游客很自然地在座位上一会儿站起来，一会儿坐下去，都很迫切地想看到奇幻的景象。她预期看到的是洁白的世界，所谓冰清玉洁，但是，那个冰川和城市街道一样肮脏，唯一的区别就是冰上很滑，脚站不稳。冰上真的很脏，好像是许多人在上面吐了痰，地上还有很多凹槽。踩在光滑的冰上，脚下可以听到汩汩的声音。虽然夏天已经过去了，但是冰还在融化，所以脚下很危险，一不小心就会塌下去。她不知道作为老太太是什么感觉，这很正常，人是逐渐变老的，但她知道她不能摔跤，不能摔断髋骨。好多年前，她曾经看到一个男陪舞者接受电视采访，他说起他的主顾：“一旦他们摔倒折了髋骨，他们以后也许会回到舞厅，但他们只是为了舞伴，为了寻找记忆，他们永远不会再跳舞。”刚结婚的时候，她和吉姆不常跳舞，只是偶尔周末跳跳方形舞。她很喜欢跳方形舞的套路，跳舞的人穿梭交织，相互碰手，和女巫聚会的时候一样，但是，新墨西哥的女人发型蓬松，喜欢穿像气球一样的裙子，男人喜欢穿双色靴子，常系挂着玉或绿松石装饰片的波洛领带，听小提琴演奏的时候十分专注，甚至皱起眉头，后来，她对这些人和东西都很反感。这些人都是银行家和饲料商人，他们打扮成牧场的工人，像资产阶级在演拙劣的戏。吉姆跳了一次舞，他的瘸腿会疼痛好几天。所以，他们放弃了方形舞。放弃东西符合亚历山德拉的脾性，引发了她作为女巫的本能。生活中总有那些乱七八糟的东西，华而不实。人活着就是要管吃喝，管繁衍后代，很多东西都是多余的。癌症也是多余的。

这时，开车的那个男孩像在背书似的说：“大家伙儿，我们这些车叫做雪上巴士，每辆价值十万美元。大家放心，我们有一半的概率能安然无恙地回来。”车上的每个人几乎都笑了起来，笑声中透着紧张。车像掉下悬崖般地开下陡坡，接着，汽车在冰川的冰面上蹦蹦跳跳地开着，旁边还有几辆雪上巴士。司机又对着麦克风说：“大家都可能会问，冰为什么那么脏？好吧，冰川是由积雪形成的，在这里面，原来几米厚的雪压缩成了一两厘米厚的冰。你们可能已经都了解，每一片雪花和每一滴雨水要在空中形成，没有灰尘颗粒是不可能的。雪融化了，但灰尘留在这里。”

亚历山德拉了解吗？雪花和雨水的形成都需要灰尘颗粒吗？天空中有足够的颗粒吗？空中要是没有了颗粒，会有什么后果吗？这就是晚上压得她胸闷的加拿大的气压？如果这世上的东西，包括积雪、沉积物和石头都在压缩，那么，这个世界岂不是会逐渐变重、变小，最终变成一个黑洞？她曾经问过吉姆类似的问题，不过吉姆从来没有嘲笑过她，而是每一次都很耐心地替她解答。男人虽然有时情绪也很激动，但对因果关系的感觉一般都比女人好，也都希望表现得有理智。女人都喜欢理智的男人。她环顾四周寻找那个瘦瘦长长的纳什维尔人，但是这辆车上坐了好多陌生人，周围的面孔都是新的，在车外冰川的映衬下，这些面孔都很暗淡，看起来像《第三类接触》里的外星人。车在上坡，她看到前方有一座山，像一堵巨大的墙壁，也像一道冰冻的瀑布。对于冰川上的游客，他们的本能就是向那里走过去，就像鱼群奋力游向上游，但又不知道为什么。大家一直走到一排红灯前面，那是让游客止步的标志。游客就在那里来来回回、小心翼翼地走着。冰上的黑斑看得更清楚，的确是聚集的灰尘。其他团队的日本人聚集在一起照相。

那对亚洲夫妇微笑着走向亚历山德拉，说要和她合影。“反光太厉害了，”那个女的指着相机好像很专业地说。

“脚下好冷啊！”她的丈夫指着地上笑着说。

亚历山德拉和第一个人合了影，然后跟另一个合影。因为他们身材比较紧凑，重心比较低，她搂着他们的时候感觉自己的身子更稳，她刚才差点失去平衡。在他们的左边有一条长长的沟，沟里面流着融化的雪水，雪水不断冲刷着冰面，沟越来越深，弯弯曲曲地流入一个看起来让人害怕的洞里面，洞里面看起来是淡绿色的。如果她发神经再往前走几步，她就会滑到这条沟里面去，这里没有人有力气把她捞出来。这就是人们一般不会单独外出旅行的原因，就是为了预防发神经。不过，结伴而行的时候，我们会不由自主地关注生活的琐事。我们每个人都走在社会悬在沟壑上方的临时索桥上，而下面的沟壑深不见底。

游客都准时回到雪上巴士，可是，他们却遭到那个开车的男孩的嘲笑，他说他们都怕死。“好吧，大家伙儿，我们马上就试试能不能爬上那个陡坡。我说过，爬上去的概率是百分之五十。你们要是想帮我，就屏住呼吸，想象自己很轻，身轻如燕。”好笑的是，车上的所有人，包括亚历山德拉在内，都傻傻地很夸张地吸了一口气，直到雪上巴士成功爬上了陡坡，晃晃荡荡地开进铺着鹅卵石的泥泞停车场，才把这口气呼出去。“大家伙儿，我们成功了，”开车的男孩用接近美国的口音宣布。“等会儿你们要向右看，隔着冰原大道，你们可以看到远处有一座小石碑，那是一八七〇年的阿萨巴斯卡冰川边界，至今已经退缩了一点六公里。南边来的朋友可能不熟悉米制度量，一点六公里差不多相当于一英里。先生们，女士们，你们再过一百三十年来这里，如果能找到一个雪球，那就算是幸运的。”

亚历山德拉眼前似乎出现了没有冰川的世界的景象：所有山坡上都裸露着石头，所有山谷都千疮百孔，所有沿海城市都被海水所淹没，加拿大北边的苔原种上了小麦，美国中西部变成了沙漠，原来的农场道路像是雕刻在沙漠上的线条。

在路易斯湖那个宾馆的大堂里面挂着本地区二十世纪初的景色照片，就在那时，加拿大太平洋宾馆从原木小屋变成了维多利亚式的别墅，可以容纳几百上千个客人。照片是在宾馆门口的台阶上拍的，景色是湖对面维多利亚山上的冰川，现在的冰川只是当时的一小部分，像是啃剩下的面包屑。亚历山德拉发现，她不能像在贾斯珀一样绕湖环行，她沿着这个湖走了一英里左右，就被乱石和倒伏的树木给挡住了，她可以沿着一条小路向上走，走到一座温馨的茶室，然后走到风景如画的“镜湖”，她也可以往回走到别墅区。广告说这个地方有海狸，所以她一边往回走，一边留意，但她最终还是没有见到。一路上有许多住在同一个宾馆的客人，有小孩子，也有坐在轮椅上的人。就在黄昏薄暮中，那个纳什维尔人悄悄从后面赶到她身边，然后放慢脚步和她并肩同步走，把她吓了一大跳。“该来的总算来了，”她想。可是，她说不清楚到底什么是“该来的”。她知道，不管是谁被人家盯上，自己都会意识到的。两个人头顶上的光环震动频率一致，他们就会碰到一起。

威拉德问：“你觉不觉得湖水很蓝？虽然天已经昏暗下来，还是很漂亮吧！”他的南方口音很甜，很客气，像失败者的哀乐。

“是的，”她小心翼翼地回道。“不过好像所有冰川湖泊都是这个颜色的吧。海蒂在车上解释过原因，但我没听懂。”海蒂喜欢对着那个小麦克风叽叽喳喳，好像在飞机上哄乘客睡觉似的。

“冰川在移动的过程中会刮下岩粉。”威拉德帮她解释，“岩粉是很细的矿物颗粒。”那个“细”字拉得很长。

他迂腐的占有欲使她焦躁不安，她觉得有必要跟他争论。“我还是不大能够明白，”她对他说。“我的意思是，为什么岩粉会让湖水变蓝？我们昨天看到的冰川，我看不出它在动呀，看起来是一动不动。”

他没有马上回答，而是静静地思考着，也像是被驳倒了。“移动的速度非常缓慢，”他最终给出这样的答案。

“我知道，”她表示同意。然后，她加快了步伐，和他并肩前行。过了一会儿，她大叫了一声，把两个人都吓得不轻。她以为她看到了一只海狸，可是她再仔细一看，发现那是一块翻过来的草皮，因为背后蓝色湖水反光，不容易看清楚。

“怎么了？”他问。他语气很柔和，虽然他也被吓到了。

“没什么。抱歉。我以为看到了海狸。旅游指南说这里有海狸。说有很多。”

“在某些季节应该有，我相信。”他说话很平缓，很客气，让她受不了。他可能感受到了她的心情，于是他问：“亚历山德拉，我们一路过来，最让你印象深刻的是什么？”

这个问题不好回答。在整个旅途中，她一直最在意的是身边的空位。吉姆的缺席在她身边形成一块透明的盾牌，挡住了她的视线，好像沙拉台上的食物透明罩似的。“威拉德，我想，”她学着威拉德，用很小心翼翼的口气说，“应该是我们昨天刚从阿萨巴斯卡冰川出来就在高速公路旁边看到的那些麋鹿吧，它们的角真大，简直难以形容，海蒂说像耙子。耙子太长，一直伸到背后，把它们的头向后面拽，快要把它们的脖子拗断了。”她一改先前的矜持，这时她的舌头像在玩把戏似的，夸夸其谈，这也许可算是巫术吧。他没说什么，于是她接着说：“它们就用这些耙子赶走其他麋鹿，保护自己的后院和女眷。海蒂说，一只厉害的麋鹿可能拥有一百只雌性伴侣。”男人的沉默总是女人夸夸其谈的动力。

麋鹿怎么操得了那么多雌性伴侣？谈到这个话题，海蒂十分兴奋，脸上出现了酒窝，亚历山德拉和另一个寡妇坐在巴士的中间位置，她们也看得见那个酒窝的阴影。海蒂利用空姐的职业素养，用平缓的语调接着描绘麋鹿战斗和为雌性伴侣服务的详细情景，她还说麋鹿老了之后会被抛弃，到了寒冬腊月，没有力气捕食，就得饿死冻死，死了之后，年轻的麋鹿就在后院的旁边先窥视着，然后伺机占领后院和女眷。老麋鹿之死，是大自然不断繁衍的需要。

亚历山德拉的思绪，包括表达出来的和没有表达出来的，带动了她的同伴。这时，威拉德·麦克休突如其来地说：“亚历山德拉，我听说你最近有伤心事。”他先是知道了她的姓名，现在又听说了她的伤心事，这个人表面这么一本正经，但没想到他的耳朵却那么长，那么喜欢打听。

“我什么伤心事？”

“听说你丈夫刚刚去世。是你的一个女性朋友悄悄告诉我的。”

谁是我的女性朋友？亚历山德拉努力回忆，在这个旅游团里面无聊透顶、营养过剩的所有人中间，自己跟谁说过话？她一直努力躲着不跟任何人说话，那些女人都感受到她身上有一种拒人千里之外的冷漠，这是巨大的负能量，能瓦解社会关系，这也是女巫对常规、温顺的社会秩序的嘲弄。“没错，吉姆三个月前去世了。”

“节哀吧，亚历山德拉。”

“谢谢，威拉德。”

他明显还有话说，可是，她的致谢打断了他的话茬。过了一小会儿，他用平滑、有些伤感的声音接着说：“你的心情我感同身受。我的伴去年也走了。我们在一起三十七年。”

他的“伴”！这种称呼很新鲜，很管用，不带没用的情感。威拉德就是这种人。她曾经被人家玩过。她既觉得宽慰又恼火。这家伙在浪费她的时间。不过，她的时间越来越没有价值了，她是个老太太，已经绝经，对大自然已经没有用处，就宗教而言，她也过了《圣经》里七十年期限。“这年头很长啊，”亚历山德拉说。她的潜台词是，现在的人变换同伴如换衣服，说什么忠诚都是假话，哪个人看到更年轻的不动心？

“他肯定是个极好的人。”这个打破了她的孤独感的人很笃定地说。他本要接着详细描绘他是如何地好，可是亚历山德拉说：“我完全同意。谢谢你的陪伴，威拉德。天黑了，宾馆的灯光好温馨啊，对不对？”

“我们要不要进去一起喝口酒？”

到这个分上，他已经攒够了勇气。“谢谢你，威拉德，”她说。“你是个好人，但我想我得在吃晚饭之前躺一会儿。旅途上我一直睡不大好，比原先想得更累。可能有海拔的原因吧，也可能是上上下下太折腾。这么多好景色应接不暇！”她知道她的拒绝伤到了他，她一口气说了很多理由，希望能抚平他的伤口。于是，她紧接着又说：“接下去可能不会更轻松。海蒂说，明天我们必须天不亮就起床，去维多利亚山看日出。她肯定以为我们都是童子鸡。我可能不去了。”

可是，她食言了。她让前台在五点半叫早。刺耳的电话铃声响起的时候，她还在做梦，她又梦回到东镇，那是个迷雾重重的早晨，窗户玻璃上挂着海雾凝结成的水珠，孩子们已经去上学了，她正在做家务活，焦急地等着乔·马里诺给她打电话。在梦里，他给她送来了一只鸡，是一只活鸡，用硬硬的粉红条纹包装纸包着。她嘴上表示感谢，但其实心里很懊恼：她不知道该怎么处理这只鸡。即使她能鼓足勇气拧断鸡脖子，也不知道该怎么拔毛。乔到底想干什么？是不是中产阶级的负疚感在作祟？真滑稽！男人操女人是很正常的，干吗还要来这一套？那只鸡的头露在包装纸外面，睁着愤怒的大眼睛，把她吓呆了。这时，从鸡的喉咙里发出一阵很刺耳、很恐怖的声音，她再仔细一听，她听明白了，那是叫早电话的铃声。她的梦也就醒了。这是她的机会，今天不去，她就再也见不到路易斯湖了。

她赶紧穿上衣服，没有冲澡，迷迷糊糊地冲到黑暗中去，当时已经有很多游客站在宾馆前面的台阶上，旁边有一条小路从宾馆通往湖边，小路的两侧是高高的树篱。这就像欧洲某些城市的广场，早起的游客可以看到很多人匆匆忙忙穿过广场去上班，他们大都在宫殿、教堂、博物馆和高档餐馆里工作，因此游客了解了他们度假主要场所的另一面。那对亚洲夫妻也在那里，此外还有八个澳大利亚人，他们都在以湖和山为背景拍照片，看到了亚历山德拉，都纷纷拉着她拍合影，承诺回去后会把照片寄给她。旅游团里已经弥漫着告别的氛围，尽管他们还要在班夫呆两天，卡尔加里也还有一天。

这时，维多利亚山白雪皑皑的山顶上方出现了一片红晕，随后，这片红晕慢慢扩大，乃至笼罩了整个山头。积雪下面的水平岩层透露了山的来历。红晕进一步扩大，逐渐变成金黄色，不一会儿，阳光洒满了整个湖，湖面像一面镜子，湖水蓝得难以想象，映着山头的倒影，像一大块新大陆的黄金浸在蓝色的莱茵河里。

那小个子亚洲丈夫站在她旁边，张着嘴笑嘻嘻地对她说："值得我们起那么早吧？"

"你是说日出吗？哦，对的，确实很漂亮。"人也很漂亮，她想。虽然她对自己有过告诫，但她还是在看日出的人群中寻找威拉德，他头上有紫色的光环，比较特别，找到之后，她会故意冷落他。但是，他显然不是早起的人。她感觉自己被人家拒绝，挺不好受，也觉得不大合理，因为按照自然的规律，应该是她拒绝他。三十几年前，在东镇，她被一个同性恋男人吸入到他的轨道，这个人爱玩也爱艺术，他让她笑，让她抽大麻，让她很放松。在他的别墅里，他给她制造了一个场景，让她对自己的魅力产生了很大的幻想。然后，他背叛了她，也背叛了苏吉和简。于是，她们实施了报复。这段记忆让她脸红，也让她重新焕发力量，她又仿佛看到了一个年轻、健康的自己，拥有巨大的胃口和神秘的力量。他们坐上巴士行了一小段路后抵达班夫，到了那里，她又感觉浑身充满力量，像年轻了许多。

贾斯珀是高地定居点，街道宽阔、冷清，只有一个商业区，班夫更像一座城市，有一座艺术博物馆和一座"第一民族博物馆"，还有许多咖啡馆，市中心十分热闹，有很多温泉和一座会议中心，从班夫温泉酒店向山坡下走，可以看到一个弯曲延伸的豪宅区。她散步走到市中心，到怀特博物馆欣赏了当地的水彩画和老照片，然后在一个咖啡座吃了午饭，那几个澳大利亚人也在那里。他们邀请她和他们一起吃，把两张桌子拼到一起，但她婉拒了。她点了火鸡卷，然后一边盯着面前一堵空白的墙壁看，一边吃着她的火鸡卷。那堵空白的墙壁告诉她，她已经到时候做总结了，在生命的最后阶段，她要振奋精神，虽然穿着寡妇的丧服，也要争取在自己进入坟墓之前好好活一把。

旅游团按计划要在下午两点坐空中缆车上硫黄山。巴士将他们送到山下，然后他们坐着缆车上了山。山顶有礼品店和小吃店，店里有暖气，相比之下店外面非常冷。那里还有投币望远镜，只接受加拿大硬币，一加元硬币也叫做“潜鸟元”，因为硬币的图案一面是老女王的头像，另一面就是一只潜鸟。亚历山德拉在想为什么美国不发行一美元硬币，其实大家是挺需要的。加拿大人倒是搞得很方便，也很有趣。她猜想可能是美国男人不喜欢口袋沉甸甸，他们喜欢自由，害怕负担。

在数百米下方，有两条河流交汇，在一条河的河边已经建了一个高尔夫球场。班夫夹在一座山和两个湖泊之间，从山顶上看，城市布局像被压弯的网格。有一段木制楼梯从观景平台下来，然后有一条木板栈道通往另一个更高的山峰。其他游客正沿着这条木板栈道从那个山峰走回来，包括几对澳大利亚夫妇。

“怎么样？”亚历山德拉问他们。

“好极了，亲爱的。走一趟不容易，但很值得。”

她还是不大想去，而是呆在礼品店里晃着。她看到一个玩具驼鹿，就想七个孙子孙女中间谁会喜欢。但是，给其中一个买了礼物，其他人也都应该得到相等价值的礼物，而且要适合不同的年龄。他们最大的十六岁，最小的才一岁，实在太难办。她用余光瞟到一个身影向她靠近，那是一个留着胡子的高个子男人。她没有理会威拉德，而是再次走到寒冷的店外，走下木台阶。

木板栈道一开始比较平坦，随后又顺着山脊逐渐抬高，有时连着有好几级台阶。很多人从她的身边走过，有的是迎面走来的，有的是从她身后超过去的，可是，随着脚下的木板路改变方向，又变得平坦，和一条平坦的大路连接，亚历山德拉却越来越感到孤单。树梢逐渐落到她脚下，离她远去，她只能偶尔看到几块凸露的石头。她通常不喜欢这么高的地方，但这次她决心要体验一下。她感觉像踩在空中，四周都是灰色的山峦，连绵不绝，山的基本色是石板灰和鸽灰，有几条雪崩留下的白色条纹，还有一些小片的积雪，像人家扔的垃圾似的。亚历山德拉感觉自己在空中飞翔，好多山脉都在她的下方，平时极其高耸险峻，如今显得那么矮小温顺。这些山都是她的好朋友，像一只超级大的手托着她。大自然既在她的心里，也在她的周围，无穷无尽。

木板栈道很坚固，蜿蜒前进，到参森峰之前变得很狭窄，尽头是一间小屋，小屋很坚固，有玻璃窗户，透过玻璃窗户，她可以看到里面有桌子，桌子上有纸张，但里面没有人，没有气象员，以前这里肯定有气象员，因为外面有个牌子说这是个气象站，诺曼·参森一生中上山一千多次来记录天气观测结果。看到这间小屋空无一人，诺曼·参森并不在里面，她想起吉姆·法兰德也已经不在她的床上，她感觉到一阵眩晕。这时，有很多年轻的游客，有日本人和高加索人，挤着她也往小屋里瞅，毕竟这是加拿大的圣地之一。亚历山德拉转身走下台阶，回到走路有回响的平坦栈道上，然后急忙赶路，害怕旅游团会把她一个人丢在这一望无际的灰色山峦里面。不过，她看到威拉德瘦瘦长长的身影，他穿着绿色格子衬衫，站在最后一段台阶的尽头。他刻意穿着伐木工人的服装，后来回想起来，她发现这身行头有些娘娘腔。“其他人已经下去很久了，”他慢悠悠地说。

他一副可怜相，让她庆幸自己没有丈夫。她转身面向海蒂，那个眼睛明亮、头发卷曲的旅游团领队，站在几英尺远的地方。亚历山德拉对着她说：“很抱歉。我是不是让大家等很久了？”

“没有，”海蒂说。她的微笑很职业，像空姐一样，不突兀，很温和，很稳定，即使遭遇气旋也没有丝毫变化。“上面的风景怎么样？”

“棒极了！不可思议！”亚历山德拉一边说话，一边喘着粗气，刚才走了那一段木板栈道，让她的心脏还怦怦地跳个不停。

海蒂笑得越灿烂，脸上的酒窝就显得越深。“我也觉得很棒。好吧，你缓口气，亚历，等会儿就出发。”

* * *

离开了她们做了不少坏事的海边古镇之后，三个女巫就几乎失去了联系，因为相互之间距离很遥远，也都忙于料理各自再婚后的生活。俗话说得好，脏手不叠新被，过去的就让它过去吧。

刚离开东镇后的几年，她们还见过几次。苏吉住在康涅狄格，简住在马萨诸塞，两人的距离还算比较近，相互的往来比与住在新墨西哥的亚历山德拉的更多一些。尽管如此，当各自的丈夫也都在场的情况下，她们的话题很有限，说不上几句话，况且，如果不是三个女巫聚齐，她们就没有超自然的能力。在双方都接不上话茬的时候，她们会感到过去的丑事好像在戳着她们的良心，因此心里很不安，舌头也打结。所以，她们见面的次数逐渐减少，接着只是相互打电话，最后连电话也不打，只在圣诞节的时候相互寄贺卡。

亚历山德拉是在秋天去加拿大落基山旅游的，同年十二月，她收到了从新英格兰寄来的一张节日贺卡，贺卡几乎没有宗教色彩，上面的图案包括几个松球，还有一只戴着红色帽子的松鼠，贺卡的里页印着“圣诞快乐”，在空白的地方潦草地写着一段文字。简·斯玛特写字一向龙飞凤舞，笔画很重，比较长的行常歪歪扭扭，甚至会头尾相接变成一个环。

亲爱的亚历：

告诉你一个不合时宜的消息，我亲爱的丈夫内特去世了，不过，他总算摆脱了纠缠了他好几年的病魔。他几乎尝遍了各种治疗手段，包括化疗、放疗、激光烧、血小板输注，也吃了一百种昂贵的药，你知道，这些东西只能延长病人的痛苦。我们的祖先得了疟疾，浑身发冷，就坐在炉边取暖，我倒觉得这样更靠谱。现代医疗除了增加病人的痛苦，只会帮助医疗机构创收。他很乖，那些穿白大褂的人跟他说什么，他都相信。现在的医生都很时髦，发型都是精心设计的。护士发现他已经去世的时候，她们显得无比诧异。他自己也不会相信有这样的结局，他想医生肯定不会让他死。就我而言，到了那个时候，我宁愿绑在桩上烧死，起码死的时候还能发挥余热。我在一些古书中读到，面对那个时刻，那些异教徒有一种很特别的方法，就是大量吸烟，吸入过多的烟，人会迷糊掉，什么都不知道了，一点痛苦都没有。

很抱歉，本来是要祝你节日快乐，却跟你说这么多不开心的事情。他是上个月走掉的，现在大家都这么说，人的一生就像一场游戏，来来往往。他走了，但他妈妈还活着，已经超过一百岁了，儿子没有了，她却不怎么伤心，为了让她答应让我继续住在这房子里，我经常得去和律师商量对策。他们的房子说是理查森的作品，但其实是一个年轻合作伙伴设计的，这个所谓的合作伙伴，说白了就是一个模仿者，所以他们都加了后缀，说是"理查森荣誉作品"，很多艺术博物馆也有这样的仿制品。在布鲁克林，几乎所有人都是模仿者，几乎一切都是仿制品，包括粗花呢裙子和方头鞋，所谓的血统十分淡薄。不好意思，在这个高兴的季节让你听到了内特的坏消息，随信附送一则剪报，你可以了解一些基本情况，当然，关于他的说话、饮食、起居和性生活习惯等等，你是看不到的。你要是希望我们再次聚会，就打电话给我。

爱你的

简

附送的讣告刊登于《波士顿环球报》，只有四五行，称内森尼尔·廷克是文物爱好者，乐于慈善捐赠，其余的除了说他的职业是投资顾问之外，没有多少实质内容。对于亚历山德拉而言，所谓的投资顾问，其实就是拿自己的钱和信任他的朋友的钱在玩。他还是很多俱乐部和协会的会员，包括萨默塞特俱乐部、乡村俱乐部、波士顿哈佛俱乐部、新英格兰历史协会和各种保护协会，也是新英格兰音乐学院、美术博物馆、安邦山医院、马克里恩医院、新英格兰少年之家和松树街旅馆收容所的理事。他几乎没有犯过错误，他的所作所为都符合社会和自然环境的要求，在四十几岁的时候和简结了婚。她惹亚历山德拉和苏吉不高兴的时候，她们都会叫她简·潘恩，她曾经叫简·斯玛特，因为她的前夫是山姆·斯玛特，简为山姆做了一个纪念品，现在就挂在平房的地下室里，和那些干草药在一起，不时地弄一点出来，拌成春药寻求刺激。

简最热爱的对象有两个，其中一个是大提琴，她拉琴的时候极其专注，简直可以用“疯狂”来形容，观看她练琴，就像面临一个大漩涡，会把旁观者都吸引进去，另一个是她的杜宾犬，叫兰多夫，是一条黑色的狗，身上有橙色的斑点，整天淌着口水，很喜欢啃木头。简是三个女巫中年纪和体重都最轻的，也是唯一会飞的。她通过某种“魔力”，吸引了出身富贵的内特，从而进入了布鲁克林、波士顿和坎布里奇的上层社会圈子。她说话泼辣，脸上长着一个长长的鼻子，像玳瑁壳一样亮棕色的眼睛里好像总是燃烧着怒火，在礼仪社会中格格不入，像白兰地掺到很稠很腻的肉汁里。她还有大家看不见的本事，那可能是比较阴暗、龌龊的本事，让娘娘腔的内特·廷克鼓足了勇气，一生中第一次违背妈妈的旨意，和一个有几个孩子的离婚女人结婚，还让这些孩子都进了合适的寄宿制学校，切断原来的各种社会联系。

一开始，苏吉每年去简的家里一两次，后来次数越来越少。简的家位于克莱德街，是一座用砖头和原木建造的豪宅，第一次去的时候，苏吉简直看呆了：天花板那么高，屋顶那么尖，显然是哥特式的设计，书橱的玻璃门都上了油蜡，闪闪发光，还散发着香气，家具和教堂里的一样庄严，楼梯很宽，颜色很深，每一级靠着的墙上都印着若隐若现的图案，楼梯上面的转角和再上面的房间都很隐秘，让人浮想联翩。看到这样的情景，她原有的粗俗习惯顿时全部消失。苏吉长期给《东镇闲话》干记者的工作，培养了颇高的描写能力，几年前就通过电话向亚历山德拉描绘了上述情景，虽然后来渐渐不再联系，这些景象还是深深地扎根在她的心里。收到简的贺卡之后，亚历山德拉拨打了简的电话，在她的电话簿里面，简的电话号码还列在字母S(斯玛特)下面，那本电话簿已经用了几十年，里面有很多联系人要么已经死了，要么已经搬家了，有些人她甚至记不得是谁了。电话铃声听起来十分遥远，像废弃已久的山洞里面的灰烬。

接电话的人不是简。“你好，这里是廷克公寓。”她听到的是年轻男性的声音，彬彬有礼，同时也很冷漠。

“你好！”亚历山德拉吓了一跳，也很有礼貌地回应着。“我找……”她本来想说简，但这样显得过于随便，她也想说“女主人”，但是女主人既可能指逝者的遗孀，也可能是逝者的老母亲，于是她稍微犹豫后说：“简·廷克。”

那个冷漠的声音又问：“请问您是哪位？”

“跟她说是亚历山德拉。”随后，她又补充了一句：“我们是老朋友。”这句话显然是多余的，和那个小屁孩有什么关系呢？

“我去看看廷克太太是否方便。”瞧他说的，似乎在不在家里和是不是方便是截然不同的概念。亚历山德拉极力想象豪宅里的情景：简站在宽阔的深色楼梯顶上，悲痛欲绝，沉默不语，但这个家族的财富是她的依靠。她原来住在简陋破旧的平房里，位于小海湾边，十分潮湿，房子的装饰属于五十年代的现代主义风格，里面的家具有仿清教徒的橱柜和仿修鞋匠的板凳，灯的开关被前任主人刻成了泵手柄的样子，那个前任主人是个失业的技工。也就在她家的厨房里面，当她那几个蓬头垢面的孩子进进出出的时候，她们三个女巫给珍妮·盖布利尔下了致命的诅咒。

尽管那些日子似乎已经一去不复还，但是简的声音从电话的另一头传来，她就觉得仿佛回到了过去，她说话的口气还是那么泼辣，很刺耳。“亚历！真的是你吗？”

“亲爱的，我收到了你的卡片，你让我给你打电话的啊！听到了你那边的坏消息，真为你感到难过。内特肯定是个好男人，但我始终没有见他一面，很可惜。”这些话她是经过准备的。

“我是两个月前给你寄贺卡的吧？”简说。这听起来像在责备她。

“我们西部人行动比较缓慢。我也不确定你是不是当真。”

“我当然当真。三十年来，我的眼前没有一天不晃着你的影子，穿得很少，很漂亮。”

“有这么好吗？简，你没有看到我最近的样子。我的脸皱巴巴的，像整天晒太阳的印第安老太太。而且，我也长胖了。”

“听我说，亲爱的，我们都不是年轻人了。现在，对我们而言，最关键的是内在美。”

“好吧，我有内在美，但外在的包裹太厚了。我浑身上下都很不舒服。”

“你还是很会勾引人，”简说。她说话的习惯也没有变，还是带着很长的尾音。“你到东部来吧，我知道有一个美容水疗会所很棒，那里有一个针灸师，他很善于恢复青春。针插得越深，你会觉得越舒服。我经常一躺上理疗床就睡着，任凭他把我插得像刺猬。”

亚历山德拉仿佛可以看到简对着话筒微笑。她对那一头的老朋友说：“现在我也是寡妇。到今年七月就满两年了。他叫吉姆，我记得，在东镇的时候，你见过他几次。”

“是的，我见过，是在达里尔的把戏拆穿之后。我也记得他叫吉姆什么。我恨他，因为他把你从我们身边带走了。而我的男人，你可以说他是个好男人。我们之间是平等的，我们相互都有付出。他给我钱，我给他屁股。他很渴望得到关怀。他好像是碰到了一些奇怪的东西。”简本来就很泼辣的声音，现在充满怒火，可以想象她此时眼睛里充满泪水。“亲爱的，”她一边说着话一边关上橱柜的门，“那东西的效果很明显。”

亚历山德拉努力想象那时的情景，在宽阔深色的楼梯的顶上、在那些隐秘的房间里发生了什么亲密的事情。“我们也一样，”她主动跟对方说。“我爱吉姆。”她没有接下去，而是等着简·廷克对这种传统情感作出反应，可是对方并未作出任何反应，所以，她有些挑衅地接着说：“我想他也爱我，尽男人最大的力气爱我，你懂的。男人爱了女人，就像被俘虏了一样。”

听到这里，简习惯性地转换了话题，有点恭维也有点讽刺地说：“亚历，只要是男人，都会喜欢你，自然会成为你的俘虏。你的力量太强大，你和大自然是一体的。”

“我也不知道我现在还是否喜欢大自然。她太残忍了。我想是有人不喜欢我的，我的那几个孩子都不喜欢我。”此时，她想起了去年到加拿大旅游的途中认识的威拉德·麦克休，当时他就没有被她俘虏，但她没有提起这个人的名字。和简说悄悄话，必须面对面才行，最好是找一张小桌子，两人的膝盖都顶着小桌子，在桌子上放一些饮料和零食。“你的孩子们呢?”亚历山德拉问。

“哦，他们还好，”简说。“一共有四个，他们都不在这里，我常常不知道他们到底在哪里，我有时还会忘记孙子孙女的生日。我基本让他们自生自灭，他们的很多事情我都不清楚，包括他们怎么处理工作，他们家务做得怎么样，他们和谁结婚，能不能顺利生小孩，甚至坐飞机的时候是否能准时，不过他们迄今为止都没有出什么大事，让我感到很惊讶。我知道，他们不可能总生活在我们的世界里面，不可能总和我们这一代人在一起，他们有属于他们自己的世界，他们要面对的人，是和他们一起上幼儿园的小朋友，他们要共同面对那些白痴科技。科技让我觉得自己已经老了，我不会玩电脑，很讨厌拨十位电话号码。我记得，爷爷在缅因州老家是最早装电话的，号码只有两位数，只有两个数字！我仍然记得：18。也就是说，在岛上只有十七家人比我们早装电话。我很讨厌那些娇滴滴的自动声音，当你像误操作了机器一样时，它们只会不断重复叫个不停，真烦。内特让我随身带手机，他说是有利于我的安全，但我从来没有想要开机，我难以相信我的声音可以通过这个小东西传出去。你看现在很多自以为是的孩子刚从商学院毕业就整天把手机放在耳边，随时随地大声说话，旁若无人。现在手机不仅是电话，还能拍照片和视频。我听说这个世界已经数字化了，全是这种玩意儿惹的祸，我们的大脑已经很坏了，但这种玩意儿更坏，真受不了。我的那几个小家伙，”她说着又说到了自己的孩子们，“常常带许多年轻人到我们家来，把三楼搞得乌烟瘴气，到处是大麻和各种违禁物品的气味，后来他们有了自己的房子和孩子，我们才清净。不过，很奇怪，他们都很喜欢内特。他们觉得他很酷，但我觉得他一点也不酷。我承认，我心里有些不爽。他也喜欢他们回家里来，可能是因为他以前太幼稚，没有及时结婚生孩子。”

“我这边也差不多，”亚历山德拉不得不打断对方的话。她已经忘了简是个喋喋不休的人，她最厉害的就是一张泼辣的嘴巴，她成天唠叨，在她嘴里，整个世界都是错的。“我的孩子们也很喜欢吉姆，他也很喜欢他们，后来他们去上大学才分开。我觉得，就是因为不是亲生的，才会相处得那么好。你有没有想过，简，跟我们生孩子的男人其实没有别的作用，和寄生虫与海葵一样，只会干一种事，我们第二次结婚，才是真结婚。”

“会干什么事?”简问。这是她的缺点之一，她对双关语比较迟钝，不善于领会别人的言外之意。不过，和简说话还是让亚历山德拉感到很兴奋，三个女巫分道扬镳之后的三十年间，不管和哪个女人说话，都没有这种感觉。“哦，简!”她喊了一声。她确实很兴奋，也很感激，所以几乎失去了理性。“我们又都单身了，一定要聚一次。”

“你到这里来吧，亲爱的。我们家很大，我婆婆一直呆在自己的房间里，几乎不出来，不管白天还是晚上，都有护士照顾她，她还让人给她喂人乳，给她注射猴血清。自从内特的葬礼之后，我就几乎没有见到过她。她已经过一百岁了，简直成了怪物，像双头婆婆，太过分了。人们都笑我。我想她肯定恨死了我，所以不想让我舒舒服服地过日子，但事实上，我把内特从她手上抢走，她应该是偷偷地松了一口气。他是个很软弱的男人，他需要不止一个女人照顾他，最好是有两个女强人站在他身后。他是她唯一的孩子，我想，对于她这一代人来说，生小孩肯定很不容易，只是因为上一辈和再上一辈的人也都生小孩，所以你觉得不得不生，这算是传宗接代吧。以前，在她没有变成怪物之前，她常跟我说一些离奇的事情逗我笑。实际上……”这时，简的声音降得很低很弱，几乎和微风吹过草地一样，亚历山德拉必须全神贯注才能听见。“我以前常常猜，她是不是跟我们一样也是……”她还是没有说出那个词。

“女巫?”亚历山德拉替她说出来。

简没有回答,而是说:“我不敢看她换衣服,我害怕看到三个乳头。”

“简!”亚历山德拉又喊了一声,这次她是感到害怕,感觉浑身在颤抖。“你还相信那种无聊恐怖的传说?”

“我相信亲眼目睹的东西,”简说。她的声音还是很低,但比刚才多了一些尾音。“不管是不是无聊或者恐怖,都无所谓。话归正传,你一定要来,亲爱的。”

要去一幢阴暗的老房子见一个阴暗的老朋友?“太远了,”亚历山德拉说。“我这边阳光灿烂,你也比我更有钱,还是你到我这里来吧。我们这里有印第安人保留区,漂亮极了,有一个地方叫阿比丘,乔治亚·欧姬芙[①]的故居就在那里,大陆分水岭也在附近。在夏天,圣达菲有歌剧演出,都很精彩。”

“是的,我现在有一些钱,但那都是属于新英格兰的钱,不允许随便花,只能用于教育事业。内特总是给哈佛捐钱,但人家根本用不着,他也捐给罗克斯伯里社区学院,我想那里倒是需要他的钱,当然,政治家绝对不会让这种学校破产。我让他给伯克利音乐学院和新英格兰音乐学院捐款,尽管他对交响乐不很感兴趣。听交响乐的时候,他会直挺挺地坐着,甚至在中场休息的时候也一动不动,有时候我会抓住他的手,摸摸看他还有没有脉搏。在听勃拉姆斯和马勒的时候,他的手会很冰凉,倒是在听莫扎特和巴赫的时候,他的体温会回升到接近室温,音乐节奏加快的时候,他的手指甚至会抽搐。”

“听起来你们是很恩爱的,”亚历山德拉说。她想用人性的温暖感化对方。

---

① 乔治亚·欧姬芙(1887—1986),美国女艺术家,20世纪的艺术大师之一。

简的反应相当暴躁，充分展现了她的丧亲之痛。“要是当时对他好一些就好了，现在还有什么意义？”

“你觉得他希望你怎么样？我敢打赌，他肯定希望你走出这个家门，离开他垂死的老娘。”

“亲爱的，我不想去新墨西哥，很抱歉。我不想去新墨西哥。那里是另一个美国，从哈得孙河往西完全不同，就像电视节目突然换了一样。在我的印象中，那里十分空旷，到处是一望无际的小麦和玉米，到处是牛群，人都是胖胖的，开皮卡车，车上随时带着枪，同时宗教信仰却很狂热。太吓人了，亚历，去那里就像到了外国，可能还更糟糕，因为你能听懂那里的话。”

虽然对方的话刻薄泼辣，会让一般人不舒服，但亚历山德拉还是看到了摆脱单调的单身生活的希望。她目前的生活范围的确很狭窄，主要是参加文学俱乐部，每周读一本俱乐部推荐的小说；和陶斯的女性朋友们一起喝饮料或者一起吃饭，她们习惯采用 AA 制；给孩子们发短信，虽说是短信，其实很长很啰嗦，而这些孩子似乎都在躲着她；到牧场向北边的惠乐峰徒步行走以控制体重，和她一起走的是一条已经有关节炎的老黑狗，这条黑狗是她和吉姆从小养大的，他们给它取名叫“灰灰”，因为它的皮毛就是灰色的，它的眼睛和哈士奇一样晶莹剔透。在东镇的时候，她也有一条狗叫“科尔”。徒步的时候要经过一片长得很高的羊茅草地，这时灰灰和她总是挨得很近，她总是紧紧拽住拴灰灰的皮带，不是害怕狗会伤害其他小动物，主要是因为这里有土狼出没，她得保护灰灰的安全。她也常带着吉姆的柯尔特点四五手枪，以防受到狼群的攻击。但是，随着郊区越来越向高处延伸，越来越多的人住到山里，一个头发灰白的老太太穿着牛仔裤和皮夹克牵着一条衰老的狗、拿着一把点四五手枪，让郊区居民看了都觉得很新奇，都对她充满崇敬。这些都是陌生人，大家可能发现，在自己的周围陌生人越来越多，而对于陌生人而言，你就是个可有可无的幻影，只会干扰他们的现实而已。只有一些同龄人，也经历过年轻貌美的岁月，才会理解她，不因为她的衰老而嫌弃她。

于是，她要紧紧抓住这种关系，这是她的稻草。“我们可以到真正的外国去，”她向简提议说，“我们一起去。”

“我们要把这个世界变成寡妇的世界吗?”简说。她这句话有些双关意思，暗指几年前曼哈顿大楼倒塌事件，不过，只有没心没肺的人才会对那件事开玩笑。

“吉姆去世的那年，我去了加拿大。”亚历山德拉没有搭理她，好像因为年纪大了耳朵听不大见。

“加拿大?”简用极其轻蔑的语气说。“傻瓜才会去那个国家。”

“那边的落基山很漂亮，”亚历山德拉轻描淡写地为自己辩护。“一起去的人也都对我很不错，特别是那些澳大利亚人，但我还是觉得有些孤单，不大自在，缩手缩脚。如果我们俩一起去的话，我们可能会胆子更大一些，更放得开，我们也可以住一个房间。你觉得怎么样?”

躲在阴暗的豪宅里面的简不会随便被人家骗。“我不想去像加拿大那样无聊的地方。”

“当然不是去加拿大。”

“整个北美大陆都很无聊。”

“墨西哥也是。”

“人们都疯了，社会也崩溃了。美国人在墨西哥城没有安全感。事实上，美国人到哪里都不安全，整个世界都憎恨我们，我们要面对这个现实。所有国家都嫉妒我们、恨我们，把他们自己的愚蠢、腐败和悲惨都怪到我们头上。”

“哦，宾馆的管理员没这些问题，开旅游巴士的司机也没有。我不相信你什么地方都不想去。你和内特有没有去过尼罗河看过金字塔？有没有去过中国看长城？你不想趁着还看得见到世界各地去看看吗？我们要是哪天屁股摔开花了，就哪里也去不了了。”

“我不会把屁股摔开花。”

“没人觉得自己会,但我们要防备万一。我们年纪大了屁股很松脆。你也说过,人们总是要面对一些恐怖的事情。”

“我说过吗?”

“差不多就是这个意思。你说的是这个世界很不安全,尤其是对于美国人而言。”亚历山德拉很惊讶自己居然变得这么咄咄逼人。她就想让简回到她的生活圈子里,让自己的血液重新沸腾起来。接着,她用恳求的口气说:“你不用马上做决定。我们还会再联系,我相信。要是想一起出游,就给我打电话。不管你想到哪里去,我都会跟着你,只要我出得起费用。只有南极和北朝鲜是例外。”

“内特经常说共产主义国家是世界上最安全的国家,这些国家的政府掌控了所有的枪支,掌控了一切。不过他没有去过,他最远就去过英格兰,他觉得英格兰已经很接近社会主义了。”

她们还好没有再接着说旅游的事情,否则这个话题很快就会变味。亚历山德拉拿着话筒太久,她的手腕逐渐感觉到疼痛,于是,她改变了话题。

“廷克?”她问。“这是个大家族吗?廷克家族是不是坐五月花号来新大陆的?”

“他们是迎接五月花号的人。廷克家族的人比五月花号早很多年到新大陆,他们是划着小船去的。”

“哦,简,你居然会开玩笑,真难得!这边和我们年纪差不多的人都很一本正经,他们的话题离不开医疗和房地产,除此之外就会抱怨政府对艺术的支持太少。”

* * *

等简打电话回来的时候,可能是过了太长的时间,亚历山德拉几乎听不出是她的声音。她的声音咄咄逼人,很像男人的声音。她说的第一个词是:“埃及。”

亚历山德拉被吓了一跳。她结结巴巴地问:“你说什么?”

“你这个傻瓜，我是说我们应该去埃及。”那一头的声音显得有些不耐烦，不过亚历山德拉总算能听出来对方就是简·斯玛特。亚历山德拉还是不习惯叫她简·廷克。

“可是，简，那里不是很危险吗？美国人去阿拉伯国家旅游很危险吧？”

“亚历，埃及人不是阿拉伯人。他们和我们一样觉得阿拉伯人很恐怖。他们大多数人是穆斯林，这是真的，但埃及的上层社会和我们一样是没有宗教信仰的人，当然也有一些是信基督教的。”

“穆罕默德·阿塔[①]不就是埃及人吗？不是有游客在埃及遭到屠杀吗？”

“我问过旅行社的人。”简用平稳乃至冰冷的语调说。“他们给了我一本小册子，就在我这里。确实发生过几起事件，一九九六年十七名希腊游客在开罗市中心的酒店出事，一九九七年九名德国游客在博物馆被害，同年晚些时候发生在卢克索女王庙最悲剧的事故，有五十八名外国游客遇害，包括三十五名瑞士人，也有四名埃及人，但似乎没有美国人，埃及警方行动非常迅速，很快就将六个恐怖分子全部击毙。如果游客望而却步，亚历，那么恐怖分子就赢了。首先，埃及经济将受到重创，这正是伊斯兰圣战组织所希望看到的。他们希望让世界陷入贫困、无知和绝望，因为这样就可以让人们更迷信宗教。他们所不愿意看到的，是全球市场一体化和现代化给世界带来和平。他们最不希望看到的是妇女接受教育，妇女接受良好教育，是世界不断进步的关键，可能降低生育率，对抗击艾滋病也有帮助。我不相信你不想看到美好的未来，亲爱的，否则你和本·拉登和奥马尔就是一伙儿的。”

“哦，简，我当然不反对去埃及，其实，我想这个想法是我先提出来的。问题是，我现在心情很乱，去哪里都不舒服。”

“哪里有不乱的时候？”简好像在劝，但语气中却有些幸灾乐祸，也有些

---

① 穆罕默德·阿塔，又名阿米尔，埃及人，1968年生，据推测可能是恐怖分子飞行员的头领，2001年9月11日8时14分驾驶美航班机撞入世界贸易中心北楼。

宿命。

听着来自遥远的声音，亚历山德拉可以感受到那幢房子的阴冷，同时又想起那个从前说话尖酸刻薄的人的样子。她的目光落在咖啡桌上，西南的阳光照在玻璃台面上，几乎呈直角反射起来，桌子上的一叠艺术书闪闪发光，下面的纳瓦霍羊毛地毯几种不同的颜色，分别是黑色、红色、绿色和棕褐色条，看起来特别鲜明，地毯的边翘起来，在土灰色的地砖上投下若隐若现的影子。这是个安全岛，在这里她感到很满足，她挺不情愿离开。在阳光明媚的大房间里，架子上和窗台上放着吉姆的陶罐，色彩和轮廓都很精致，家里的每一件家具，都是她和吉姆经过深思和讨论后，花了很多时间逛街选购回来的。以前在东部的时候，家具都是在她身边像蘑菇一样“自然发起来”的，很多是前人留下的，她自己扔掉了一部分，也新买了一部分补缺，东拼西凑、杂乱无章。她以前的家像是人生旅途中的站点，孩子们成长的不同阶段昭然若揭，在不同时期，她得给孩子们添置新衣服、新玩具，孩子们需要的装备也截然不同。在陶斯，她感觉人生已经安定下来，什么都不需要改变。但吉姆竟然离她而去，她又得自己去寻找新的生活动力。“简，”她说。她拉长着音，因为她需要时间设计合适的拒绝方式，以免无可挽回地切断和从前的自我的联系，当时，她并不那么害怕新鲜事物。“我太崇拜你了。”

“你一直都是这样，亚历，你总是这么被动。你看看，你让那个滑稽的意大利胖子操了你多久！我忘了他叫什么名字，他总是戴着那顶愚蠢的帽子，帽子居然还有一圈帽檐，好像想说他其实不是管道工，而是乡绅。”

“他叫乔·马里诺，”亚历山德拉说。提到这个名字，她就想起他的身体，他的背后有一撮毛，长得像蝴蝶的形状，他身上总有一股很浓的汗味，有点咸也有点甜，像牛轧糖的味道。她还记得他来的时候总有些匆忙、鬼鬼祟祟，满足了之后离开也匆匆忙忙、鬼鬼祟祟，好像是因为他那辆装着管道和工具的小卡车停在果园路的老房子前面，在镇上所有人的眼里，那肯定是错的。他胖嘟嘟的脸上有一只钩鼻子，还有一双与文艺复兴时期王子一样淫荡的眼睛，但眼神总是稍显得迷惘，不管是在维修古董水暖阀门的时候，还是在操她这个让他神魂颠倒的情妇的时候，尤其是他还有天主教徒的情怀，还有对家庭忠诚的道德追求。她会告诉他不要理会太多，可以尽情享受她的身体，她是大自然馈赠给他的礼物，自然总是有很多礼物可以馈赠给人类，享受她的身体不会影响他老婆吉娜的幸福，但是，他还是不怎么放得下基督教的包袱，不能够放开一切戒条而尽情享受。“我一直觉得他的帽檐很可爱。”她不能让乔被人欺负。

“你总是这样。我们面对现实吧，你是很容易被征服的人，总算比苏吉好，对她而言，和人家睡觉就是为了收集新闻。你很在乎别人，但到头来总是自己受伤。达里尔就狠狠地伤了你，他死活都不跟你提那个问题。”

“我没有指望他会提。”

“其实他也伤到了我，他也没跟我提那个问题。结果，他居然不是一个正常的男人。”

“哈哈！想想那些日子，想想我们干的那些事，包括那件狠心的事，你不会很开心吗？”

“有吗？”简不高兴地反问。

“简，我们老了。没有人想要我们，只有我们的孙子孙女来看我们的时候，我们才有存在感，可是过不了半个小时，一切又都照旧。不过，我现在都放下了，倒觉得轻松自在。”

“我们不会放下的。你也永远不会抛弃念想。山姆・斯玛特常常跟我说，女人很敏感，但不聪明，不懂得满足。”

“哦，那个山姆！坦率地说，简，我绝对不会跟他有一腿，他就是个……”

“自作聪明的人。”简替她说。

“可是，说到苏吉，我很高兴你提到她，她现在怎么样？你应该不时地去看看她，康涅狄格州和你挨得那么近。”

“不像你想得那么近。我们中间隔着罗得岛。我们社会背景不一样，见面的时候有些尴尬。跟她结婚的那个斯坦福德小丑，是搞电脑的，一开始，电脑都是大块头，只有政府才买得起，后来电脑越来越小，越来越便宜，在八十年代，因为文字处理器第一代开始流行，他赚到了第一桶金，可是再后来，IBM推出了便宜得要死的个人电脑，他的日子又不好过了。反正吧，内特觉得这个人历练不够，太冲动。我们在阿灵顿街丽思酒店的楼上聚会过几次，当时我常住在那里，我记得气氛都很不自然。有一次在纽约市，内特去参加一次盛大的董事会，我们大家也一起去，吃喝玩乐和旅游的开销都由那家公司的股东承担。我记得那个人的名字叫列尼，他当时表现得十分粗俗、傲慢，看他那个样子，我觉得他不会对苏吉很忠诚。她出于消遣，居然把这几次聚会记下来，写得很夸张，简直像色情小说，让我难以置信，很尴尬，而且，她还时不时地寄这种东西给我看。于是，我们渐渐减少联系，后来就基本不再联系了。”

“她丈夫还在吗？”

“怎么会不在呢？坦白说，看他那么粗俗，还没有死的资格。”

这句话让亚历山德拉很不舒服，好像是说吉姆和内特一样，他们的死都是因为够资格，所以把她们抛下就去了。

简不喜欢亚历山德拉爱任何人。出于对吉姆的忠诚，也出于对乔的忠诚，她鼓足勇气大胆地说：“亲爱的，我想我不能和你去埃及。那里太吓人，而且，不怕你笑话，费用可能太高，我承担不起。”

“哦，不需要多少钱的。尼罗河上的游轮很便宜，几乎是白送的，目的就是要吸引我们西方人去那里。你想想看，亚历，当波士顿和陶斯的气温都在零下的时候，到处都是滑雪的人，而我们到撒哈拉沙漠游玩，那是什么感觉？我们就是受不了滑雪的人才离开伦恩山的。有一次，内特正在慢慢滑，却被两个男孩夹在中间，感觉被挟持了。他总算是活着回来，但他再也不想在那里滑雪了。他是被巡逻人员用平底雪橇送回来的，我看到他被裹得像婴儿，甚至像是木乃伊，这简直太伤自尊了，这是他心里永远的痛。好吧，亚历，你就听我的吧，你不能抛弃我。我最近简直和旅行社成了一家人。他们说，如果我们签约，我们可以赶上斋月。斋月的埃及是最浪漫的。”

“我敢打赌，”亚历山德拉说，“简，那里肯定没什么意思。我们倒不如去意大利呆十天，欣赏欣赏艺术，看看那些小山城。”

“那里很神秘，”简用男中音很熟练地说。“那个狮身人面像很震撼，我们也可以去探究金字塔的秘密。你不感兴趣吗？那是有史以来最大的建筑物，从人类文明之初就有了，我们可以探索那是怎么建起来的，为什么要建。”

“我觉得这些已经不是什么秘密了。金字塔是一块石头一块石头垒起来的，石头是一块块从石灰石矿山拖来的，建金字塔是为了让法老获得永生。”

“真的吗？亚历，你真会搞笑。建金字塔的目的是为了保护法老的尸体，不让尸体腐烂或者受到外界的侵犯，也为了安放法老所需要的东西，准确地说，就是法老的卡所需要的东西。”

“法老的什么？”

“卡，也就是灵魂，你可以这么说，不过这个概念没那么简单。对于古埃及人来说，他们一出生，库鲁姆神就在一个陶轮上造了他们的卡，我想这个神的名字应该没错。卡和巴不一样，巴是意识，在埃及，巴的象征是一只怪兽鸟，但是卡与人同貌同形同性，在埃及象形文字里面，卡是一个长着胡子戴着皇冠的人形，有时候也用两只手臂代替。”

“我说句你不喜欢听的话，简，别人的宗教总是别人的，不管你怎么诋毁自己的宗教，别人的宗教也不会变成你的。”

“我只是在回答你的问题，没有劝你皈依的想法。到时候，你不需要懂什么，也不需要做什么，你只要坐在船上看风景，然后到了神庙就下船，一天一两次。气候好极了，吃的也很棒，如果你不是非要吃沙拉或生蔬菜而且一定要用瓶装水刷牙的话。”

简越说，这次事先没有计划的旅行就越接近事实。亚历山德拉很喜欢在陶轮上造我们的生命的概念，她尤其喜欢手扶着转动的湿漉漉的泥坯的感觉。此外，她也有这个方面的需求，最近好像没有人需要她，甚至那几个很漂亮很可爱的外孙女也不像从前那么需要她了，那几个外孙女长着长长的睫毛，眼睛十分明亮，脸颊粉嫩，词汇量增长快得吓人，可是她们最近也不要她了，这更让她乐于接受简的提议。在游轮上，她们俩用一个舱，费用只要795美元。吉姆生前做印第安人陶器的生意，当然有正宗的也有假货，给她留下了不少积蓄，甚至当他还在的时候，她都没有意识到有这么多。他藏了不少钱。他想让她过得舒服一些，让她在守寡的晚年不受经济条件的束缚。

亚历山德拉和简·廷克住在一家英国式的宾馆里，此时正坐在很宽阔的玻璃窗下喝茶，她们可以透过玻璃看到一个三角形的影子，那是法老胡夫的大金字塔。灿烂的阳光照在彩色的玻璃上，形成一条条耀眼的光带，把金字塔的影子切成了几块。两个女人一边用银器和杯子喝茶，一边回忆着今天刚学到的知识。简说："你看，胡夫的金字塔是最大的，也是最早的，接下来是哈夫拉金字塔，它的石灰石还没有完全风化，门卡乌金字塔就小得多，这个金字塔最早用石灰石建造，最后接近竣工的时候改用粗砖。那个导游是怎么说的？"简问。"好像说门卡乌金字塔是三大金字塔中最小的，但门卡乌是最善良的法老。"

亚历山德拉说："我觉得善良不是衡量法老的最高标准。要是我没听错的话，导游是说，另外两个法老，就是门卡乌的父亲和爷爷，都是暴君，但是天神命令埃及必须由暴君统治一百五十年，因为预言即将圆满，所以，有一个圣贤告诉门卡乌，说他只能统治六年。所以，他每天晚上都尽情地吃喝玩乐。这种生活久了也会生厌，对不对？"她接着说，"这都是迷信和压迫，当时人们都还没有启蒙，都十分无知，也都接受了。"

关于金字塔，两个女人都了解到，这些金字塔都是在埃及文明初期建造的，属于古埃及第四王朝，距离耶稣出生还有两千五百年。“我不明白为什么会生厌，”简说。她天生喜欢抬杠、唱反调。“你看，这些金字塔都还保存完好，这难道不会让人激动不已吗？你想想，现在美国有什么东西能存在四千多年的？”

两个女人还在倒时差，感到浑身无力。天气很热，而且沙漠的风夹杂着细沙，她们几乎无法呼吸。昨天，当她们抵达开罗机场的时候，她们简直经历了一场噩梦，虽然她们一点睡意也没有，她们感觉到处都是人在讨价还价，有那么多人在大呼小叫，旅行社来接她们的那个人看起来也不像是好人，他一双大大的黑色眼睛贼溜溜的，始终躲避和她们直接对视。虽然那个人也带了一些帮手来，但同时还要应付其他游客，有从巴黎来的讲法语的游客，他们有无数个她们听不懂的问题，好像在不停地抱怨，所以，旅行社的人根本无暇照顾这两位美国的寡妇。此前，曾经有人警告她们注意第三世界国家的机场有猫腻，所以，亚历山德拉和简迟迟不愿意将护照和回程机票交给那个接机的人，让那个本来已经忙成一团的人更加气急败坏。他带她们去取行李，她们甚至都不大愿意跟着他走，再接着，她们好不容易出了机场，大巴已经在车水马龙、灰尘漫天的路上等了她们很久，引擎正在轰鸣。大巴在拥挤的街道上时走时停，很久才抵达一片饼干颜色的建筑群，颜色真的很灰暗，可能是破旧，也可能是根本没有做过外装修。

住进宾馆后，这两个女人发现，她们对于倒时差的概念截然不同：亚历山德拉很想上床睡觉，即使一个小时也可以，但是简主张要对自己狠一些，要假想埃及时间和你的生物钟是一致的。于是，亚历山德拉踉踉跄跄地跟着简在外面的街道上游荡。这个外国都市的空气有点香味，有烧饭做菜的香味，也夹杂着汽车引擎排放出来的刺鼻气味，和烧牧豆树枝的气味很像，不过，她对这些气息并没有任何感觉，只觉得晕头转向，身体好像要垮了，相比之下，简就硬朗得多，好像没有受到丝毫影响。亚历山德拉感觉路过的行人都一直盯着她，简就不管不顾，大大咧咧地推开挡路的人，勇往直前。因此，亚历山德拉非常欣慰有这个女人陪伴着她，简的存在让她不必做那么多决定，不用时时刻刻算计接着要干什么。此时，她倒是有另一种担心，就是和另一个人联系十分密切的时候，你可能会担心那个人抛弃或者背叛你。简在推开挡路人群不断前进的过程中，亚历山德拉还几乎跟不上她。这些人穿着长袍、戴着头巾，但他们的眼睛盯着她们俩，亮晶晶，像被抓到的甲壳虫的壳。街道很窄，两边还摆着卖各种小商品的摊位，所以感觉更加拥挤，摆放在街道两边的小商品有做工精细的铜锅和大浅盘，也有装在玻璃纸封套里的干草药，用亮闪闪的金属薄片及红艳艳的塑料做的微型狮身人面像和金字塔，也有用灰绿色皂石雕刻的圣甲虫，还有几个摊位卖彩色塑料制品，包括盆和桶等家居日用品，还有模仿藤条编织法的洗衣篮。这些东西应该很廉价，和新墨西哥破落小镇五金店里的东西差不多，感觉灰不溜秋，但这些东西让亚历山德拉产生了人性的共鸣，但同时也更清晰地意识到，自己是一个在人群中很惹人注目的外国人，在周围这些裹得严严实实脸上蒙着纱的人群中，可能突然会亮出一把刀子，几年前，一个诺贝尔文学奖得主就有过这样的遭遇，她在陶斯读过这个作家的一本小说，但没有读完，也有可能不知道什么时候就会有炸弹爆炸，爆炸的目的可能没有人清楚，可能是哪个疯子干的吧，但会将所有这些摊位全部炸飞，当然也会把她的身体炸成碎片。

但是，在这一次探险性行走过程中，她们并未遭遇伊斯兰暴力事件，末了，街道两边的摊位逐渐收走，天色逐渐暗下来，城里也只有稀稀落落的几盏路灯，这些昏暗的路灯并不能照明路面，四周感觉灰蒙蒙，路上的砖头和鹅卵石影影绰绰，路边有几处窗口透出淡黄的灯光，表明这些房子有人居住，还有一些穿着白色长袍的人匆匆地从身边走过去，没有发出一点声音。两个美国女游客好不容易回到宾馆，把箱子里面算得上正装的衣服拿出来穿上，就去参加旅游团的初次见面鸡尾酒会，那算是西式的欢迎晚宴。其他游客大多是欧洲人，有法国人、德国人和北欧人，另外有几个日本人。有几个德国人很客气地用挺不错的英语跟她们打招呼，有几对英国夫妇和在加拿大时遇到的那几个澳大利亚人一样自娱自乐，不过大家也都打了招呼。可是，为数不多的几个美国人都是“混蛋”，这是简偷偷跟亚历山德拉说的。那几个美国人说话声音很大，有时候简直像狗在吠，不管男女，他们说的话都很下流，他们好像都觉得来到充满敌意的穆斯林世界是一件很勇敢也很疯狂的事情。

再次回到她们自己的房间以后，简和亚历山德拉商量决定，以后她们只管自己玩，不再理睬其他人。简动作敏捷地脱掉衣服然后钻进被窝，仅过了五分钟，亚历山德拉就发现了这个老朋友的另一个秘密，她们在东镇那么久，聚会那么多次，一起参加了那么多次会议和派对，一起喝过那么多次咖啡，喝过那么多次茶和鸡尾酒，她都没有发现这个秘密：简会打呼噜。亚历山德拉听过奥斯打呼噜，奥斯在一定的季节会得花粉热，在那段时间，他睡觉像在拉风箱一样，吉姆也会打呼噜，尤其是在喝完威士忌和啤酒之后睡觉的情况下，有时候，他的呼噜声还会把自己吵醒，用不着她推他，当然，即使她推了他，他通常只会翻个身，然后继续打呼噜，当然还继续做他的梦。丈夫可以让你这样推，而情人一般干完事就溜了，不会跟你一起睡觉。简睡在单人床上，她的呼吸很深，但内膜不懂得放松，所以发出很响亮的摩擦声，每一次吸气都到达产生共鸣的地方，然后呼气的时候，鼻腔会产生音阶和白天说话一样高的呼噜声。不管是醒着还是睡着，简都要人家听到她的声音，她的意志力很强大，不管是在拉大提琴，还是在游戏，还是在作巫术，她的身上总是有一股难以抗拒的力量。睡觉的时候，简像机械泵一样按机械不变的节奏吸着空气中的氧气，然后每次呼气都像一根钩子，牵动着亚历山德拉的神经，让她越来越清醒。她用尽一切办法想睡着，先是数简的呼吸次数，发现这个方法不管用后，她就盯着在下面街道跑的出租车的车灯射在房间天花板上不停晃动的光线。但无论什么都不能让她躲避简打了一整个晚上的呼噜，简睡得真香，好像是在为第二天积攒能量，准备去好好看看一生只能看一次的神奇景观。这种强大的无意识的自我意志，亚历山德拉觉得，表明她作为一个女人具有强大的男性倾向，这时，在头脑发涨怒火中烧的情况下，她终于想明白，简就是用长年累月打呼噜让她丈夫睡不着的方法谋杀了她的丈夫，后来，她又故技重施，将内特·廷克送进了坟墓，当时，她还把他生前精心挑选的古董和那么多会员卡一起送进了他的坟墓。

终于，在漆黑中，不知道是夜里几点，简的被子终于发出响声，她赤脚从地板上走过去，这是她老化的膀胱憋不住了那晚喝的鸡尾酒和葡萄酒，亚历山德拉就像老师不看着就捣蛋的小孩子，趁着厕所里的声音比较小，就偷偷睡着了。

不过，第二天她透过汽车玻璃窗和路上的扬尘观察大金字塔并揣摩其中奥秘的时候，她的大脑并不是很清醒。不一会儿，旅游大巴就过了金字塔，在路边停下来，于是，旅游团走过一段不是很陡的坡道，那段坡道一半是石头，一半是沙子，让她想起阿萨巴斯卡冰川那外星人似的外观。有好几个男孩一直向她要宝推销折叠式明信片，也有好几个衣服脏兮兮可能没吃过饭的男人牵着骆驼问她要不要骑，骆驼上披着很旧的有流苏的毯子。在迷迷糊糊之中，为了摆脱这个恶劣的环境，也许也为了重温在参森峰走木板栈道的兴奋感，尤其是居高临下的感觉，她决定骑骆驼环绕金字塔，满足了一个样子很可怜的埃及骆驼主人的恳求，答应骑他的骆驼，价格折合 30 美元不到。

骆驼上装了一个木头座位做鞍，铺着很粗糙的毯子，坐在这上面并没有当时用自己的双脚走木板栈道的感觉，那头四条腿的动物和她小时候在科罗拉多骑的以及后来再婚以后在新墨西哥骑的马完全不同。骆驼的 X 形腿很长，骑在上面感觉太高了，而且没有缰绳可以抓。她感觉身体前后晃得厉害，好像那头畜生要把她甩出去似的，驼峰就像一个弹弓，可以把她抛到天空中去。这头骆驼有很多关节，但是，和她一样，它的大脑只有一半在工作。她感觉像被卷在气味刺鼻且毛茸茸的空气旋涡之中，当沙漠起风让骆驼拔起四条腿应付的时候，她感觉这个旋涡转得更快，简向上仰着的脸上映着她的恐惧。不过，出于礼貌以及对那个骆驼主人的可怜（那个人掉了几颗牙齿，这让他显得更加可怜），她并没有提出要下来或者说什么不好听的话，而是任凭眼前的景象像波涛汹涌的大海一样翻滚，风把沙吹进她的眼睛，大金字塔的巨石也像是马上要摆脱地球引力，向她砸过来。

终于绕了大金字塔一圈，骆驼主人最终念念有词，也做了几个手势，让骆驼跪下来。亚历山德拉挣扎着向前倒，最后的一点尊严也不要了。落地后，双脚不停地颤抖，就好像在冰水里泡过了不短时间似的。她一回神，突然发现骆驼的脸就在她身边，露出了玉米黄的长牙，拍打着双层眼睫毛，从柔软得难以置信的嘴唇里发出一阵像吹气放屁一样的声音，它显然是因为这趟差事终于结束了，当然，她是更加高兴的。骆驼主人拿到钱的时候行了一个很夸张的额手礼，这让她意识到，她给的小费可能太多了。她也想客气一下，好不容易想到一句国际通行的客套话，可是，没等她说完，那个人已经在朝别的地方看，在其他游客中间搜索下一个倒霉蛋。

简没有恭维她的勇气，也没有为她的幸存而鼓掌，只是对她说："你没觉得很脏吗？你觉得骆驼上面的毯子里面有多少虱子和细菌？"

刚刚被简的呼噜折磨了一个晚上，这时的亚历山德拉没有心情再忍受她的数落。"和别的地方差不多吧，我想。简，如果你很在乎细菌，你就不应该到非洲来。"然后，为了缓和一下气氛，她问："我看起来怎么样？"

"你看着不像阿拉伯的劳伦斯，你不至于要跟他一样吧？"

"刚才有没有帮我拍照片？"在把自己交给骆驼之前，她就把相机给了简，那是一台小佳能相机，不是数码的。"有没有把金字塔拍进去？"

"应该有吧，尽管我不喜欢用别人的相机。不喜欢咔嚓和呼呼响的声音。金字塔有没有拍进去倒不是很肯定，角度不大好，你一直在动。"

"我就知道。希望你没有拍得一塌糊涂，简。我要洗出来寄给我外孙女的，如果没有金字塔，这里和动物园没什么区别。"

“哦，外孙女！现在的小屁孩才不管我们呢，你要正确面对，亲爱的。他们觉得我们很烦，跟我们在一起很不舒服。我们就自娱自乐吧。”

为了缓和简从历险之旅启动之初就给她制造的负面情绪，当她们俩坐在面对着大金字塔的窗户前喝茶的时候，亚历山德拉问另一个女人：“你觉得怎么样？给你传递了什么感受？”

“有啊，”简说，“人们总是愚蠢，你想，建造这些金字塔需要多少劳工？需要多少能工巧匠？这些人真是死得其所。”

“不就是吗？过了这么多年，人们都还记得他们的名字。那个叫胡夫吧。简，你必须承认，这是个伟大的工程。导游在巴士上是怎么说的？这个金字塔用了两百万块石头，石头小的重两吨，大的重达十五吨，就连考古学家都搞不清楚，这些石头是怎么弄上去的。”

“很简单啊。从斜坡拉上去啊。”每当亚历山德拉来兴致的时候，简总喜欢给她泼冷水。

“但你要想想，造那么长的斜坡需要多少材料？金字塔造好之后，这些材料放到哪里？你看现在到处干干净净，没有一点多余突兀的地方，真的。旁边那个金字塔，就是胡夫儿子的金字塔，也是那么大，还有旁边那个小的，长得像小熊，那是胡夫的孙子建的。我都很喜欢。我很高兴来到这里，感觉长了很多见识。你难道没有？”

“不知道，”简说。“让别人感动的东西，常常感动不到我。我有时会感到害怕，感觉我像是生下来就少了一根筋，有些人就是生下来就少了一些神经，有人经常咬到舌头，就是因为不感到疼。”

亚历山德拉很受感动，敏捷地伸手摸了摸简的手背。旅行团要求游客注意穿着，要覆盖手臂，要穿长裙，不过女游客不用把头发包起来。当地的宗教习俗很强大，保存得很完好，就像金字塔由政府军队守护着一样。“你别这么说，亲爱的，”亚历山德拉说。“你和我们大家都一样，哪根筋都不缺。你不用喜欢大金字塔，尊重它就行了。是你建议来埃及的，你要记住。”

在沙漠阳光的照射下，简显得更苍老，整个人都萎缩了。手背上的蓝色静脉凸起很明显。“我想起从前，”她说，“当时我们都会一点法术，现在都没有了吧。其实，那东西一点用也没有，只是让教会的牧师权力更膨胀了，纯粹是为了对付我们。”

“如果他们认定我们的法术有用，就可能是真的有用。这样他们也会安心一些。我记得，在东镇的时候，我一直相信有一种旧宗教存在，后来被人类接手了，干预了，好像助产士一样。本来属于自然宗教，是循环不息的，女人生孩子也是一样，原来没有助产士的时候，虽然备受煎熬，也有人难产死了，但总还是有很多孩子生出来，人类因此不断繁衍。”

“你在说什么？你是说金字塔是女人建造的？”

“不是，但道理是一样的，而且女人也参与其中，例如那些王后。古埃及人有温柔的一面，他们很热爱自然，你看看坟墓上的那些图画，他们想要强卖给我们的明信片上都有，有很多花草和食物，那肯定是献给死者的。对于他们而言，死后就是永生，这就是金字塔的意义：永生。永永远远！金字塔建造得那么宏伟，就是要让所有人都看得见，让所有人都知道，法老相信永生，也愿意带着大家一起走向永生的另一个世界。”

“我不觉得这是当时的共识，”简冷冷地说。“法老不可能和群众一起，他们都是单独去的。”

“他们就像我们的总统，”亚历山德拉说。“我们不会选一个不相信上帝或只是假装相信上帝的人当总统。他们一定要相信上帝，而且要代表所有民众相信上帝。他们会让大家安心，以前即使最糟糕的教皇也会这么做。”

简叹了一口气说：“亚历，很快就好了。我们不久就要到河上去。内特很喜欢在水上玩，不过我很讨厌，所以总是劝他不要去航行。这样我更安心一些。”

到了卢克索，她们就可以坐船观光，可是，在她们坐飞机去卢克索之前，旅行团又增加了一天在开罗的行程，巴士带着大家穿过拥挤的街道，来到一个法老博物馆前的广场。广场上人非常多，可谓摩肩接踵。这个旅行团老老实实地过了安检口，然后穿梭于展厅之间，每个展厅差不多都有棺材。法老的脸很大，裸露着肩膀，颧骨很高，脸上带着和猫有点相似的笑容，被安放在花岗岩棺材里面，有些棺材有粉红色和灰色的斑点，有些是纯黑色的，从石矿好不容易开采搬运回来后，都经过了精心的雕刻，那些雕刻工匠的眼睛、手脚乃至骨头早就在漫长的光阴中消亡了。生活本来很轻松，一碰到死亡，就会变得那么沉重。一楼的天花板最高，摆放的雕像也最大。有一座巨大的拉美西斯二世像竖立在大门口旁边，像一根巨柱，两只手像冻僵了似的夹在两侧，双眼盯着他灵魂所在的天空。在第 47 展厅，棺材的盖子上雕刻着花豹的花纹，好像是牧师在葬礼结束后匆匆离去拉下的兽皮外套，在第 36 展厅朝北的墙上，奈库贝特女神正在给一个不太知名的年轻国王喂奶，而公羊神克奴姆就在旁边看着。第 3 展厅有许多从斯特卡纳神庙搬来的阿蒙霍特普四世雕像，他曾经是激进的宗教改革家，他的体形相当怪异，听说是近亲繁殖产生的怪胎，在法老和王朝更替的进程中，他复辟回到了一神教和太阳崇拜。亚历山德拉注意到，他的雕像并没有生殖器。显然，在埃及的艺术中，生殖器有时有、有时没有，和欧洲差不多，目的比较单纯的雕刻，即使浅浮雕，在伊斯兰运动兴起之前，也受到清教运动的影响。科普特人并非一直都是被压迫者，他们也有一段时间成为压迫者。她发现，历史和自然一样，都是深不可测的。

再往上面一层，这群手脚绵软无力、眼睛也都快睁不开的游客，跟着那个似懂非懂而且有些跛脚的导游，参观了从图坦卡蒙法老的陵墓里出土的陪葬品。图坦卡蒙法老十几岁就去世，他的陵墓与众不同，三千年内从未被盗，棺椁保存完好，直到不久前才被挖掘。墓室里面有与真人身材一样的乌木卫兵雕像，还出土了法老的鸵鸟羽毛扇、游戏盘和打猎装备，包括回旋镖、棍棒和小圆盾，还有锄头、篮子乃至护身符，反正，这个英年早逝的法老永生后的必备用品应有尽有。

“你是不是很讨厌这种东西?”简在亚历山德拉的身边问。

“到时你可能也会觉得你有这种需要,”亚历山德拉轻轻地说。

那个跛脚的导游用僵硬但响亮的英语解释说:“图坦卡蒙法老的陪葬品,都是珍贵无价的宝藏,一九二二年被英国人霍华德·卡特发现,当时墓穴里面乱七八糟,可能是盗墓者正准备作案时突然中断仓皇逃走,也有可能是下葬的时候祭司匆忙了事。”

图坦卡蒙的出土陪葬品占了一个展厅又一个展厅,包括镀金乌木雕像,还有各种宝座和凳子,设计都十分漂亮,其中包括那个著名的黄金宝座;好多个雪花石膏坛;装着木乃伊食物和法物的船;各种各样的床,包括一张折叠行军床和两张用于制作木乃伊的大床,制作木乃伊的过程要接受哈托尔女神的乌鸦和塔沃里特女神的监督,所以这里也有乌鸦和塔沃里特女神的头部雕像。在另一个天花板很高的展厅,两个美国女人看到传说中的雪花石膏卡诺皮克坛,一共有四个坛子,分别装着年轻法老的各种内脏。这里还有几个布满灰尘的箱子,装着皱巴巴的衣服。游客目光呆滞地看着图坦卡蒙法老的半身像,半身像是用木头和灰泥做的,栩栩如生,大家还看到一张“奥利西斯床”,形状和法老的体形接近,上面装满泥土,泥土上面撒了粮食,泥土浇了水,这是要让粮食在陵墓里发芽,象征着重生。后面几个展厅分别展示了法老黄金棺材,以及覆盖木乃伊头部的黄金面具,还有著名的圣甲虫形宝石和纯金搭扣、耳环和戒指,甚至有一把刀,刀有一面铁刃,那是后来才入侵到陵墓里面的。后面几个展厅陈列有法老的《亡灵书》,以及他在另一个世界会遇到的各种神的图像。像灵魂看着自己的肉体一样,两个女人对这些巫术的风化物看得特别仔细,尽管没有什么用处。“他们相信,”导游嘶哑又着急地解释说,“每个人有五个自我:自己的名字,自己的卡,自己的巴,自己的心和自己的影子。在通往永生的大门口,自己的心像羽毛一样轻飘飘,那是代表真理和正义的羽毛,如果失去平衡,那就要被吞噬者给吞食,吞噬者一半像河马,一半像鳄鱼。”

“你怎么样，亲爱的？”亚历山德拉试探性地问简。昨天晚上，她的呼噜声不是那么大，不像前天那样激烈起伏，而是更像背景噪声，再说，亚历山德拉已经是精疲力竭，因此，她的神经系统也不像开始那么敏感，渐渐已经适应，如果房间里很安静，她倒是会有些不习惯，她已经不像在加拿大那样，当时，哪怕有一点小小的响声，她都受不了，房间里面的报警红灯也让她吃尽苦头。在埃及，宾馆的房间里好像没有报警红灯。

简回答说：“我都麻木了。这楼上还有多少这种垃圾？”

“简，应该说，大多数还是很漂亮的，很精致。对他们而言，死亡就是通往芦苇之地的旅程。”

“是吗？真是这样的话，他们为什么把尸体装到石头棺材里面，在这么坚固的棺材里，出不去的吧？”

“他们是要把尸体保存起来，”亚历山德拉凭想象说。“这样，他的巴就能够利用自己的肉身。是巴还是卡？”她突然变得很关心埃及，虽然提出来埃及的人是简，但如今，倒是她更了解、更关心古埃及人。当然，亚历山德拉已经当了两年的寡妇，相对而言，简刚成寡妇十个月，调整得还不是那么好。她经常提到内特，像念咒语一样，似乎这样能把内特召回来。可是，内特也是装在石头盒子里，然后石头盒子又放在更大的盒子里。

第二天，她们终于飞往卢克索，然后坐上了荷鲁斯号游船。和内特以前说的一样，在船上的感觉好极了。游船一个一个码头地停，她们一座一座神庙地看，到了晚上，游船引擎的轰隆声盖住了简的呼噜声，尽管船舱里面的两张床挨得很近。到了白天，她们看到尼罗河两岸朝身后不断退却，像是在持续展开一幅没有尽头的画卷。岸上牛群在绕着圈跑，古老的吊水车一起一落，像木头石油钻井平台，这原来是做灌溉用的，天空很蓝，像油漆过的圆顶，在游船上，乘客相互微笑着点头打招呼，这样就算是克服了各种语言障碍，有些游客在游船的小水池里游泳，那个水池实在很小，划两下水就可以从一边游到另一边，有些坐在甲板的椅子上晒太阳，一边喝着酒，一边嚼着花生，随着阳光日渐加强，这些人逐渐都晒成了棕色。

“埃及人怎么那么开心？”简问坐在旁边椅子上的亚历山德拉。

“我不知道。为什么？”

“因为他们生活在尼罗河边。”

“哦。”

游船从卢克索向南，首先到达埃斯那神庙，神庙已经所剩无几，旁边是一个市场，市场上挂着许多让人看了倒胃口的牛肉部位，例如上颚。她们的导游这会儿是一个女的，样子很时髦，虽然是穆斯林，但脸上没有遮面纱，穿着黑丝绸喇叭裤，脖子上戴着很粗的银项圈，在银项圈的衬托下，她橄榄色的皮肤显得更美了。“阿斯旺大坝，”她说，“抬高了尼罗河谷的水位。埃斯那神庙的地基已经像湿掉的曲奇。”这是真的，大家脚下的地是松的，都快成烂泥了。第二天，游船抵达伊德夫神庙，神庙位于悬崖边上，是保存最完好的古埃及后王朝神庙。导游戴满戒指的手轻轻拍着精美的浮雕，说：“古希腊罗马的雕塑，最显眼的特征就是他们的屁股、奶子和肚脐眼。雕塑家也想遵循古老的传统，但他们的手和眼睛不让。他们会把四肢弄得很丰满，膝盖比较突出，但脚趾比较小。老的传统追求理想的状态，所以两条腿和两只脚都是一样的，大脚趾面对观者。古希腊罗马人不会这么干，他们觉得这个样子很滑稽。他们的雕塑是小脚趾冲着观者。这算是异端吧？”她说完就大笑，在一顶大草帽和一副硕大的太阳眼镜下面，露出了两排洁白的牙齿。第三天抵达科翁坡神庙。科翁坡神庙供两个神，一个是鳄鱼神索贝克，另一个是鹰头神荷鲁斯，荷鲁斯的爸爸奥西里斯被叔叔赛特所杀，然后荷鲁斯杀了他的叔叔。戴着闪闪发光的手镯和可伸缩的银项圈的导游带着大家走进一个房间，房间的屋顶画着天空女神努特的神像，天空女神经常横跨天空，从一端生出了荷鲁斯，荷鲁斯曾经是法老守护神，现在是这艘船的守护神。第四天荷鲁斯号游船抵达菲莱神庙，神庙在远离上涨的纳瑟湖的一座小岛上，石头一块一块搬上去的。那个穆斯林女导游带游客进了一间静悄悄的石头大殿，跟她们说，“这是古老宗教的最后崇奉场所，这座神庙一直维持到公元6世纪。公元三七八年狄奥多西大帝一世颁布法令禁止崇奉俄赛里斯和伊希斯，定基督教为罗马帝国国教，这座神庙居然还延续了两百年，然后才变成基督教堂。于是，给荷鲁斯哺乳的伊希斯变成了给耶稣喂奶的圣母马利亚。伊希斯崇拜在罗马帝国很盛行，她是寡妇的楷模，赛特杀死她丈夫后，把尸体分成十五块，装入石棺沉在尼罗河下面，她居然找到了十四块。她最终没有找到第十五块，你们可以猜猜那一块是什么。”

接着，荷鲁斯号游船抵达阿斯旺，来到阿迦汗陵墓和基钦纳勋爵花园的旧址，游客是转搭很漂亮的三桅小帆船上岸的，回来的时候正好太阳下山，船帆朝血红的太阳倾斜，漂亮极了。两位美国寡妇坐在荷鲁斯号的甲板上，等着叫吃晚饭的铃声，天气渐渐凉下来，蝙蝠在昏暗的空中飞来飞去。简向它们伸出手臂，用比平常更刺耳、更深沉的声音说了一串咒语。

在西边天空血红颜色的映衬下——东边天空已经黑了，天上有星星在闪烁——亚历山德拉看到一个从她们头上飞过的小黑影突然不再飞行，像被吹折的雨伞，垂直栽进闪闪发光的河水里。

“简！”亚历山德拉惊叫。“你为什么要这样？”

“我想看看是否还管用。那些神庙墙上的咒文让我烦透了。”

“可怜的蝙蝠，它是无辜的。”

“别这样多愁善感行吗？我的天使！你知道，自然界是没心没肺的焖锅。你再想想，要不是我刚才那一下子，有多少只蜻蜓会死于那只蝙蝠的嘴里面？”

“哦，简。自从我们对可怜的珍妮干了那件事之后，我就受不了这种事情，妖法和咒语什么的，我都隔绝了。真希望那件事没发生过。”

“那是她自己的冒失造成的，”简语气坚定地说。她的语气跟刚才念咒语的时候一样尖刻。“她越界了。”

“她也没干什么，只是在达里尔问她是否愿意嫁给他时说她愿意。看看他后来的样子，他没问我们算是幸运的了。”

“如果他问的是我们其中任何一个，他就不会落到那个下场。”

“他就是个骗子，我一开始就看他不怎么顺眼，”亚历山德拉有点自鸣得意地说。

“达里尔是骗子，但荷鲁斯不是吗？真的，亲爱的，古埃及的那些祭司如果真的有灵，看看他们干的那些屁事居然蒙了人们几千年，肯定自己都要笑傻了。那个导游在伊德夫神庙说什么？拉美西斯三世划拨给底比斯阿蒙神庙一千五百平方公里土地，占当时可耕作土地面积的十分之一。难怪努比亚人与希克索斯人和其他乱七八糟的人都争着占那个地方。好恶心！”

接着，两个人都没有说话，亚历山德拉好像可以听到没有落水的蝙蝠拼命发出超声波，这是疯狂求生的意志。简长着黑头发，在尼罗河上过了几天，她的皮肤也变得黝黑，她的脸色和暮色融为一体。只有她的笑容，以及脖子上的珠宝和手上的得其利鸡尾酒杯子的反光，才让人发现她的存在。为了打破沉默，亚历山德拉说：“我不知道那些服务员是怎么想的，总是让我们喝酒。”

“我也受不了，”简表示同意。“不过，他们的酒倒是调得很不错的，我这杯得其利很棒。你的威士忌酸酒怎么样？”

“也很不错，实话实说。很有意思，这么多穆斯林人在给西方人服务，要是基地组织真的成了气候，他们是不是都要失业？他们会不会因为不纯洁而被处决？”

“基地组织不可能成气候。你说有多少人会买他们的账？”

“你和我肯定不会，但是，总是有人会买账，特别是那些穷苦人。他们需要宗教，不管后果。所以我才觉得你对古埃及的祭司是不是太刻薄了。”

“我倒是想到了犹太人，”简说。喝下去一些酒之后，她的舌头有些打结，说话有些不利索。“他们为什么会信宗教？他们都那么聪明。就因为上帝说了一句屁话，亚布拉罕差点就把自己的儿子给砍了，这种愚蠢的事情……”

为了不让简情绪更加激动，亚历山德拉插进来说：“我读过文章，说巴比伦之囚和出埃及记都不符合历史事实。摩西和蒲草箱的故事，在埃及没有相关记录，所以，他说的那句话，‘让我的人民走’，也是没有根据的。”

“我从来没有相信过，”简说。“都是屁话。很小的时候，我就不相信。内特经常到教堂去做礼拜，他属于圣公会高教派的，他那个滑稽的妈妈也是。除了婚礼和葬礼，我都没有和他一起去过。都是骗子，我受不了。死后，我希望直接火化，然后在地上挖个坑随便埋掉，大家都只要庆幸那个人不是自己就好。别搞什么繁文缛节，亚历，你要答应。”

“简，”她的朋友说。“你对我们都太刻薄了，对所有人都一样。”简本来是要回应的，但召唤吃晚饭的铃声响了，铃声很好听，像基督教赞美诗《来吧，忠诚的信徒》的前六个音符，也有可能不是。

那天夜里，亚历山德拉终于睡得很沉，好久没有睡这么香了，中间，她被一阵引擎声吵醒。游船起航了，离开码头前往卢克索，带大家去看卡纳克神庙的方尖碑和巨型圆柱子，这里是阿蒙神崇拜的中心，“众神之王”的势力范围几乎覆盖了整个肥沃的尼罗河谷。荷鲁斯号游船上的游客欣赏了位于东岸的露天景观。亚历山德拉用佳能胶卷相机拍了庞大废墟的不少照片，有刻有很深的象形文字和君主姓名的椭圆形图案，虽然风吹日晒雨淋这么多年，这些浮雕图案还是十分清晰。接下来，游客要到对岸去参观，西岸是“帝王谷”，也就是埋葬国王、女王和王后的坟地，那里还有曼农巨像和哈特谢普苏特女王的神庙。哈特谢普苏特女王，她是图特摩斯一世的女儿，后嫁给继位的哥哥图特摩斯二世，图特摩斯二世死后，她成为埃及史上唯一一个女法老，她死后才把王位传给图特摩斯二世的儿子，也就是她的侄子兼继子图特摩斯三世。在她的纪念碑上，作为法老，她戴假胡须、身着男装、束胸宽衣、手执权杖、威严无比，虽然纪念碑上的文字明确说明她是女性。她死后，图特摩斯三世将哈特谢普苏特女王刻在纪念碑上的大部分文字和形象都锤平了，她的统治功绩也从历史上消失了。“可怜的老巫婆，”简说。

古王国和中王国以后，建造金字塔的风气就停了，新王朝的君主喜欢在德尔－巴赫里湾附近底比斯山上的石灰岩峭壁上凿洞作为葬身之处，这样可以保证尸体的安全，确保他们的卡能够抵达芦苇之地，这个风气持续了四百年。岩洞里面的照明主要依靠亚麻籽油灯，也有用镜子反射太阳光照亮石灰岩石，开凿的工人就是利用这种借光的方式，不断往深处挖掘并把碎石运出来。后来，艺术家在岩洞里面的墙壁上画了搬运水果饮料供品和蜡烛以备死者完成永生旅程的奴隶，也画了永生世界的盛况，包括盛大的宴会和丰收的景象。这些景象安排得很有秩序，好似只有死者拥有必备的乐器来演奏的乐谱。传统上，左边第一幅壁画通常献给鹰头太阳神阿蒙神，接着是他的另外两种形象公羊和甲壳虫，周围是他的两个敌人毒蛇和鳄鱼。

游客摩肩接踵地走着，照明的光线不是镜子反射的太阳光，而是装在石灰岩顶的电灯泡，在灯泡的周围，大家可以看到无数凿洞的痕迹。路上有几个大坑，是给盗墓者准备的陷阱，游客从旁边的木栈道走过去，他们也碰到一些封着的假门，也是死门，目的是为了迷惑盗墓者，接着，他们穿过两边墙壁上画着祭司主持的“开嘴仪式”的通道，来到一个有柱子的大厅，最后抵达墓室，石棺就放在矩形的凹槽里面。“很有意思的是，”他们的导游说，“麦伦普塔赫法老的人形花岗岩石棺太大太沉重，搬不进墓室，所以就斜着放在这里，几千年都没有再动过！”这个导游是个留着山羊胡子的男人，衣衫褴褛，满身都是灰尘，戴着一副金属框眼镜，因为长期在墓穴里走动，所以有些驼背，像个考古学者。他格格笑了几声，摘下眼镜，用手帕擦掉眼镜上的灰尘，然后把手帕塞到裤子的后兜里，把眼镜重新戴到鼻梁上面，接着跟人数不多的快要窒息的游客讲解。“凿洞造墓穴的人不是超人，都是普通的人，甚至都很懒，很贪心。大家看，在这个侧室里面，壁画是用灰色墨水画的，很简单，很粗糙，也没有上颜色。但我觉得这样更有味道。你们能感受到画师的手吧？能不能感受到他很着急？尽管时间上不着急，但我们还是很匆忙。他不知道我们会到这里来批评他的作品。”

亚历山德拉几乎喘不过气来。她假装一只脚踩空，蹭到简的身上，其实她就想感受一下活人的温暖，这里实在太阴暗。不过，周围的各种情况都表明：无处可逃！不管各种宗教号称有多大的能耐，在这里都不管用。世界上没有真正的魔术。世界就像他们头顶上的大理石，坚不可摧，这是毫无疑问的。

从麦伦普塔赫法老的墓里出来后，在强烈的阳光刺激下，所有游客都睁不开眼睛，都成了瞎子，和蝙蝠一样。接着，他们又进了拉美西斯六世的墓，这是最大的墓穴之一，然后进了图坦卡蒙法老的墓，那是最小的墓穴之一，而且几千年来人们始终没有找到这个墓穴的入口，因为在开凿拉美西斯六世陵墓的时候，碎石把小墓穴的入口给埋掉了。“很感人吧？”导游问。“这个墓穴很小，很空，因为法老英年早逝。作为法老陵墓，这样是太小的，所以，有人认为这本是为首席维齐尔神之父阿伊准备的，阿伊后来继任成为下一个法老，也有人说是他毒害了图坦卡蒙法老。不仅如此，阿伊后来占用了本来在西谷为图坦卡蒙法老建造的大墓穴，那个墓穴挨着阿蒙霍特普三世的墓穴，阿蒙霍特普三世是图坦卡蒙法老的爷爷，也有可能是他爸爸。这都是民间的传说，没有学术依据的。不过，图坦卡蒙法老积极复兴对阿蒙神的崇拜，这是确凿无疑的，如果他不是始作俑者，起码也发挥了推波助澜的作用，他逆转了阿蒙霍特普四世的革命，阿蒙霍特普四世又自称埃赫那吞。关于埃赫那吞，你们可能听到过很多讲解，他是一个很激进，甚至很疯狂的人，他想消除对阿蒙神的崇拜，想树立对阿吞神的崇拜，阿吞神就是太阳神。他把埃及首都从底比斯迁到一个他亲自建造并命名的城市埃赫那吞。他的继任法老是斯蒙卡瑞法老，是他的女婿，下一个继任者就是图坦卡蒙法老，也是他的女婿，因为他小时候就与埃赫那吞的第三个女儿结婚。图坦卡蒙法老继任时不到十岁，十九岁就去世了。最初他叫做图坦哈吞，也包含太阳神的名字，但他不久之后就调转枪头，复辟了阿蒙神的统治地位，阿蒙神的本意就是无形之神。如果他没有复辟，谁知道埃及会不会在伊斯兰入侵之前接受一神教。我相信你们都参观过开罗博物馆，看过图坦卡蒙法老的陪葬品。你们能不能想象，这个小小的墓穴，怎么能装下那么多东西？小法老肯定是被祭司利用了，先是帮阿蒙神复辟了，然后被人家毒死送进永生世界。真让人为他伤心。古时候的政治并没有比当今的政治更正派。”

最后这句话给他赢得了一阵笑声，尽管笑声是出于礼貌，也有些疲惫，有些神秘。如果他是指穆巴拉克，那么他就是在玩火，如果是指美国总统布什或者以色列总理沙龙，那就是在诋毁中伤。不管怎么说，从坟墓里出来的游客此时都口干舌燥，都很着急回到游船上去，去吧台要一杯冰镇的亚力酒。第二天一早，她们就飞回开罗，然后到巴黎、法兰克福、东京，最后到达纽约。在肯尼迪机场，在这个破破烂烂的机场，已经有十二个日夜没有分开、共享一间卧室的简和亚历山德拉终于要分手了，说实话，她们相互都腻了，从此，亚历山德拉要前往沃斯堡和达拉斯，然后到新墨西哥的阿尔布开克，简则要到拉瓜迪亚机场转机去波士顿。“很开心。”简的声音显得她有些言不由衷。“跟你在一起很开心。好极了。”

“我也是。每一分钟都让人难忘。”亚历山德拉也说谎。“尼罗河、热浪、游船、金字塔和陵墓等等，都令人难忘。那些墓里面的壁画，画了很多直头发长眼睛的棕色人在干日常活，有人蹲着，有人在吃东西，有人在割纸莎草，还居然有人在弹竖琴，你记得吗？他们真热爱生活。埃及有一种东西象征生命，好像叫做安可架吧。”

“是的。我们什么时候再找一个地方去玩吧。”

“什么时候？我不像你，我得先好好休息下，积蓄一些力量。”

“过一两年吧。”

“好吧，”亚历山德拉说。“如果苏吉能和我们一起去，那是不是更好？就我们俩的话有些压抑。我们俩容易情绪化，苏吉就比较稳重。”她突然想起来，“不过，她还有老公。”

简侧着亮棕色玳瑁色的眼睛，用莫名其妙的眼神看了她一眼。“是吗?”她反问。她左脸颊好像要挤出一点笑容，但马上又收了回去。于是，在这个破破烂烂的机场，两个老巫婆相互拥抱了一下，但没有亲嘴唇，这样就算告别了。

苏吉现在的全名叫做苏珊·米切尔，因为她嫁给了活蹦乱跳、头发沙黄色的列尼·米切尔。她原本是一个作家，尽管级别不高，是一个小镇的新闻作者，偶尔也写两性题材的小说，不管怎么说，她是个作家，居然嫁给了一个语速飞快的电脑商人。如今，她非常喜欢坐在电脑面前，面对着刺眼的屏幕，用键盘把脑子里快速闪过的灵感或者念头输入电脑，这种工作方式俨然成了她的第二天性。她给亚历山德拉寄来了几页用激光打印的纸张，和手写的不一样，这几张纸是崭新光滑的，亚历山德拉打开来念：

最最亲爱的亚历：

那件伤心的事情发生之后，我和简见面还算是比较多的，你可能比较关心那是什么事，我等会跟你解释。简一直催我跟你打电话，可是，我们已经好久没有联系了，所以我总是很犹豫。我们三个人在东镇时的亲密，现在回想起来，必定是源于我们每天都生活在那个小地方，很可能随便走在码头街上就会碰到你，然后我们会很自然地相互招呼去尼莫餐馆里喝杯咖啡，我们的孩子都在同一所学校里面念书，甚至被我们骂做婊子的老师也是一样的。我们都要忍受同样难受的天气，去参加同样无聊的鸡尾酒会，可能你没有意识到，每天中午，我们都要听到同样的消防车警报声，我们都有与纽约和波士顿近在咫尺又遥不可及的感觉，实际上，我们与普罗维登斯更近，但那里同样与我们基本隔绝，你可能是讨厌那个有宗教色彩的名字吧。

我发现康涅狄格州有所不同。这里的城镇相互靠得比较近，但也不是紧挨在一起，不像在新泽西北部那么拥挤，那里有点恶心。这里看起来像很有钱的样子，尽管我很讨厌谈到钱，感觉挺庸俗的，不过，这里连干杂活的工人和帮人看小孩的用人住的地方都很上档次。在罗得岛，虽然地方不大，但有不少街道死角，也有不少荒芜的湿地，人们在那里捕野鸭，然后把捕鸭器随手扔在那里，还有人往那里扔垫子等各种垃圾，那种情况在这里都不会出现。说到垃圾，这里的垃圾都得到循环利用，垃圾分类回收组织得好极了，废纸扔到一个箱子里，玻璃扔到另一个箱子里，彩色玻璃还有另一个箱子，甚至还有一个箱子专门让人家扔罐子的，都安排得很方便，人们事先在家里分好类，开车过来随手就可以扔到恰当的箱子里面，即使绿化区域也十分整洁，感觉都像除过杂草一样，倒下来的树干会及时清理掉，灌木丛也有定期修剪，看起来和迪士尼动画电影《罗宾汉》里面英国的山毛榉树林一样，整整齐齐，远看像地毯似的。这里的市中心不大，但到处都挂着整齐划一的仿古标牌，学校的操场和孩子们的游乐场所都管理得很到位，同样都整整齐齐。要看荒地，你得去布里奇波特，但实际上没有人会去看这种地方。你可能还记得，我的老家在纽约北部，在那里，什么东西都不像是属于本世纪的，当然，我说的是即将过去的这个二十世纪。纽约北部都是十九世纪的东西。列尼带我到这里来的时候，我很惊讶，这里的一切都很自重，每个人都平等面对纽约市，斯坦福德曾经只是格林尼治的穷亲戚，但这里的人们也是如此。后来，很多企业为逃避城里的高税收纷纷搬到这里来，建起一座又一座蓝色玻璃幕墙的高楼大厦，现在都和哈特福德差不多糟糕了。我们住的地方在最接近梅里特的那一块，还没有受到很多影响。说到我们，我是指我和列尼，我刚才说得随便了，我要更正一些。我这几天一直在想着他，感觉身体有点不舒服，鼻子塞住了，嗓子也很干。说真的，住在大城市的郊区，我是说美国的大城市，会感觉很紧张，同时也会很失落，因为我们并没有生活在城市里面，却一直生活在城市的光环下面，郊区的餐馆、商店和美容店还达不到曼哈顿的标准，但总是要跟那里看齐，即使是本地的商人，他们并没有怎么进城，但他们的腔调和纽约市里的没什么区别，气派十足，我感觉很滑稽，就像大英帝国遭到德国闪电袭击后一样。这里的人又不像在东镇一样相互都认识，流动性很大，有钱了就搬到更高档次的房子或搬到别的镇上去，每个人心里面都在较劲，对于相互之间的关系，都采用纽约的标准来衡量。我受到很大启发，要是住在其他地方，我不可能取得今天的成就。我的代理人住在不远的南诺瓦克，如果没有他，我可能还在做小镇闲话专栏，可是，在博客和电子邮件的冲击下，这里的本地小报纸都快关闭了，而且，这里的小镇也几乎都消失了，大多建筑是大商场和商业区，中间也开发了一些住宅，但这里已经没有人关心闲话了，和以前大家都承受性压抑的时候截然不同。我想，以前人们之所以有那么大热情，就是因为他们受到压抑，我们当时不像现在二十几岁的年轻人一样激情四射，现在的年轻人想勾搭谁就勾搭谁。你是不是觉得我很假正经？你知道我不是那种人。

你可能很奇怪，我这么多年来一直没有跟你联系，现在怎么跟你写信了？我是要告诉你，列尼两个月前去世了，很突然，简认为应该告诉你。她联系我的时候列尼刚好去世，她好像料到了这一天什么时候到来。可是，她怎么料得到呢？他身体很棒，不胖，很喜欢运动，我们认识以后他就戒了烟，而我却傻傻地继续抽，由于我在参加聚会或者写作的时候抽得比较多，所以医生跟我说我的肺功能只剩下不到一半。我们一月份去佛罗里达的时候，他还很喜欢去跳舞，爱打网球，不过只是双打，也常在小路上慢跑，小镇规划得很好，一整个冬天都在打壁球和板手球。那天，他突然倒在壁球场上，那个和他一起玩的人说，他是在做了一个漂亮的防守动作后撞到墙壁摔倒的。那个人虽然是医生，但他是妇科医生，不能及时有效地做复苏抢救。急救人员赶到以后，很快就判定列尼已经不行了。他们告诉我，过了八分钟，就必定出现大脑损伤，他们说我肯定不能接受他那种状况。我想可能也对吧，但我希望他们让我自己做决定。我也对列尼的那个所谓朋友很有意见，他是医生，身边有手机，为什么没有更及时呼救呢？那个壁球场在一座崭新企业大楼的地下二层，如果以前没去过，是不容易找到的。

简和我最近来往比较多，她也开车到我这里来，但我开车去她那里的次数更多。她那个老古董婆婆很可爱，尽管简认为老太太毁掉了她和内特·廷克的婚姻。她还认为，如果我和她一起去旅行一次，可能对我摆脱悲伤有帮助。最好是跟你们俩一起去。你和简的埃及之行没有把你吓坏吧？听说那些穆斯林看你们不戴面纱对你们很不友好，我觉得你们还是很勇敢，行程也很有教育意义，尽管可能没那么好玩，我很难理解，你们怎么受得了那些死人。埃及人就靠那些死人赚钱。那些墓道那么长，我怀疑是不是受得了，也不知道你们这样喜欢阳光的人是怎么熬过来的。简说你骑了骆驼，你们坐游船的时候，她晒黑了，你却晒伤了。我不知道你们爬了多少级台阶，我肯定爬不了几级，我有肺气肿。就是在爬台阶的时候，我第一次发现我已经不再是年轻姑娘了。如果我们一起去旅行的话，我不知道你是否愿意去，我们就要尽情享乐，我想我们可以去中国。我在斯坦福德有些交往的人好像都去过中国，我也曾经跟列尼建议去中国玩，可是，他说他宁愿去吃一顿中国美食然后就打道回国。在我的心目中，中国就是一个很大、很开阔的地方，可以看到无边无际的天空，有很大的城市广场，人们常在小街道里吃面条。他们叫作胡同吧。自从看了英格丽·褒曼的一部电影，我就对中国充满憧憬。在电影里面，英格丽带领一群孤儿躲到一家客栈里面，对了，那部电影叫做《六福客栈》。亲爱的，你觉得怎么样？简也会很快就跟你联系，她好像要在离开之前把这个世界都吞到肚子里去，也可能是要躲避她的婆婆，她婆婆虽然年纪很大，但眼睛尖得很。有一次我和她聊了几句，我感觉到她有简的电话号码。

做寡妇有什么感觉？你有很深的体会吧？晚上的时候，我有时好像还在等列尼回家，等不到他的时候，我还会误以为他在跟我赌气，或者在跟我躲猫猫，我居然还会生气。我还是很勤快的，没有男人的那些坏习惯，比如说，烤面包机周围的地板上始终没有面包屑，可是，如果没有人看的话，弄那么干净有什么用呢？列尼生前是做销售的，但是，把人家不要的东西强行推销给人家，人家是会不高兴的。比如说，每个周末，我们要去佛蒙特州南部的一个滑雪胜地，但小孩子们很不高兴挤在房车里面，我们很少开那辆房车，后来，随着那个山区失去相对优势，那里的房地产价格就下降了很多。又比如，他给我买了很漂亮的新款电炉，表面是黑的，很光滑，下面的燃烧器基本看不见，所以我经常不小心烫到，也经常把烧蔬菜的锅放错位置，等了半天蔬菜还是生的。后来，他的电脑生意红火了，因为有大量的公司从纽约搬到斯坦福德，他给我买了一辆很大的海军蓝色宝马车，我们刚认识的时候，我还开那辆灰色的手动敞篷雪佛兰老爷车。我很喜欢那辆车。你还记得吗？开着那辆车，经常感觉像坐在澡盆里面穿街过巷似的，我的头发像被水冲到后面去，我那只漂亮的魏玛狗汉克坐在前排我身边，它的耳朵全贴伏在身上，耳朵里面粉红色的皮肤都露在外面。列尼觉得那辆车太小，我开那辆车不安全。这辆宝马车我现在还在开，我总感觉像男人的玩意儿，换挡杆在地板上，像男人的阴茎，我总是挂错挡，车顿挫很厉害，你能感觉到它对路面的每一次撞击。这里的车都很男性化。刚到斯坦福德的时候，其实那不是斯坦福德，而是在北边挺远的一个村子，我买了一辆红色的福特金牛座，我很喜欢，可以装一个星期的日用品加上一个高尔夫球包。但是，列尼非要给我买一辆豪华的宝马车，就是要让人家知道，我们又有钱了！他还让我买很炫酷的衣服，比如说一件用杂色毛皮做的外套，穿着这件外套，我就像一个毛茸茸的球，看起来很滑稽很愚蠢，还买了几件露背的礼服，我穿一次就要感冒好几个星期。后来我才知道，他在公司里的女朋友，当然，他会不停地换女朋友，总是越来越年轻，她们就常穿这样的衣服。有一次，我们刚好都去参加他的老板在自家草坪上举办的一个派对，我们居然都穿着完全一样的紧身丝印礼服，用肩带替代腰带。结束时，我们逐一相互拥抱，那个场面太滑稽了，也太伤感情了，他居然向我炫耀他有那么多女朋友，还说那是我的问题。他就是个做销售的商人，说得好听就是有事业心，说得不好听就是喜欢一意孤行，如今，我终于摆脱了他的这个臭毛病。他没有了，亲爱的亚历。但我还感觉他是去出远差了。有时候，在我们超大的房子里面，我从一个房间逛到另一个房间，感觉自己像是宫殿里的美女，不知道野兽在哪里。在他从前开车回到家的钟点，现在总是静悄悄，我还是很不习惯。你习惯了吗？你上次在曼哈顿见过他，我很高兴，不然我可能忘了他曾经存在过，或者误以为他是完美的圣人。

如今跟他终于有了距离，我发现他跟鲁日蒙有很多相似之处，例如都喜欢穿漂亮的衣服，也是大男子主义者。异性相吸的规律，都让他们犯了同样的错误。但是，他不像鲁日蒙那么喜欢挖苦人。不过，我跟鲁日蒙结婚时候，我还很年轻，只有二十岁。对于列尼的死，孩子们都不以为然，我感觉。这可能是因为他们都已经是中年人了吧，包括我和鲁日蒙的三个孩子，还有我和列尼的孩子鲍勃。对于这些孩子而言，他的死是自然界自然周期的一部分，可是对我来说，那就意味着我对谁都不重要了。

如果你不喜欢写信，就给我打电话吧。我知道，说到写，一般人比我更费事一些。其实，现在的问题倒是在于文字处理技术越来越先进，等到以后语音识别和转录技术成熟，大家就只会动嘴皮子，和只留下口头文学的原始社会一样。我很想到阳光灿烂的陶斯来看望你，但是我原来有很多漂亮雀斑的皮肤最近对太阳很过敏，在强烈阳光下一晒就会出现一块块的日疹。晚年无限好，最好是近黄昏！中国的阳光不会很厉害吧！你没有看过中国的皮影戏，对吧？

一直爱你但好久没说爱你的，

苏吉

于是，第二年的九月，亚历山德拉和另外两个女人在旧金山机场会合，一起坐了十一个半小时的飞机，抵达日本东京成田机场，在飞机引擎的轰鸣声中下了飞机。因为飞行方向和地球自转相同，所以她们第二天到达的时候比纸面上计算的时间晚了三个半小时。她们的生物钟已经彻底乱套，在转机临时住的宾馆，她们睡了几个小时，其实根本没有睡着，接着就被叫起来，搭乘中国航空公司的飞机飞往北京。与超级现代化的成田机场相比，中国的机场看起来很简陋，简直像仓库，地板上铺着油毡布，起伏不平，同时，那些穿着宽大工作服的行李工人笑得很狂野，他们的笑声甚至在机场大厅里面回荡。按这三位筋疲力尽的女人的理解，中国肯定是个很开心的地方，这里的人很传统，游客也都会遵守所有的规则，对她们不会构成任何伤害。

因为苏吉一起来，所以亚历山德拉感到舒服了很多。她已经很久没有见到这个年纪最小、性格最开朗的女巫，上次见面还是比尔·克林顿当总统被莱文斯基绯闻整得很狼狈的时候。当时，吉姆好不容易答应和她去加勒比海度假，那是他们最后一次去度冬假，回程的时候，他们搭乘的廉价航班降落在肯尼迪机场，所以亚历山德拉建议他们在纽约多呆两个晚上，趁机去参观一些博物馆，不只是大都会博物馆、现代艺术博物馆和古根海博物馆，还要去看看古柏惠特博物馆，那里有令人神往的美国瓷器展。出于心血来潮，她拨打了康涅狄格的一个电话，很神奇，电话居然打通了，所以，她就邀请那个东镇的老朋友到曼哈顿一起吃饭。她和吉姆本想订21俱乐部，那是名流云集的餐厅，可是他们没有订到位子，所以，他们就在罗斯福饭店请米切尔夫妇吃烤肉。

列尼一开始好像有心事，坐立不安，但是，喝了第二杯酒，他就管不住自己的嘴巴，声音很响，和他穿的双排扣哈里斯粗花呢套装很搭配。喝了第二瓶酒后，吉姆倒是越来越安静，可是，这时的列尼连秘密都管不住了，兴奋得好像刚卖了一大批东西。他甚至爆了一些猛料，证明苏吉就是一个可爱的蠢蛋，她写的那些小说，纯粹是给脑残的女人看的。他长相很帅，头发是沙黄色的，牙齿很整齐，小耳朵，蓝眼睛，可能从小就被自鸣得意的妈妈洗过脑，认定他的魅力是难以阻挡的。准备要爆新料的时候，他总爱把手搭到亚历山德拉的小臂上，后来上甜点和爱尔兰咖啡的时候，他的手伸到桌子底下，趁人家不注意，居然放在她的大腿上。列尼最让她反感的一点是，在他的面前，苏吉像老鼠见到了猫，吓得说话都有些结巴，只会卖弄所谓的才华，但总觉得干巴巴，好没劲。她的头发是胡萝卜色，从前她会留得很长，和鼓吹爱情与和平的嬉皮士一样长，但如今剪得很短，也有些花白了。她肥厚的上下唇经常咬在一起，好像她在努力回忆一件记不大起来的事情，也可能是因为她没有戴隐形眼镜，所以看东西比较费劲。她一方面要维护丈夫的权威，另一方面又要和亚历山德拉重温从前的欢乐，这样让她很吃力，从前那个性欲旺盛的欢乐的苏吉不见了踪影。

后来，米切尔夫妇先是假装要替吉姆签账单，在吉姆的奋力阻拦下，他们随即作罢，然后匆忙去赶十点十七分的飞机。在罗斯福饭店的客房里，吉姆对亚历山德拉说："那男人就是个滑头，倒是苏珊挺可爱的。"

他的这句话一直记在她的心里："苏珊挺可爱的。"当时，她是这样回答的："我很高兴你喜欢她。她以前是我们的大美女，但今天晚上跟鬼差不多。"

此时，可能因为她降低了期望，也可能是因为时过境迁，她感觉苏吉似乎恢复了从前的样子，快活开朗，甚至有些轻狂，打扮也很艳丽，好像已经融入这儿的环境里面。她的头发染回到从前的颜色，嘴唇上涂了很厚的唇膏。在亚历山德拉的眼里，快七十岁的苏吉比三十几岁时瘦了好几磅，当时的苏吉身材丰满柔软，皮肤上有很多斑点，胸部很坚挺，在达里尔的热气腾腾的大浴室里面，亚历山德拉很羡慕也很喜欢，曾经不仅用手指摸过，也用嘴巴很饥渴地亲过。苏吉的嘴唇，虽然现在不那么丰满，还保留着微微张开的习惯，尤其是在对什么事情感到惊讶的时候。从她们踏上中国的土地开始，这里的一切东西多多少少都会让她感到惊讶，在地球仪上，中国正好在美国的背面，面积和美国差不多，但人口是美国的四倍。在她们的记忆当中，中国就是一些碎片：传说中饥饿的儿童、赛珍珠笔下的农民、母老虎、黄包车和连环画里面的山贼；蒋介石和美丽的蒋夫人宋美龄领导的民主政权；被日本人蹂躏而和罗斯福总统成为坚定的盟友；二战结束后爆发内战，杜鲁门总统虽然出于冷战需要加以干预，但国民党还是输给共产党；敌对政治信仰的封闭堡垒；大量志愿军进入朝鲜半岛；有大量像机器人一样的部队，如果我们去台湾、金门、马祖，我们可能要被吃掉；在“文化大革命”期间背诵毛泽东选集的红卫兵，那简直是对西方六十年代的粗劣模仿；尼克松访问中国和中国领导人干杯之后，中国又成了美国对抗苏联的盟友；毛泽东去世和“四人帮”被推翻之后，人们开始恢复了一点自由；邓小平实用主义风靡中国，对美国产品和美元的需求暴涨；进入二十一世纪后，已经俨然成为一个超级大国，有十三点三亿工人和消费者，成为资本主义大本营美国的债主，也成为跟美国抢夺有限石油供应的竞争对手。在机场，苏吉就大声喊：“太爽了！”这句话把她喊得快要呛过去。

她们的行李还没有在嘎吱嘎吱响的传送带上出现。这时，她们注意到了另外一些美国人，他们像是眼睛和鼻孔刚从浅水泥塘里冒出来的青蛙。在越来越混乱的到达人群中呆了好一阵子，她们的导游才在一个出口出现，那是一个脸色蜡黄、个头不高的新西兰人，父母曾在中国台湾做医学传教士，在学会吃米饭的同时也学会了普通话、广东话和日本话。接着，导游不停地喊，也不知道他用什么语言喊，奋力在人群中推挤出一条通道，带领着集合起来的旅游团出了机场大厅，来到一辆大巴士的跟前。三个女人兴奋地呼吸着中国的空气，觉得空气中有一种莫名其妙的味道，同时听到了各种听不懂的通知。在巴士上，人们似乎都很熟络，咋咋呼呼，但听不清楚大家在说什么，只能听明白大家都在调情，最后一句“开玩笑”就算结了，都是口齿不清的美国口音，是上世纪超级大国的伟大人民自我娱乐的腔调。然后，这些伟大的退休人民志得意满地在各自的位子上坐下来，就像在电影院里面灯光熄灭了大家准备看一部很长的大片。

从机场出来的路上有点堵，两边的树是新种的，两边的路灯很矮，像舞台前面的一排脚灯。巴士进城后，她们看到了明亮的小街道，街道两边的房子不高，屋顶铺着红色的瓦片。“这就是胡同，”坐在前面一排的苏吉说。

在一盏路灯下，有一个人坐在一张直背椅上剃头，胸口围着一块布，像在正儿八经的理发店里一样。对于亚历山德拉而言，这个情景很有感染力，那么安静，那么朴素，整个胡同就像一个大房间，不用租金，专业设备只要一把剪刀和一块布。

那个时间肯定已经过了午夜。在她旁边的简已经睡着了，她的呼吸气息很响，尽管不如在埃及打呼噜那么响亮，但也像一头被关在笼子里已经放弃所有逃生希望的小野兽。在她们三个寡妇当中，简是最有钱的，自己订了一个单间，另外两个住一个房间。简提出来要一个人一个房间，让亚历山德拉怀疑自己是不是也打呼噜，这个念头让她开始感到很不安。吉姆从来没有抱怨过，但是，当时他经常对她装聋作哑，自己一个人坐在陶轮前面，心里只装着自己所谓的男人的思想。大自然很神奇，每天都会让人们接受很奇怪的考验，尤其是我们的意识都要受到莫名其妙的冲击，每天都会感受某种莫名其妙的尴尬。

她们的宾馆周围都是矮房子，四周很暗，所以，她们就像坐在一艘巨轮上，巨轮的甲板上和四周灯光明亮，但外面就是黑暗汹涌的波浪。在宾馆的大堂里面，虽然已经过了半夜，居然还有一个钢琴家在给稀稀拉拉的几个亚洲客人弹奏百老汇的曲子，一首是深沉的《蓝色月亮》，一首是很活泼的《山间绿景》。“哦，这个地方好酷！我真喜欢！”苏吉喊着说。“亚历，我们一定要尽情玩！”这时，她已经替换了简成了亚历山德拉身边的人，简不知道什么时候离开了她们，瘫倒在一只鼓鼓囊囊的大堂沙发上面，因此错过了本应三人共享的欢乐时刻。

共享，是中国让三个寡妇做到了在自己的国家做不到的事情，在美国，大家都十分注重隐私，都很注重个人利益。午饭和晚饭是在圆桌上吃的，圆桌上放一个大转盘，转盘上有很多大碟子，女服务员都很厉害，换碟子的时候一个人可以抱一大堆。每张桌子坐12—14个美国人，每个人会用筷子往自己的碟子里扒面条、蔬菜、肉和饺子（特别好吃，但很滑），甚至扒米饭。那天早上连着下午大家都在观光途中，中间吃不到点心，所以大家都像饿狼一样，同时，随着桌子上的菜肴快速减少，耐心地等到转盘把有剩菜的盘子转到自己身前的时候，能迅速敏捷地扒到一点，绝对是很大的精神收获。亚历山德拉和苏吉通常在房间里面一起花一两个小时，回顾一天的收获、阅读和洗内衣，然后好像两个天真的孩子，玩了一整天，实在困了才上床睡觉。苏吉因为肺功能只剩下百分之五十，所以睡觉时的呼吸声不大，甚至可以说基本没有声音，所以，刚开始几个晚上，亚历山德拉半夜会爬起来，朝另一张床探头，仔细听，确认这个朋友有没有在吸进氧气呼出二氧化碳。她很想去抚摸那个女人的头发，但终于忍住了，苏吉睡觉的时候常把被子卷在怀里，光滑的肩膀裸露在被子外面，她也有几次想去摸摸，但都没有去，因为只要有不必要的触摸，隔壁房间的简就会感受到，然后她就会嫉妒，这样她们之间难得重新恢复的友谊就会受损。三个人相处有一个缺点，就是很可能有两个合伙欺负另一个人，至少是两个人亲密而冷落另一个人。

第一天，她们就登上了向往已久的长城，这是她们的第一个景点，虽然她们还没有倒好时差。载着三个寡妇的巴士在弯弯曲曲起起伏伏的小路上颠簸着前进，在山里开了一个小时，终于到了长城脚下，这里和首都的距离比她们设想的都更近。旅游团配备了一个在台湾读书的导游，两个基本不说话但一直微笑的年轻陪同，还有一个美国的讲解员，那个讲解员站在前面，拿着麦克风说话的时候极力保持平衡。不过他说的话亚历山德拉都能听清。“只要中国出现问题，”他说，“政府就会发起大规模运动。第一个统一中国的皇帝叫秦始皇，你们在旅行途中经常听到这个名字，他征召了大约一百万人来建造长城，这些人占当时中国总劳动力的五分之一，长城绵延整个北方的疆界，当时有些城墙已经存在，有些甚至在公元前七世纪已经存在。在那个（她没听清楚这个名字）沙漠，大家可以看到几段始建于公元前二世纪的城墙，这些城墙的材料有树枝、干草、大米和泥沙，其他大部分城墙的材料主要是夯土，今天大家要看到的城墙，大部分是用砖和砂浆建造的，墙体很宽敞，上面可以供五匹马并排走，每隔一段城墙有一个烽火台，也是瞭望台，看到敌人来犯的时候，望哨的士兵会点燃火堆，生起狼烟，作为警报信号，这些长城都是在明朝建的，大约是在十四世纪到十七世纪期间吧，后来，二十五年前，有一批德国人来把它修复到现在这个样子，这些人里面有石匠、工程师、考古学家，也有存在主义者。”

巴士里面响起了一阵笑声，不过笑声很奇怪，像潮湿的爆竹一样，那都是善于逢迎的人习惯性的笑声，亚历山德拉则在怀疑她是否真的听到了“存在主义者”这个词。她的听力一直不好，也没有随着年龄的增长而改善。此时，汽车刚好经过一个急弯，那个讲解员弯下膝盖，等过了弯，他又站起来，皱了一下眉头，又接着用存在主义者令人绝望的方式进行讲解。皱眉毛的时候，他顺便把麦克风提上去，更靠近嘴唇。“实际上，长城并没有起到作用。秦朝的时候没有，到明朝的时候照样没有。满清的士兵翻过了城墙，也有的从城墙的间隙穿过，建立了新的王朝。秦朝为了建长城牺牲了整整一代人，有人说城墙是用血和肉建成，城墙底下还埋着工人的白骨，可以想象，当时的工作条件极其艰苦，在寒冷的冬天，工人还要睡在冰冷的泥地上。可是，秦朝照样被消灭了。秦始皇死后他的儿子继位，但上台之后维持了不到四年。秦始皇和英国的克伦威尔一样是独裁者，他三十八岁就自封'始皇帝'，在位仅有十一年就死了，但是，他奠定了中国的制度框架。他统一了文字，统一了度量衡，统一了货币，铸造了方孔的钱币，甚至统一了战车轮轴的宽度。他把整个国家分成较小的行政区域，把住在国都里面的望族都收拾得服服帖帖。他不信儒家，也不信道家，而是信法家，他认为老百姓基本上都不是好人，用以前的话说，就是人之初性本恶，至少是愚钝的，所以需要用成文的法律加以约束，而且要严格执法，毫不留情。他是集权主义者，不是偶尔喜欢集权，他把集权当成一种信仰、一种教条。世界上，除了他自己，任何个人都是无关紧要的。集权是一种很美好的愿景，可是，等到他死后，中国又四分五裂，又出现诸侯割据。你们的行程有安排去参观他的兵马俑。他是目空一切的人，生性暴戾，但最终还是未能确保王朝的万古长青。历史证明，野蛮人是挡不住的，他们总是会赢得最后的胜利。能量都是自下而上迸发的，那些被压迫阶级的能量是最大的，中国有一句话说，赤脚的不怕穿鞋的。就像一锅水放在炉子上烧，最底下的先热，然后翻滚到最上面来。"

"他是在说阿拉伯人吧，"简对着亚历山德拉的耳朵轻声说。可能是讲解员的声音从扩音器里放出来比较刺耳，而且他根本听不懂，那个中国司机好像慢慢变得有些烦躁，有一个弯过得非常快，根本没有踩刹车。讲解员打了一个踉跄，差点摔倒在乘客上下车的台阶上。"我们再过半个小时就到了。"他对着麦克风说完就在第一排坐下。

那天早上一开始是阴天，但是，等到巴士停好，游客开始要爬土坡时，太阳却钻出来了，照得大家都快睁不开眼睛。在上长城的那条路上，两边挨着两排小商贩的摊位，有卖丝绸围巾的，有卖印中国字或罗马字母 T 恤的，还有各种各样的小装饰品，有彩色的陀螺，有做杂技的玩具，有用塑料和木头做的小鸟，装在一根棍子顶端，会拍翅膀，也会叫，有球中套球，有微型佛塔，有印着长城图片的瓷器盘子，也有雕刻长城图片的纪念章，瓷器盘子和纪念章都在阳光下闪闪发光。摆摊的商贩都冲着游客大声叫喊，感觉非要他们买不可，尤其是看到像西方人的面孔，就会拿一个很花哨但没有用的玩意儿塞过来。亚历山德拉一直向前走，对每个恳求她买东西的商贩，都是以淡淡的微笑表示遗憾。简连微笑都没有，而是一直挥舞着手，似乎要赶走在面前飞舞的蚊子。苏吉则是一边微笑着，一边斜着眼睛偷看着，所以，过不了一会儿，商贩几乎朝她围拢过来，举着各自的东西，冲着她大喊大叫。她的两个同伴觉得最好是一直向前走，赶快上了长城。当苏吉气喘吁吁地赶上她们的时候，她头顶戴着一顶圆锥顶草帽，用一根红绳子系在下巴。除此之外，她手里还拿着两顶同样的草帽，是买给两个同伴戴的。

“苏珊·米切尔！”简不仅叫了她的全名，还把每个音节都发了重音。“你想想，那些人往这东西上喷了多少细菌和脏东西？这东西是不能碰的，更不用说买了。这里在传播肺结核，你看这里的人喜欢随地吐痰，在机场的时候，我就看到了。”

“哦，简，别这么扫兴，”苏吉很轻松地说。“我们难得来一次中国。亚历，给你，拿好。他们每一顶要五十元，后来我三顶一共给了一百元，折合十二美元。你看是不是很经典？你看我怎么样？”接着，她把头歪过来转过去，草帽朝后面滑，露出一头橙色的长头发，头发遮住两边的小耳朵，刘海在阳光的照射下闪闪发光。长城城墙的影子就在她们的身边。

“很漂亮，苏吉，”亚历山德拉说。“不过，可能是你自己漂亮，而不是草帽漂亮。”说完，她也把草帽戴到自己的头上，这种草帽是均码的，所以，她只能把那根猩红色的绳子系在下巴上。在草帽的影子下面，她感觉更加安全。稀稀拉拉的阳光穿过草帽落在地上，随着草帽的移动而不停晃动。简也把帽子戴到头上，但显得很犹豫，跟两个同伴不是很同步。

因为呼吸不畅，苏吉断断续续地对她们说：“我刚戴上，别的商贩就不再围着我了，很神奇。”亚历山德拉看到她的嘴唇很紧张，这是因为她要追她们所以那段坡路走得很急，嘴唇张开着，一直在呼气，好像要把肺部的空气都排光，才能吸入新鲜的空气。

亚历山德拉说：“你有没有听那个讲解员说？长城的确很神奇，就是一条长达万里的符咒，可以挡住野蛮人的千军万马。”她们爬上石头台阶，来到了长城的最高点，可以看到长城像一条很宽的棕色龙趴在蜿蜒绵延的山脊上，过了一个烽火台又是一个烽火台。亚历山德拉感到很兴奋，站在这样的高处，和在加拿大参森峰的木板栈道上行走一样，都有一种轻飘飘的感觉。小时候，她曾经在“里普利信不信由你”博物馆里看到一个介绍，说长城是在月球上可以看到的唯一人文景观。

在不远的地方，有一个比较宽敞的平台，那里有一个公共电话亭，用好几种语言写着说明，说从这里可以打电话到世界任何一个角落。电话亭前围着一大堆人，但里面并没有人。“我们给孩子们打个电话吧，”亚历山德拉说。

“他们不会感到稀奇的，”苏吉说。“在那边，我们在飞机场拨打咨询电话的时候，都能听到印度人的声音，他们的口音有时候根本听不懂。”

简对她们说：“我大儿子经常在因特网上打桥牌，对手有一个男的是乌兰巴托人，有一个女的是阿尔巴尼亚人。他们说的话只有他们能懂。”亚历山德拉努力搜索关于简的孩子们的记忆，简有四个孩子，有一个胖墩儿子，也有一个骨瘦如柴的女儿，女儿脸上总是很脏，衣服上总是粘着吃的东西。三个女巫都不算是好妈妈，相比如今的虎爸虎妈，她们可以说是很不称职的，现在的大人甚至不会让孩子脱离视线，即使过马路去坐公交车也要盯着，不过，就算按她们当时比较懒散的标准，简也是很失职的。

“但我们不一样，”苏吉说。她很努力地给同伴们鼓劲。“我们是电子时代之前的人，亲身来到这里都很兴奋，对不对？对我们而言，地球还是那么庞大，对不对？”她拉着两个同伴的手，将她们拉近她，然后，三个人一会儿走一会儿跑，肩并肩地从一个城楼奔向另一个城楼。城楼是以前皇帝的士兵放哨和起居的地方，他们不仅在里面睡觉，也在里面烧饭，过了这么多世纪，墙上还留着烟熏的痕迹。过了一个城楼，那些德国人显然不是那么热情，所以城墙的修复不是很仔细，再过一百米，她们发现前面根本爬不上去，那里堆着鹅卵石，前面还放着东西挡着。三个女人一边跑一边大笑，像飞一样跑过一群群游客，让几乎所有人惊讶地侧着脸看她们，长城上还有士兵站岗，不过一个个士兵都板着脸，像石头人似的，并没有理睬这三个寡妇。她们气喘吁吁地在一个城垛口停下来，趁机从一侧朝外面张望，那里叫做关外，从前是游牧民族的领地。远处是蓝色的山脉，越远颜色越淡，最后和灰蒙蒙的天空融为一体，放眼望去，看不到任何开垦过或者有人居住的痕迹。在另一侧，也就是在东边和南边，她们来的方向，几乎每一片山坡都被平整过，都被水泡过，每个山谷都有一个村庄，从城墙根向下，有无数商店和快餐店，杂乱无章。这就是中国，是天注定要这么拥挤的。

沿着文明的边缘嬉戏笑闹了好一阵子之后，三个人都十分兴奋，苏吉叫住了一个身材很丰满的美国人，用她的小数码尼康相机给她们三个人照相，这个美国人穿着百慕大式短裤，戴着棒球帽，穿着跑鞋，在众多游客中，活脱脱就是个“野人”。苏吉的相机是新款的，专门为这次旅行买的，那个美国人很快拍了好几张，让她们在屏幕里看看效果，她们到了中国就变成那个样子，头上戴着斗笠，拍照的时候为了能露出三张老脸和淘气的笑容，她们都把斗笠往后面掀，斗笠看起来像是三个老巫婆头上的光环。“我们用这些照片做圣诞贺卡吧，”苏吉笑着说。

亚历山德拉有些惊讶，她们三个人这么快就回到了从前，感觉又像是三个女巫在一起发功，又跟从前那么亲密无间。并不是说这两个女人比陶斯那些喜欢留长头发、穿牛仔裤、放荡不羁的女性朋友更招她喜欢，相对而言，苏吉和简都属于东北比较拘谨的那种人，关键在于跟这两个人在一起，她就可以感到浑身充满力量，觉得有人欣赏她，有人喜欢她。她们是在她最值得追求的时候和她认识的，不像城里人那样自恋又要跟着大潮流追求性解放的乐趣，她们那个地方的人十分开放，被人家追求是值得骄傲的事情。和苏吉相比，她不算滥交，相反，她的惰性是比较强的，一开始守着自己的丈夫，后来守着长期的情人乔·马里诺，对她而言，乔跟丈夫没什么差别。和简相比，她是更称职的母亲，更加尊重传统的美德。不过，她的功力比那两个人都强，她和自然暗力量的联系更加密切，作为巫婆，她更有统治力。她们三个人就像化学品，她就是中间的催化剂，没有她，另外两个人就不会发生什么反应。

第二天的行程是坐巴士在北京城里参观。由于前一天在长城上玩得很尽兴（尤其是从城垛口看到了那一大片蓝色的旷野，那片一望无际的野蛮人领地，其实，长城是挡不住野蛮人的），而且，前一天夜里睡得很香（苏吉不打呼噜，将空气吸进她那已经受损的肺部的时候，声音像猫一样轻，这间宾馆很现代化，供暖系统是西式的，小风扇的声音和苏吉的呼吸声正好融汇在一起，但是，正因为知道房间里还有另一个人，所以亚历山德拉感到很放松，似乎那个功力不如她的寡妇会保护她），三个游客不知疲倦地在像迷宫一样的紫禁城里面穿梭。在车上，讲解员告诉她们，紫禁城是明朝第三个皇帝建造的，目的也是为了巩固北方比较脆弱的防线。“这也是一场大运动，”他对着麦克风说。“一共两千名劳工干了十四年，最后在一四二〇年建成。这座宫殿的名字一开始就叫做紫禁城，之所以叫做紫禁城，是因为按中国古代星象学，北极星也叫紫微星，是宇宙的中心，皇帝居住的皇宫叫做紫禁城，代表着皇帝至高无上的地位，拥有统治宇宙的权力。一共有两个朝代的皇帝住在这里，直到一九一一年中国的末代皇帝溥仪被迫退位。我想你们很多人都看过《末代皇帝》那部电影，有一部分场景就是在这里拍摄的。紫禁城能留到现在很不容易，它经历过多次大火和战乱，尤其是‘文化大革命’，那是一场前所未有的革命。之所以要发起‘文化大革命’，毛泽东认为，中国的过去是一个沉重负担，是这个国家的人民长期受压迫的根源。紫禁城的建筑理念源于商朝，那是大约三千年前吧，那个时候我们的祖先还在高加索用石块当箭头呢。”

那个巴士司机刚才拐了几个急转弯，但没有把讲解员甩倒，到了天安门广场，一个急刹车就停下来，让游客下车。在天安门，讲解员站在像潮水一样的游客中间，大声喊：“这里的一切都是对称的，大家可以看到，包括所有寝宫和大殿，都是沿着南北轴建的。脚下这条大理石铺的路，是专供抬皇帝的轿子走的，其他任何人，不管是多大的官员，包括宰相和一般的官吏，皇帝的妃子，乃至皇后，都必须走旁边的走道和小门。你看看我们现在，这些游客、野蛮人，都站在正中间，这里以前只有皇帝的轿子才能走过去的！星巴克申请在乾清门外开店，居然也获批了！风水，再见了！拿铁来了！”

亚历山德拉仔细打量着那个讲解员：身材不高，肚子不小，戴着无框眼镜，稀疏的头发乱七八糟地竖着，像是平时做学问有空就来赚外快的，因为天气还挺热，所以白色衬衫的袖口卷了起来，但是，这个人充满激情，从他的叫喊声中，可以看出他是个不服输的人，他的两条眉毛又黑又粗，也表明了桀骜不驯的性格。以前，她喜欢看着男人，然后问自己，如果自己正好适婚的话，她对那个男人是不是有足够的吸引力，他是不是愿意和她上床。她的性欲从几年前就开始减退了，即使是吉姆还在的时候，她也没有很强烈的愿望，不过，她的条件反射还是有的。

在紫禁城里面，一扇又一扇的门，一座又一座的宫殿，有太和殿、保和殿、养心殿、中和殿，还有钟楼、鼓楼等等，一个接着一个，搞得大家晕头转向。宫殿屋顶的琉璃瓦闪闪发光，屋檐两边朝天上翘。乾清门是最受皇帝信任的大臣也不能随便进的，早朝的时候，他们都要站在门外面，向里面的皇帝汇报国家大事。他听得见吗？他有反应吗？他的圣旨通常放在盒子里，盒子外面再套盒子，然后让太监拿着站在天安门上宣布，这样有人听得见吗？亚历山德拉于是领悟到，生活就是像这样在飘飘忽忽的过程中前进的，生活的要素其实也很琐碎。她看到那些嫔妃生活起居的小木屋，简直像笼子，这些也让她有所感悟：这些女人都是俘虏，平时肯定烦闷极了，肯定没事就争吵，相互嫉妒，甚至相互诅咒，一年到头盼着皇帝有一天突然会临幸她们，想到这一刻，她们的小心脏会跳个不停，有些也充满恐惧。

终于，她们度过了一个漫长的早上，到了下午，讲解员领着她们出了紫禁城，经过两百吨重的九龙大理石浮雕，之前她们还看到过几只青铜做的仙鹤雕塑，它们象征长寿，她们还看到包着浅黄色丝绸的红木宝座和镶着景泰蓝的屏风，还有各种烛台、酒器、茶具、玉玺、玉雕和珊瑚，最后，她们从天安门出了紫禁城，走到十分开阔的天安门广场，这是世界上最大的城市广场。讲解员指着天安门上面的毛泽东头像说，这幅头像正好挂在紫禁城中轴线上，这个伟大领袖的脸本来不是很对称，但是在画的时候也调整成了对称。她们这个旅行团的领队叫做缪尔先生，缪尔先生抬手看看手表，那是一只挺大但挺便宜的手表，然后对大家大喊："大家自由活动，一个小时之后上车。别干出什么野蛮的事情。"

在天安门广场上，很多中国小孩和卖旅游纪念品的小商贩盯着她们看，好像她们是外来的人形动物。亚历山德拉、简和苏吉并没有理睬他们，而是热烈讨论着要不要排队进毛泽东纪念堂。

"一定要去！"苏吉说。"我们估计没有机会再来了。我想去看看那些度蜜月的人。"

那些刚结婚的人都穿得很漂亮，想牵手又不大敢，都小心翼翼地保持一定的距离，所以，游客自然而然成了两列。当然，游客里面还有小孩，通常是一对夫妻带着一个小孩，还有一些穿着睡衣的老人，也有穿着很高级深色西装的台湾商人，他们一边抽烟一边跟自己人开着玩笑。穿着制服的保安维持着游客的秩序，大家走得都很快，亚历山德拉很难相信这么快就进入到寂静的大堂里面，她的眼睛看着那张世界闻名的脸，她的心怦怦跳，情不自禁叫了一声，她身后的一对年轻夫妻狠狠瞪了她一眼，因为他们瞻仰伟人仪容的神圣时刻被这个外国野女人给破坏了。别干出什么野蛮的事情！这时，苏吉和简正在水晶棺材的另一边，也正快速走过，脸上都充满尊敬的表情。游客走过纪念堂的纪念品商店，然后再走到外面，外面熙熙攘攘，小商贩叫喊着卖“小红书”，就是所谓的《毛主席语录》，上面印着毛泽东的头像。

随着三个人重新聚在一起，她们的能量正在逐渐恢复。三个人在宾馆酒吧里喝了一些白兰地之后，在晕乎乎的状态下，最终达成一致意见，以后再使用这种巫术的话，不管是多么小的恶作剧，只要超过人的本能，都只准对外不准对内，而且必须三个人联手形成合力。

第二天，旅游团坐飞机两个小时抵达西安，就是秦朝的国都，这里曾经出土公元前四千五百年的新石器时代母系氏族遗址，是中国古代诗歌的发源地，也是中国共产党发展壮大的地方。[①] 西安的北边和西边有很多皇帝陵墓，包括秦始皇陵墓，秦始皇陵墓至今没有被挖掘，尽管有人传言说陵墓里面有流淌着水银的河流。1974 年，在距离秦始皇陵墓一英里远的地方，人们发现了他的陪葬兵马俑，当时一个农民在挖井的时候发现了这些陶人。这些是站在巴士前面摇摇晃晃的缪尔先生告诉他们的。下车后，他带着游客进入一个大棚，里面有触屏电脑显示器，还有一个 360°电影银幕，就安装在兵马俑坑的上方，兵马俑大约有几千个，但考古学家迄今为止清理出来的兵马俑也就一千个左右。“这是一号坑，”缪尔先生对大家说。游客都聚集在他的周围，因为周围实在太吵，在这个坑的四周，有很多讲解员也带着各自的旅游团，一边用扩音器在讲解，所以大家都比平常靠得更近，想听清楚他在说什么。“一号坑里有十一道隔梁，原先是用木头盖着，木头上面再铺干草和黄土。时间久了之后，盖的东西塌陷下去，压碎了兵马俑。兵马俑的腿是实心的，但躯干是空心的，手臂和头是后面粘接上去的，耳朵和胡子是最后刻的。据说每一张脸都是不同的，但我有些怀疑。我想应该有四种基

---

① 作者此处似把“西安”与“延安”混淆了。

本原型，然后交叉混搭。兵马俑里面有好几个不同的民族，可能是秦始皇想宣扬大秦帝国的多样性吧。步兵俑都没有穿戴铠甲，可能是为了迅速机动吧，弓弩手俑站在战车上。伊丽莎白二世女王是为数不多被允许下到坑里去和兵马俑站在一起合影的西方人士之一，她还获赠一辆战车复制品。好吧，还有什么？对，我觉得说每个兵马俑都不一样，也就是我们所谓的个性化，这个很有意思，对不对？秦始皇是一个崇尚法家的暴君。你们谁去过埃及？你们可以比比看，从埃及墓里面挖出来的东西，除了法老和王后的东西，其他东西都是标准化的，都是可以互换的。你们看这些兵马俑，之所以得到追捧，就是因为他们非常自然，栩栩如生。曾经有几个妇女告诉我，是几个寡妇，她们说她们真想带一个回去做丈夫。兵马俑不会打呼噜，这一点我可以保证。"

寡妇？打呼噜？亚历山德拉的头皮和脖子后面起了一阵鸡皮疙瘩，好像缪尔先生可以入侵她的大脑，不仅是她们能够入侵别人的大脑，他也能，而且动作比她们还快。她们本来已经想好了要整他，想抽掉他脚下的木板。这时，围在他身边的游客发出一阵客气的笑声，他受到鼓舞，就觉得应该再说一个笑话，可是他想不出来，所以脸上一边鼓起一个小气包。接着，为了打破尴尬，他大声喊："走起来，不要围在这里。到后面去，那里还有没挖出来的兵马俑，都是碎片，很不容易。在二号坑，大家可以看到挖掘过程，像蚂蚁搬家，中国人做事情就是这样。现在可以拍照了，要是在十年前，拍照是禁止的，被人家看到你在拍照，你的相机肯定要被抢走。如果你们跟我一样经常来中国，就可以感觉到，中国越来越开放了，不像以前那样疑神疑鬼，一点点在进步，过不了多久，我们会比他们疑心更重。大家走起来，一边走一边学习。过四十分钟，我们在战车展厅会合。"

亚历山德拉后来了解到，缪尔先生的名字叫做埃里克，他本想一个人清净下，可是，包括亚历山德拉、苏吉和简在内的好几个人一直跟着他，扶着扶手，看着坑里面排列有些不规则的陶俑士兵，这些兵俑似乎正列队朝他们走过来。兵俑的脸都朝着东方，可能是秦始皇觉得敌人最有可能来自东方。兵俑一个个表情严肃，虽然一动不动，但让大家感到不寒而栗。可是，在埃里克·缪尔先生的眼里，这些兵俑似乎在移动，首先是他的眼前出现一些叠影，他怀疑是眼镜片老化磨花了，眼镜片原来是透明的，现在有一些模糊，影子还有些扭曲，好像是一种幻觉。接着，他的眼睛感到不舒服，和连续读书好几个小时之后的感觉一样，有点刺疼。他摘掉那副无框眼镜，压了压鼻梁，想让自己的大脑清醒清醒。

亚历山德拉吸了一口气，嗅着大坑里面泥土的气息。除了泥土的气味，她还嗅到了讲解员身体的气味，从他腋窝下面和全身各处发出的汗臭味。有些男人即使不常洗澡，身上也没什么味道，像她的第一任丈夫奥斯瓦尔德·斯波福德，还有一些男人，像吉姆·法兰德，身上有一种香烟、酒和泥土混杂的气味，这样反而更显得阳刚，这就是所谓的男人味。缪尔先生大脑发达四肢简单，他身上的气味就像东西发霉了或者是油哈喇了一样。这是各种男人体味里面比较让人讨厌的，不过还是让她想起来，她已经好久没有身体上的亲热接触了，顿时产生了一种无耻的欲望，很渴望鱼水交融的感觉。

埃里克·缪尔又戴上眼镜，这回他看清楚了，那些兵俑在移动，尽管他们的手臂和腿都没有动，他们同时还在喊着冲锋的口号，然后像潮水一样，此起彼伏地向前冲。他们手上拿着的兵器，主要是青铜戈，木柄好久以前就烂掉，但此时好像都在挥舞着。从这个现代化的大棚下面，他还能听到传来厮杀的声音，很有节奏感："打"，"杀"，"血"，"死"。他想，这可能是因为中国古代经过太多血腥的杀戮，很多人被活埋，很多人被活剥，很多人活活累死，造成了阴魂不散，但是，死了这些人还是不足以抵销罪孽，当今的人们还是背负着很大的压力。在他的眼前，数不清的士兵还在像潮水一样向前冲，这难道不是人类历史的惨痛象征吗？

他怀疑自己是不是精神出了问题，甚至怀疑是不是有鬼魂附身。于是，他转身过来面对站在他身边最近的那个人，就是三个寡妇里面身材最魁梧的那个。她贴得很近，差不多要趴在他身上了。她原来可能也是个美女，她的嘴形显然透露她的人生是比较圆满幸福的，她的下巴有个很奇怪的沟痕，鼻尖上也有，这很可能是经常笑形成的。这时，她好像很专注地看着下面坑里面的士兵，而她的两个朋友则闭着眼睛，像是在闭目养神，也很像是在冥思，在修炼。

那个女人注意到他盯着她，也发现他的紧张表情。于是，她问："出什么事了，缪尔先生？"

他没有说实话。"没有，"但是，就这么简单的两个字，他还说不利索。

她很同情他。"你有没有看到他们在动？我刚才看见他们在动。"

"你看到了？"

"应该是的，有一阵子，现在不动。肯定是新技术，你知道的，叫全息图。"

"哦，对。"这下子他就放心了。"现在的中国人很喜欢玩高科技。"

接着，大伙儿接着玩，在长江上玩了四天，穿过了风景如画的三峡，听说中国马上要造三峡大坝，这些风景很快就看不见了，之后，旅游团抵达重庆，参观了绰号"尖酸老乔"的史迪威将军的纪念馆，纪念馆展示二战的一些故事，没什么意思，然后，一伙人到了漓江，两岸的很多岩石似乎都在讲故事，江上有不少渔民飞快地划着船，感觉不像要捕鱼。随后，他们抵达上海，最终到了香港，上海和香港都是未来的大都市，现在已经很繁华，到了未来，这个世界恐怕就只有熙熙攘攘的城市和荒无人烟的沙漠了，随着全球逐渐变暖，冰川在不断融化，南极和北极的冰也在融化，这很有可能产生毁灭性的影响。

中国之行让三个女人很开心，每一天都有新鲜的玩意儿，每一天都有一两个让她们开眼界的景观，山水景色鲜艳，像刚涂了油漆一样。可是，这广袤的土地已经被历史给玷污了，人民的苦难会让美景失色，不过，除了几座古代传教士留下的教堂，这片土地还没有被基督教给糟蹋过。基督教自己因为虚伪的禁欲把无名火烧到别人头上，因此疯狂迫害女巫。在这里，空气中没有一点这样的气息，没有厉鬼在祈祷上帝宽恕他们的罪行和拯救他们的灵魂，在这里，被上帝抛弃的三个女人感到十分放松，充分享受了旅游的乐趣。

第二章　魔法重现

撒旦肯定给欲望贴上了他的标志，否则我们不会无休止地追求欲望，虽然我们已经得到满足，但总是会不断追求，直到欲望把我们吞噬。中国之行本让三个寡妇感到十分满足，给她们放纵的生活画上句号，让她们各自做好准备，安安静静地等着到坟墓里面、到另一个世界去忏悔，但是，由于她们在旅途中找回了原来的超能力，所以又很兴奋，不愿意浪费作恶的机会，所以，三个女人保持着密切的联系，她们也会写电子邮件和邮寄的信件，不过，她们用得更多的是从前在东镇很习惯的方式：打电话。三十年过去了，七十年代笨重的胶木电话机已经变成了银色的手机，电话铃声可以设置成自己最喜欢的音乐旋律，放在围裙兜里的时候，也可以设置成静音振动。不久之前，长途电话费还十分昂贵，所以，AT&T 的用户在打长途电话的时候总是很紧张，简直要争分夺秒，如今，人们可以通过不同电信公司的手机网络打长途电话，费用简直可以忽略不计，买手机入网的时候，每个人都可以获得很多免费的通话时间。打电话到新墨西哥跟打到纽约一样便宜。如今，几个老寡妇的大拇指又像从前那样灵敏，可以一下子拨一长串号码。

“亚历。”苏吉的声音有些不踏实。她准备了一个问题，但她似乎已经认定了对方会否定回答。

“在，亲爱的，怎么了？”

其实，亚历山德拉在陶斯的生活并不算空虚，她最近已经会用吉姆的陶轮自己做陶器，因为到了冬天，店里可能需要补货，因为从东部和中西部来过冬的“候鸟”会集中在这段时间装饰新房子，他们大多喜欢所谓的“西部”风格。她努力模仿再现吉姆的风格，但她毕竟是个女性，所以陶器的胎壁大多比较薄，涂的颜色也比吉姆更淡一些。此外，她的社交生活也逐渐频繁起来，她应邀加入陶斯艺术教育顾问委员会，这个委员会有一个成员叫华德·林克拉特，是个鳏夫，也是个雕刻家，作品大多是西部野生动物铜像，主要是土狼、大耳兔和野马，这个人身材高大，脸蛋经常红扑扑，长着白色的络腮胡子，嘴唇下面也留着一撮胡子，显得有些娘们，也有些文气，这个人对她好像很有意思。他曾经请她吃过几次晚餐，她也喜欢和他在一起，两个人喝了一点红酒之后，就会谈起各自已经去世的配偶，然后各自回自己的家，因为太累了，什么事都干不了。七十岁之后还能不能做爱，这个问题她都没想过。有一次她像逗他一样问他下巴那一撮胡子有没有说法，他马上就脸红了，很不好意思地说：“好像有年轻人叫这个‘调情刷子’。”然后，他们并没有继续深入。

苏吉说：“简和我都想知道，你觉得马丘比丘怎么样？”

“安第斯山脉的马丘比丘吗？”

“是的。你好像很喜欢加拿大的落基山吧。我们去那里的话不全是去看废墟，我们还要去秘鲁的利马和库斯科，还会去玻利维亚和厄瓜多尔。简让我强调，我们去那里有一个很大的好处，就是不用倒时差，那里和我们在同一个时区。”

“简那么起劲，为什么不自己给我打电话？”

“她想你比较听我的话。她觉得在埃及的时候可能有什么事情让你不高兴，但她不知道到底是什么。”

“怎么有这种想法？真滑稽，在埃及什么事也没有，尽管她打呼噜的声音很响。不过，说实话，刚从中国回来，我不可能再跑到那么远的地方。长城和金字塔已经够了，它们已经是世界上最大的奇观。坦白说，我现在手头很紧，你和简都有丰厚的遗产，但吉姆和我都是过紧日子的，现在我还得想办法挣钱过日子。亲爱的，对不起了。”

“没关系。我料到你会这么说。说实话，你说不去，我倒也放心了，我在怀疑，我有肺气肿，还能不能爬那么高，虽然旅行社的人说没问题。”

“那么，她会怎么想？没问题吧？”

“肯定没问题。”接着两个人都没说话，都在回味两个人之间的默契。“不过，”苏吉说。听得出她有很热切的憧憬。“趁我们还走得动，我们再找个地方玩玩吧。简的身体有问题，尽管她一直都没有提起过。”

“什么样的问题？”

“里面的问题。她不肯说。去墨西哥，你有路费吧？”

“吉姆和我去过墨西哥，去过不止一次。我们以前开车去，最近他们说沿途有不少土匪，会绑架美国人索要赎金。我们刚结婚的时候就去过，带着几个小孩，他们在后面吵吵闹闹，很不高兴，后来，就我们两个去，算是又去度了一个蜜月。如今世界不太平，尤其是对我们不像从前那么友好，你说呢？”

“那么去爱尔兰怎么样？那里的人们对我们还是友好的吧？不过我听说费用不像他们加入欧盟之前那么便宜。落基山那边的人经常去爱尔兰，动不动就去一个礼拜，去打高尔夫球。你不想去看看西部群岛和凯里之环？听说以前那里有僧侣住在石头蜂房里面。列尼有点爱尔兰血统，你还记得吗？”

“哦，苏吉，你还真有劲。我现在想到坐飞机就感到累。你呆在自己家里不是很舒服吗？我在家舒服得很。”

下午五点钟，干燥的沙漠阳光斜着照在咖啡桌子上，不仅是玻璃台面，桌子上的一叠美国陶器艺术书，乃至下面的纳瓦霍羊毛地毯，都闪闪发光。

地砖和外面沙土的颜色几乎融合在一起，就在露台门外有个院子，院子里的沙土上种着仙人掌，形状像竖起来的老鼠耳朵，这段时间的长势相当好。

“你家又不是我家。”那个遥远的声音又传进她的耳朵。据亚历山德拉所知，这样的声音是通过地球上空好多公里之外的卫星传送的，她经常感到不可思议。“自从列尼走了之后，我就一直觉得很孤独。”

“你是说自从他死了以后吗？”

“也对，我觉得说他走了舒服一些，好像他还能回来。他身上有毛病，但总是个伴。以前的老朋友也都还比较客气，但我感觉得到，我的存在让他们很难受。我和他们不是一路人。除了那些太把自己当回事、喜欢给我写信的人之外，我几乎感受不到自己存在的意义。我终于能够理解印度人为什么要设殉夫的习俗。”

“你的孩子们呢？还有你的孙子孙女们呢？他们肯定还是很在乎你的吧。”她和苏吉说话的声音不知不觉地变得响很多，像妈妈被一群小屁孩给惹毛了似的。她手里拿着一个方盆，盆里种着一棵微型仙人掌，在阳光的照射下，仙人掌简直要透明了，光环清晰可见。这时，她又想到了华德，他的嘴巴其实很好看，不知道为什么要留那一撮胡子。有时候，喝了一些酒之后，她会有冲动想叫他剃掉，但她又很担心，不管他拒绝还是接受，他们的关系都会马上升级，但她还不想跟他产生什么亲密的关系。她不想又跟男人搅和在一起，不想再进入爱与恨的循环。

“他们啊，还是挺客气的。”苏吉说。她说的是她的孩子们。“但不会跟我很亲近。他们还小的时候，有很多事情我总觉得等他们长大了以后会好，有些事情我自己也很后悔，希望当时没有发生，实际上，日子一直过着，我也没有机会。有时候我想道歉，但他们会显得很惊讶，好像什么东西都已经忘记了。列尼去了之后，哦，不好意思，他死了之后，他们明显觉得我也快了。在他们眼里，我这个老太婆，最好赶快安息吧。当然，如果他们真的说出来，我会更开心。你不是还有一个呆在东镇吗？”

听到苏吉提到自己，亚历山德拉好像突然醒过来。“对，玛茜在那里。”她说，“最大的那个。我和吉姆结婚以后，她没有跟我们到西部来。她在东镇高中读书的时候有个男朋友，关系很亲密。她毕业的时候说她想去罗得岛设计学院上学，要做真正的艺术家，我想她是在和我做比较，说我是假艺术家。她决心离开我。她一开始在面包房咖啡角兼职赚学费，后来在设计学院上了一段时间就退学了，她根本不是当艺术家的料，也不是真的要当艺术家，她的借口是学艺术太以自我为中心了，所以又回来在尼莫餐馆里当服务员，因为她的年龄已经够卖酒了。最后，跟人家睡了一圈之后，她嫁给一个本地人，比她大几岁，是一个电工，你能相信吧？她爸爸曾经在诺里奇有一家灯具厂，她竟然会跟一个电工！”

“尼莫餐馆。”苏吉的声音很深情。“多么温馨的地方啊，真怀念那里的玉米饼，黄油的味道真香。牛肉汉堡也很好吃。还在《东镇闲话》工作的时候，我有一段时间每天中午都去那里吃饭。你还记得《东镇闲话》吗？”

“当然记得。尼莫餐馆可能要卖掉，卖给唐恩都乐，这是玛茜前几天告诉我的。她没讲很仔细，我想我们已经有些生分了。她不想让人家知道她是我的女儿，人们可能还记得我们。”

“还记得我们，很好啊，”苏吉若有所思地说。

“好，也不好。亲爱的，有人在敲我的门。我再想想能一起去哪里吧，到时再告诉你。你们会不会觉得加勒比海太平淡了？我以前很喜欢去圣克洛伊岛，虽然发生了高尔夫球场枪击事件死了四个人。”

“那里的阳光我受不了，亲爱的，你忘了吗？我很敏感，晒到那种太阳，我身上会起一块一块的红斑。”苏吉好像很不高兴，说完马上挂了电话。到了这把年纪，她的脾气也大了很多。

之后过了很长的时间都没有再联系，亚历山德拉几乎把另外两个女巫都忘得精光。没有她们两个，她的日子好过得很，舒服自在。她的制陶技术在不断进步，她自己感觉得到。平时如果是一对夫妻到店里来，经常是那个女的先对橱窗上的东西感兴趣，决定要买的也是那个女的。除了做陶器，亚历山德拉也开始重操旧业，做一些小公仔，只有腿和手臂没有手和脚的那种，在东镇，她把这种公仔叫做“波波”。有一次，店里来了一个女客人，很仔细地看了这些波波，然后对她说：“很好看，但不是西南的特色吧？”亚历山德拉表示同意，但她很喜欢用做陶器剩下的泥来捏波波，没有五官的脸侧着，好像在晒日光浴，也像是有不速之客，屁股很大，一方面拿在手里方便，另一方面可以当底座，放在架子上比较稳。男人很喜欢她的波波，觉得挺好玩，女人也喜欢，但更多的是被这些波波感动，从中找到自己的影子。

华德·林克拉特时不时会叫她去一起吃晚饭，但他们关系升级的时机已经错过去了，他从来没有向她做出性暗示，所以，她原来设计好的婉拒说辞都没有派上用场。

太阳毒辣辣地照在屋顶上，仙人掌眼巴巴地盼着十一月能来一场雷雨，但雷雨始终没有来，虽然西边经常堆了一大堆乌云。在干死的仙人掌下面，沙漠老鼠做了几个窝。

她曾经开车向北到科罗拉多去散心。她还是小姑娘的时候就去过，现在再去基本认不出记忆中的样子，那个地方很开阔，她以前去过的地方是一片没有围栏的草地，现在变成一片乡村住宅和一个九洞高尔夫球场，高尔夫球场需要大量的灌溉用水，都是从一个人工湖里面抽的。

十二月的一天，电话铃响了，是简·斯玛特·廷克打来的，说的事情还是苏吉前段时间打电话来说的事情。“圣克洛伊岛很傻，”她把最后一个字习惯性地拉长。“加勒比海是地中海俱乐部的人去的，他们去那里，就是要在月光下，在雪白的珊瑚沙滩上吸毒和通奸。”

“这也不错啊，”亚历山德拉说。

“亚历，你怎么还那么幼稚？对我们而言，这样的生活已经过去了。就连苏吉都明白，这种事情已经不属于她了。”

“那么，简，你说什么是属于我们的呢？”

“阅历和智慧，亲爱的。我们应该周游世界，我们还有眼睛和耳朵，你应该想，还有这些意识，已经很不错了，我们的神经还活着。今年秋天，我去了喜马拉雅山，去了锡金和不丹，本来要去尼泊尔，但发生毛派起义，就取消了。我们还去了克什米尔，那里简直是天堂，如果能不理睬政治斗争的话。”

“天堂也是属于我们的。你和谁一起去的？”亚历山德拉以为她是和苏吉一起去的，嫉妒油然而生。

“都是你不认识的。这一趟是园艺专题旅行，是布鲁克赖恩和戴德姆的园艺俱乐部组织的。旅游团里有两三个男的，不是很讨人喜欢。我发现我更喜欢女人。你有没有发现？”

“哦，没怎么发现。简，我觉得所有女人都是跟女人在一起比较舒服，多多少少有这种感觉。女人和女人在一起，知道能期望什么，也知道什么不能期望太多。你打电话给我是想跟我说你要出柜吗？据我所知，你那个州是允许同性恋婚姻的。很多州都在争论。”

“我们别再开玩笑了。苏吉和我有一件正经事想跟你说。”

“去南极吗？”就是因为简的这个电话让亚历山德拉隐约感到了压力，所以她奋力想用开玩笑的方式来缓解。

可是，简并没有把这个当玩笑。她说：“不是。当然，去过的人都说，斩钉截铁地说，那里的美简直难以置信。我们不想去南极，苏吉说你没钱，费用太高的地方去不了，所以我们想到回东镇去一趟。”

“东镇？现在回去？”

“明年夏天吧，亚历。回去呆一两个月，具体看租房子的情况吧。别忘了，我们没有发现那里的好处，是因为我们一直住在那里，但那里确实是夏天的好去处。那个沙滩和海湾，码头街上那些卖水彩、彩色玻璃和蜡烛的小店，都很有意思。我们想你肯定想摆脱新墨西哥要人命的酷暑吧。”

“算不上要命，温度是很高，大家都知道，但现在下着雪呢。去年夏天，我承认……"

"好吧。你应该知道,以后的夏天会一年比一年热。你不想去看看那个镇有什么变化吗?"

"我知道变化有多大,或者说,我知道那里的变化有多小。玛茜和我还有些联系。多了几家时髦的餐馆,也有几座艺术馆,有些开,有些关。镇中心街道两边的那些树上一年到头挂着白色圣诞灯,东镇设了一个改进提升委员会,这就是他们的改进提升建议。"

简拒绝被她继续往下带,她觉得亚历山德拉有些抑郁。于是,她用很高亢的声音说:"是吗?我不相信。我坚持眼见为实。东镇还是值得去看看,我一直觉得。安妮·哈钦森[①]的精神在那里,她的精神力量很强大,很鼓舞人,让我们有了独立的人格。我们本都不应该跟男人走的。"

"哦,简,你怎么能这么说呢?你看我们当时干了什么。"

另一个女人马上用很尖锐的声音回应:"我们干了什么?我们不就是干了几个混蛋吗?那也应该算是做好事吧。还有就是我们跟那个叫什么的一起打网球,对,叫范霍恩,在他的澡盆里泡澡,我们玩得很开心,仅此而已。"

"我们害死了珍妮·盖布利尔,那也是我们干的,我们还给克莱德的老婆下诅咒,让克莱德把他老婆弄死,然后自己上吊自杀。"

"亲爱的,那都是道听途说,没有事实证据的。即便是真的又怎么样呢?三十年过去了,记得这些事的人差不多都死光了。"

"我不想回去,"亚历山德拉说。此时,外面冬天的阳光照在稀稀拉拉的积雪上,十分刺眼,她几乎睁不开眼睛,在房间里面,那些有西南特色的玩意儿让她觉得很舒服,泥的颜色有很多种,褐色的、棕色的、土红色的,都是当地一个土著人挖来给她的,这个人没有罪恶的概念。在加拿大,土著人叫做原住民。从前,土著人的男人们总喜欢比勇斗狠,互相残杀,女人们负责将

---

① 安妮·哈钦森(1591—1643),17世纪北美宗教领袖,早期宗教自由的倡导者。

玉米碾成玉米粉，但大家都很坚强，不废话，很单纯。“一开始，玛茜总是叫我回去看看她，我总是找借口推脱，后来她就不再叫了。她不想逼我。那个时候，她就已经不是小孩子了，你知道的。她当时已经十七岁了，什么事情都知道。她知道什么是邪恶。”

“哦，亲爱的，你不能这样。什么是邪恶？天啊！那是现实。最近你不觉得日子过得很平淡吗？在东镇的时候，我们可不是这样的。”

这是真的吗？亚历山德拉努力将话题转到对方的个人状况。“你为什么要到那里去过夏天？你们内特家不是在缅因州有一个很大的地方吗？在那个叫巴港的地方。”

“已经被老太婆卖掉了。她说以前一直没有卖，就因为内特每年八月份都要去那里玩帆船。”

“她还能卖？都已经一百零四岁了！”

“自从内特葬礼之后，老太婆好像又活回来了。她现在每个星期五下午还去听交响乐，让一个大块头黑人司机送她去。内特还在的时候，有一段时间她都不知道自己是谁，也不知道自己在哪里，她就知道她不喜欢整天在自己眼前晃的墙纸，她认定那个保姆在给她喂毒药。那里的维护费用高得吓人。那个房子就像一座铺着木瓦片的大粮仓，屋顶上有差不多一百个天窗，木瓦片的问题在于干燥以后容易变形，然后就会脱落。我很讨厌去那里。冬天只能用壁炉取暖，那里的海水冰冷，即使在八月份也不能下去游泳。去缅因州过夏天的人都是残余的清教徒，他们之所以到那里去，是为自己的暴富赎罪的。我更喜欢去罗得岛，不过我不想去新港或者詹姆斯敦。到了夏天，那里挤满了游客，都是拉长脖子瞎看的傻瓜。我就想去东镇。只有老家伙才会去东镇。”

“哦，简，你怎么会这么起劲？我相信苏吉的想法肯定和我一样，她肯定不会接受这个建议，再去重温那些罪恶，她肯定受不了。”

“我再说一遍，没有罪恶，我们只是积极探索女性的潜力，这是很健康的。我跟苏吉说过了,她很高兴。一听到我的建议,她的眼睛马上就亮了,脸色也变得粉红。去中国的时候,你不觉得她很憔悴吗?头发染成那样,看起来还是那么惨。毕竟她的两个肺都只剩下一半功能了。"

"你见过她了?在哪里?"

简用很干脆的声音说:"她到波士顿来的,列尼在这里有些生意,我们以前在纽黑文聚过,内特的几个侄孙都在耶鲁大学读书。亚历,你是不是不开心?这不是我们的错,你毕竟住得那么远,也从来不邀请我们去你那里看看。"

"我邀请过,但你们都不屑一顾。你们说西部的人都是信宗教的大胖子。"亚历山德拉很不乐意再提她们罪恶的过去,因为这样的口水会污染干燥清洁的陶斯。于是,她努力把话题拉回到刚才说的事情。"苏吉为什么想回东镇?"

"哦,你了解她的,那是记者的天性。她可能想找素材再写一部传奇小说,也许,她会再燃起激情,再征服一个人。在康涅狄格,家里老婆都管得很紧,但真正花心的男人总有办法,城里人有的是办法。"

亚历山德拉突然想起华德,她怀疑他可能属于没办法的人。从前,晚上做雕刻喝红酒可能只是周末的小习惯,他真正的工作是承包建筑工程,这是他的财富来源,他建房子赚钱,可是,阿尔布开克和圣达菲之间的沙漠就多了一大片一大片的低档次养老房,亚历山德拉很讨厌这些房子。

"好吧,我没有这样的妄想,"她对简说。"我不去。肯定不去。东镇属于过去,我很高兴已经摆脱了它。结束了,亲爱的。"

熬了几天之后,她给苏吉打了电话。这个比她年轻的老太太好像心不在焉,跟她说话就像在派对上跟某个人说话,那个人的目光却始终是飘忽的,总是看着自己背后的地方。"苏吉,说你希望我们去东镇租房子消暑,我真不相信。"

“我有吗？简比较起劲，我没有太反对。可能很好玩吧，我不知道。我们换换口味也挺好吧。说不定会发生什么事，你不想去试试看吗？不管怎么说，都别太当回事，亚历，这只是一个想法，我们总是要想办法聚一聚。”

“说实话，我很讨厌这个想法。我不想再跟东镇有什么瓜葛，那是被诅咒过的。”

“是吗？被谁诅咒过？”苏吉问。

“我们，也不只是我们。布兰达·帕斯利，还有玛吉·佩里，还有格雷塔·内夫，还有萝丝·哈利布雷德，可能也要算上菲莉希亚。”很奇怪，提到菲莉希亚的时候，她的舌头突然感到打结，字音都发不清楚，克莱德·盖布利尔的老婆菲莉希亚是枉死的，克莱德之所以发疯杀死自己的老婆，是因为喝醉酒，也是因为他和苏吉的关系。那是她们邪恶的深渊，她们从此不能自拔。她本不想提到菲莉希亚这个名字，因为菲莉希亚已经死了。不过，很可能其他几个也都已经死了。

苏吉笑了。亚历山德拉感觉她之所以笑，是因为她本来要打哈欠，所以用笑来掩盖。“她对越南口若悬河，到头来口吐白沫是很正常的，”苏吉说。她感觉到怀旧的情绪和亚历山德拉当前的需求不吻合，于是很快就转了话题。“亲爱的，你真迷信。诅咒不是永久的。那些恶心的事情跟社会氛围有关，你看，从六十年代进入七十年代，社会风气比原来还更堕落，赶上我刚好年轻，欲望强烈，但我们中产阶级的生活却那么单调无趣。”

“是啊，根本不是现在电视剧说的‘欢乐时光’。”亚历山德拉响应很强烈。“现在也不行，当时人们对约翰逊和尼克松很不满意，现在的人们对布什也很不满意。又是一个烂摊子，基础设施和公立学校还有国家公园都要去见鬼了。”

苏吉没有马上响应，似乎在掂量着这些话的含义，然后，她说了一句让亚历山德拉发疯的话。“好吧，既然你不喜欢这个想法，你不去也可以，我们就自己去吧。”

“好啊！你和简突然很合拍啊。”

“别嫉妒，亲爱的，没什么好嫉妒的。简也不是好相处的人，但我说过，她情况也不是很好，我觉得她很孤独，不只是因为内特死了，而且那个老太婆可能对她很厉害。对于我自己，我不知道，亚历，我只是感觉很累，列尼死了以后，感觉一切都那么不真实。我想东镇可能会让我回到现实。在中国的时候，我一直在想，到了晚年，像我们这样的老朋友，能对同样的东西发笑、记得同样的一些混蛋的老朋友，还能够在一起，那是多么美妙的事情。可能我是挺傻的。”她叹了一口气，气息很弱，因为她的肺功能只剩下一半。“别放在心里，亲爱的，我们都别记得有这一回事。”

“很不好意思，苏吉！但我还是不会去。你们想来我这里的话我很欢迎，你们可以去看看印第安人保留区。漂亮极了。他们还有萨满巫师，他们能做令人难以置信的事情。真的，我看到过。你也可以说服我坐游轮去南极洲，去看看企鹅也好。”

接着，双方都没有说话，也没有笑。过了一阵子，苏吉说：“亚历，我得回去工作了，不然我会忘了女主人公的眼睛是什么颜色。我刚才正在脱她的内衣。不过我要告诉你，简和我都不会强迫或说服你干什么，我们只是想给你一个机会。”曾几何时，她们都在一个澡盆里面泡过澡，也可以算是情人吧。对于这种受伤的感觉，苏吉懂得如何去表达。亚历山德拉挂上电话，心里也很不是滋味。

冬天里，又过了一些日子，电话铃又响了，电话机显示主叫号码是外区的。亚历山德拉拿起电话机，心里忐忑不安，很彷徨，等一下到底是应该和另外两个寡妇修复关系，还是应该保持坚定的立场，抵挡她们的劝说。她听到了一个女人的声音，但不是那两个寡妇的声音。她听到那个人叫：“妈妈。”

她有两个女儿，小的叫琳达，现在和第二任丈夫居住在亚特兰大，这几年说话越来越像南方人，软软的，音阶比较高，但听起来很舒服，很有女人味。这个声音没那么高，比较沉，没有女人的温柔，反而有些咄咄逼人，属于新英格兰那边的口音。“玛茜！”亚历山德拉喊了一声。“想不到是你！真好！”

两个女儿平时都不会给她打电话，只有偶尔礼节性地打一两个，玛茜甚至更少。“我听说你明年夏天要回来，”她说。她说话的声音没有太多感情色彩，平平淡淡。十几岁的时候，玛茜很苗条，后来越长越粗，眉毛也很粗，眼睛陷得比较深，看起来总是很压抑。

“你从哪里听来的？这不是真的，亲爱的。”虽然这个大女儿让她突然很紧张，忙着辩解，但亚历山德拉觉得自己的声音不知道怎么会很像小女儿琳达，也是软软的，听起来有点假。“简和苏吉，你还记得她们吧，以前叫做简·斯玛特和苏吉·鲁日蒙，她们前段时间跟我打过电话，叫我回东镇过夏天。我一直说不去。我跟她们说，有一个原因是你不喜欢我们回去。”

“你为什么这么说？多伤人啊，妈妈！你回来了，我们正好可以在一起呆一段时间，我们好久没有在一起了，你也可以跟霍伊和几个小孩子熟悉一下。”

玛茜的老公是当地一个电工，叫霍华德·利特菲尔德，结婚的时候她年纪已经不小，眼瞧着就要一辈子单身，快四十岁的时候生了两个儿子。亚历山德拉想她们这一代人可能都很晚生育，在她自己这一代，人们更喜欢在二十出头就生小孩，等年纪大了就不用去医院呆着，也不用麻烦给小孩子喂奶。“两个小子还在中学读书吗？”

“妈妈，瞧你说的，你就不关心我们。罗杰今年十二岁，小霍华德也刚满九岁。你给他寄过一个电脑游戏机，还记得吗？”

“当然。我希望里面没有暴力和淫秽的场面。”

亚历山德拉自己竟然有一个五十几岁的女儿！她很讨厌面对这个事实，而且这个女儿头发都花白了，也不去染一下，鼻子一边有一个赘肉，也懒得去处理掉。

玛茜的弟弟，本，也是琳达的哥哥，更是糟糕，他的头顶比奥斯同年龄的时候更秃，为人浮华，没什么出息，现在住在弗吉尼亚，在华盛顿工作，具体做什么工作，他始终不愿意说。他是共和党人，和他爸爸一样，但是，儿子是共和党人比丈夫是共和党人更让人难受，丈夫是共和党还是能够理解的。亚历山德拉觉得，做男人的妈妈感觉有点怪，他们的鸡巴和睾丸曾经就包在自己的身体里面，在里面的时候，他们就展现了邋遢和好动的本性，妈妈和儿子的关系好像比跟女儿的关系更自然，看着女儿，就像看到自己一样，赞扬她们也像在赞扬自己。

“没什么，”玛茜说。“主要是一些手眼配合游戏，但也有一些反社会的内容。他很喜欢，一直在玩。你有没有收到他感谢你的条子？”

“收到了。”亚历山德拉是在撒谎。“写得很棒。”

“他说什么？”玛茜不知趣地追问。

“就是平常乖孩子说的好听话。我想知道到底是谁告诉你我要去东镇。”

“简·廷克一直在跟我联系。我觉得她很好玩，很有趣的老太太，不像……”

“你要说不像我对吧？”

“和我很多朋友的妈妈也不一样。你也很不错，妈妈。问题是你总是跟我们距离那么远。”

“亲爱的，我在外面也要想办法过日子啊。我现在自己卖陶罐，我已经学会用吉姆的陶轮。忙了一天，我有点头晕。”

“她让我找可以租的房子。”

“是简叫你的吗？我一直跟她说我不去。”

“她说除了她还有一两个女人要来。”

“一两个？我不相信她们两个做出这种事情，居然在我的背后搞鬼。”

“她只是让我帮她看看有什么房子可以租。我也没找到多少。东镇就不是一个度假的地方，有一些房子可以租，但都在岛上。靠东滩那边有一家汽车旅馆，关门的比萨店再过去一点。”

“哦，已经关门了？他们的比萨饼很好吃。又薄又脆，不是一大团黏糊糊的。”

“那个做比萨的师傅好久以前就退休了，后来去了佛罗里达。那个地方很好，我们有钱也会去。霍伊和我在这个镇呆腻了。就隔着海，在海湾的那一边。我们每年冬天都会去那里住两个星期。那里有一些房子可以租，但通常都要租满三个月，一般租给同一家人家，时不时地来住一段时间。再往北边几英里有一家戴斯酒店，在1号公路上，但那里没有小镇的感觉。”

“是。”亚历山德拉说完就后悔跟她说这么多，感觉自己已经被拖下水了。

“我们找到合适的就是雷诺别墅，所以我跟你打电话，不知道你对那里是不是有反感。雷诺别墅后来被银行收了，改造成了公寓，改得很好看，真的。”

“雷诺别墅？现在还这么叫吗？”她们母女俩的谈话已经进入了一个很难堪的领域，那是她不堪回首的过去，可是，目前好像很难跳过去。“我猜想早就不是范霍恩的别墅了吧？是的，我确实很反感。”

“网球场还在，但那个透明大棚子拆了。公寓住的人不多，堤道每个月都要淹没一两次，所以在看不见海的一侧还有些房间可以租。那个经理跟我说，是三个女人住的话，可以在二楼安排两间相邻的套房。那个大浴室，你还记得吗？那个装可伸缩屋顶的浴室，也拆了，然后在原来的地方盖了一层，就是现在的二楼。我感觉有些偷工减料，他给我看过一间房间，天花板很低，但是窗口可以看到堤道，和镇中心不一样，那里晚上很安静。”

“公寓楼里面怎么可能安静呢？你想想，隔壁房间的人可能把电视机开得很响。”

“妈妈，真的，别这么跩好吗？肯定不像新墨西哥的沙漠那么安静。在现实世界，人总是有邻居的，总不能指望邻居的电视机都关着。”

“是吗？亲爱的，没想到你对现实世界这么了解。你不愿意跟我和吉姆来新墨西哥，因为你跟你的那个男朋友正火热，接着你死也要去罗得岛设计学院，信誓旦旦要当所谓真正的艺术家，再接着不到一年又不去了，回到老地方去做招待，跟那些油腻腻的锅碗瓢盆打交道。你的生活圈子什么时候超过那个小得不能再小的罗得岛？”

“听说你最近到世界各地转了一圈是吧，妈妈？我真的很爱你，但你真的很任性。你是被人家宠坏的，先是你的爸爸妈妈，接着是我那个可怜的爸爸，然后是吉姆。你从来没有面对过现实，也没有真正孤独过。”

“你说得不对，亲爱的。作为一个人，这些东西都是要面对的。”

“别这么亲热，叫什么亲爱的，太晚了。我不是想抱怨，我就是碰巧做了五月皇后的女儿，五月皇后，也是一只浆特别多的蜂王，我却是一只普通的工蜂，也是一朵害羞的墙花。”

“不能这样说，亲……玛茜。你很漂亮，一直很乖。”

“也就是说后来我堕落了，是吧？好吧，生活本来就是这样，回头一看，辉煌总是在过去。不过，不管你相不相信，我和霍伊过得开心，不是很富贵的那种开心，孩子在和不在，我们都很开心。我们计划有一天退休了就去佛罗里达，买一艘船。”

“在船上钓鱼吗？感觉不错，亲爱的。”

“好吧，你是个很跩的人，不知道你从哪里得来的福气，每个人都想为你服务。简和那个叫苏吉的女人，她们都想为你服务，我也想为你服务，结果我们说租公寓住一两个月，你却嗤之以鼻。”

亚历山德拉不害怕吵架，既然都开始了，就继续吧，至少有人跟她聊天，而且，玛茜把怨气都撒出来了，不管她说的屁话是多么滑稽。在新墨西哥，自从吉姆死后，甚至在他还没有死之前，亚历山德拉好几次感觉自己有抑郁症。她老化的皮肤很干燥,沙漠上扎根在石头和矿物上的植物相当稀疏,阳光日复一日都那么灿烂,从山上下来的风把她刮得心里空荡荡,大自然的杰作让家的四周也显得空荡荡,她感到日子过得好沉重,有时感觉简直过不下去。在东镇的时候,她有很多事情,有些让她害怕,有些让她害臊,有些让她兴奋,有些让她充满希望,但她从来没感到抑郁过。

"我不想回来主要是因为你,"她用很平淡的声音对玛茜说。"我担心让你尴尬。"

"现在才尴尬？我十七岁的时候就很尴尬了。在学校里,同学们总是跟我说一些乱七八糟的话,碰到伊娃·马里诺的时候特别别扭,因为我们都知道你跟她爸爸有一腿。你们经常一起出去,到半夜那么晚才回家,我知道你们去干什么。"

"对不起。但我也要有自己的生活,对吧？家长也是有血有肉的人,不是虚无的职能。"简曾经把"职能"说成双关语,这个邪恶的简,简·潘恩才是真正的邪恶,她的舌头简直会要人命。那天晚上她们三个人一起跳舞,然后达里尔和珍妮宣布他们已经结婚,然后她抓了一手结婚蛋糕,就念了一通咒语。此刻,这个长大成人的女儿眼瞅着要给她当判官,居然把她说得那么坏。亚历山德拉继续用平淡又有母性的声音说:"不用害怕,我不会再让你尴尬。我不会来,跟你的新朋友简说,她不用操心给我订公寓。"

那个孩子可忍不住了。"妈妈,所有在乎那些事情的人都死了,如果你在乎我,你就肯定会来。我们要重新认识,对不对?"她没说完就哭了起来。

"哦,我的天啊,玛茜!"亚历山德拉赶紧接上去说。她有点愧疚,有点恐慌。"你们算计得真好,还先后都来跟我说长篇大论。"

她也许能想象到玛茜的眼泪。接着,玛茜十分平静地说:"把心里话都说出来,感觉真好。我说的都是真心话。不过,我还要说,其实你可以算是很不错的妈妈,起码,你不是那么苛责我们。那时候,你每年都做番茄酱,让我们到院子里除杂草,我们都很开心。你教会了我们亲近了解自然。"

“是吗？我一直以为自然是属于我的，现在我开始有些怀疑。”

可是，玛茜并没有听她在说什么，而是自顾自地说，“霍伊和我也种了一些给自己吃，都是容易种的小东西，两畦生菜，平时做色拉，也有一些欧芹和球芽甘蓝。很不错吧？虽然天很冷了，还有霜，球芽甘蓝却长得越来越好。我本来很想种番茄，但霍伊很不喜欢，他就是不喜欢吃番茄。”说到这里，她的声音变得有点沙哑，感觉像是又要哭出来。玛茜干吗这么容易冲动？

“是，很不错。”亚历山德拉表示同意。听到她作为妈妈的往事，她就感到有些厌倦。在《圣经》里，上帝“又对女人说，我必多多加增你怀胎的苦楚，你生产儿女必多受苦楚。你必恋慕你丈夫，你丈夫必管辖你”。这算是对自然的力量屈服吗？当然，上帝对亚当也不是很宽容。他“又对亚当说，你既听从妻子的话，吃了我所吩咐你不可吃的那树上的果子，地必为你的缘故受咒诅。你必终生劳苦，才能从地里得吃的。地必给你长出荆棘和蒺藜来，你也要吃田间的菜蔬，你必汗流满面才得糊口，直到你归了土，因为你是从土而出的”。该隐是种地的，但是，他看不中该隐和他的供物。想到玛茜在东镇贫瘠酸性的地里撒下比沙粒大不了多少的种子，然后埋起来就种出来蔬菜，还从那个丑陋的下体生出两个小孩，后来，即使两个小孩变成专吃垃圾食品的胖墩，她还是那么爱他们，亚历山德拉的母性油然而生，其中夹杂着一些伤感。“亲爱的，我觉得有点晕。这一切都出乎意料。让我再想想吧，如果你真的觉得去那里租公寓过夏天有积极的一面的话，我会考虑。”

“哦，当然有。”玛茜的回答像唱歌一样好听。“两个小子肯定高兴坏了。”

关于三个可恶女巫回到东镇的消息像雨水慢慢淌进蚂蚁窝一样流进了东镇人们的耳朵。赫比·普林兹的孙女贝西·普林兹是在“大实惠卖场”听阿米·阿瑟诺说的，大实惠卖场原来是亚美尼亚人开的五金商店，目前经营也不是很好，死不死活不活，货不多客人也不多，和 102 号公路上的家得宝不能比，和在1号公路上靠近华威的地方刚开的罗威也不能比。贝西年纪太小，只有二十岁，所以没有亲眼看到过那三个传说中的女巫，但她把消息又传给了维罗妮卡·马里诺，她之所以告诉维罗妮卡，是因为她好像听人说过这些女人中有一个和马里诺家里有过丑闻。维罗妮卡是乔和吉娜·马里诺六个孩子中最小的，今年四十二岁，还和她妈妈一起住在父母的小房子里，跟卡兹米萨克广场就隔几个街区。不只是她，她的丈夫麦克·奥布莱恩也住在那里，他是个没有节制的酒鬼，他们是六年前结婚的，当时她年纪已经不小，能找到丈夫就算运气不错了。他们没有小孩，两个人不需要多少房间。有人认为他们没有小孩是因为意大利人和爱尔兰人本不该在一起，自然生不出小孩，也有人觉得是因为他们跟吉娜住在一起，吉娜太强势了。乔早就死了，他们最小的女儿刚出生，他就因心脏病死掉了。维罗妮卡跟她妈妈说，佩里房产公司的哈利·佩里跟阿米·阿瑟诺说那三个女人在雷诺海景公寓租了两个房间，准备住两个月，就是七月和八月，听到这个消息，屁股已经大得走不动、需要手术的吉娜连头都没有抬起来，而是拿着一把本地当季的芦笋，在水槽里面专心地洗，摘好后马上放到微波炉盒子里。"回来干什么?"她只是稀里糊涂地嘀咕了一句。

"你说什么，妈妈?"维罗妮卡大声问。她的眼睛睁得很大，像受到惊吓的动物。她妈妈的"老样子"确实吓到了她，她专注的时候像一具僵尸，平时爱穿男式系鞋带的黑鞋，一头黑色的头发常常散下来垂到上嘴唇。

"没什么，跟你说你也不懂。"

"妈妈，我不是小孩子。"维罗妮卡一说出口就后悔了，因为她自己没有小孩。她接着说："麦克跟我说了很多事情。"这句话让她自己觉得更傻，脸马上就红起来。

"你爸爸以前常说，'这是个自由的国家'，我就跟他说，'有些人不喜欢付账单，他们觉得不付账单就是他们的自由'。雷诺别墅的前人是最坏的，他欠你爸爸一大笔钱，给他干了那么多活，装了那么多那么漂亮的东西。警察竟然没有把他抓起来。”

“跟我说说当时到底怎么回事吧！我听到的传言都不是很具体。珍妮嘴巴很贱，在亚美尼亚人的店里胡说八道。”

“你不要听。”她妈妈挪着沉重还有些疼痛的屁股走到电冰箱前面，把微波炉盒子放到冰箱里面，等会儿要烧晚饭的时候再拿出来。因为乔以前是管道工，他们家的厨房一直是最先进最时髦的，他们家是镇上最早用微波炉的，也最早在水槽下安装内置式垃圾桶，水龙头不是用橡胶垫圈密封的，他们家用的是硬塑料球阀，在吉娜的想象中，这种球阀和即将用来置换她髋关节的塑料球和钛关节窝应该没有多大的区别。她觉得，东西都是有寿命的，到时总会坏。不过，自从乔死了以后，他们家的厨房就再也没有进步过，甚至还有些倒退。她从地下室里拿来她自己的妈妈从那不勒斯漂洋过海带来的蓝色搪瓷锅，替换原来的铜加不锈钢锅。在金属锅上烧面条，味道比用搪瓷锅烧差很多。发现她女儿还站着等她解释，吉娜就告诉她：“我自己也不知道到底发生了什么事。”

“爸爸知道吗？”

吉娜很快回答：“他不会回来跟我们说客户的八卦，他觉得这样不符合职业道德。”她很沉重地绕过她女儿，拿了一条干毛巾一边擦手一边说：“如果在街上碰到这几个女人，我想我认不出她们，毕竟我们都这么老了。”

不过，在七月初的一天，她真的在街上遇到了亚历山德拉，她们一见面就彼此认出来。她们相遇的地方不是在镇中心的码头街，而是在镇边上一家新开的实得购超市，从亚历山德拉原来在果园路的家再过去半英里。大夏天的太阳照在马路上，从停车场的柏油地上荡起一波波热浪，人们从超市出来把袋子装进汽车后，手推车就一个插一个放在一起，阳光照在手推车的钢条上，一闪一闪发着刺眼的光。“我听说你们回东镇了，”吉娜老大不情愿咕哝着说。这句话里面的重音是东镇，表明她是这个地方的主人。她觉得，作为这个镇的永久居民，作为通奸的受害者（尽管她从来没有跟孩子们这样说），她理所应当先开口。

吉娜穿着黑色连衣裙，亚历山德拉下身穿着白色牛仔裤，上身穿着宽松的七分袖棉衬衫，两个身材丰满的女人站在太阳下面汗水哗啦啦地流着。“回来看看，吉娜，”亚历山德拉跟这个老情敌说。“最多到八月底，估计都熬不到那个时候。我家在新墨西哥，虽然也很热，但没有这里潮湿，感觉很不适应。”

“这里也没什么意思，”吉娜对她说。“你们走了以后，就很平淡。”

“我们就希望如此。我们现在都是老寡妇了，简、苏吉和我都一样，没有什么指望。听说乔也走了，很久了，对吧？”

“对，”吉娜说。她本来想多说几句，但这个老婊子居然有脸提他的名字，让她的气息一时上不来，噎住了。

“我知道这是什么感觉。”亚历山德拉说着就伸手去碰了一下吉娜露在外面的小臂。吉娜收缩了一下，像碰到鬼似的。正午的太阳相当毒辣，这时，两个女人刚好站在超市遮阳棚下面一小块阴影的边沿，碰了吉娜的手臂之后，亚历山德拉就退回到更阴凉的地方，她身边摆放了一些待售的矮牵牛和万寿菊，刚喷了水，地上比较潮湿，所以比刚才的地方凉爽很多。吉娜也一瘸一拐地跟着走到那里。“他是个好人，”亚历山德拉说。她的声音比刚才低，好像是因为站在阴影里的缘故。

吉娜的气息终于舒缓过来，所以又能够开口说话。“顾家的好男人。”她黑色的眼睛闪着光，盯着亚历山德拉的脸，好像是在挑衅她。

亚历山德拉用更加柔和的声音表示同意，但她又说得好像对他知根知底。“他很爱你，爱他的孩子们。”其实，在她的记忆中，在那段时间里，总是乔主动提出来要离开吉娜和她结婚，但都是被她拒绝的。

“他也很敬业。”吉娜顺着亚历山德拉说，但明显是为了不让她继续说那些自己不想听的话。“如果你的火炉在凌晨两点熄火了，他会马上爬起来赶过去。这样的人现在难找了，你得给公司打电话，公司在柯丁顿商业中心，他们不会派同一个人来两次。”说完，她的嘴唇紧闭，从这个表情判断，她对于刚才一口气说了那么多内容感到自豪。“现在哪里还有这样靠得住的人？”

“可怜的人，”亚历山德拉心里说。她发现，吉娜现在走路和说话都很难。她很高兴在这里碰到吉娜，因为她感觉好像又见到了乔，不仅如此，她还感受到了乔的体温，好像可以摸到他背上的绒毛，可以看到他小肚子上闪亮的汗水，他的一双手因为长期处理生锈的接头和冰冻的阀门，所以力气非常大，这时她也似乎能感受到，能让她兴奋。以前，他经常是偷偷摸摸地进出她在果园路的小房子，就距离现在她和乔的寡妇所站的地方半英里远，因为他不想让人家知道他背叛了对老婆的神圣的誓言，不想破坏太平的家庭生活，不希望众叛亲离，也不希望失去在镇上算不错的声望，她也很喜欢他这样。“他确实很敬业，水平很高。”她顺从地跟吉娜说。以前做爱到很兴奋的时候，他会叫她是他的“白母牛”，所以喜欢从背后操她。他也有自己不好意思的地方，主要是秃顶，一大片光秃秃，他的生殖器特别霸道，他一共用它生了五个小孩，还在她的子宫里灌了大量的精液，她的子宫是很安全的，因为她装了节育环。在那个年代，觉醒的女人要随时做爱，是要付出一定代价的。她很怀念也很感激那种节育环，虽然节育是违背教义的，亵渎神灵的，但是，有了这个东西，她就可以跪在床上，双肘撑着，让他从背后尽情地做活塞运动，然后让他的精液塞满她的阴道，从而让他勤劳而单调的生活多了一些乐趣。

吉娜似乎能读懂她的心思，她很坏地闭上了一只眼睛，另一只眼睛继续死死地盯着亚历山德拉。“还记得维罗妮卡吗？”

亚历山德拉担心吉娜真的看透了她的内心，看到那些淫秽的画面，所以赶紧接上去说：“当然，你们最小的那个。”吉娜最后一次宣布她又怀孕的时候，乔很不高兴，也很恐慌，当时吉娜已经四十一岁，而他说他已经基本不碰她了。吉娜是虔诚的教徒，死活都不装节育环。亚历山德拉对她说：“我知道她还和你住在一起。”

“还有她老公，”吉娜说。她还是闭着一只眼睛。“他们还没有小孩。都已经六年了。”

亚历山德拉有点惊讶，但她掩盖了起来。她和眼前的这个女人共用一个男人好几年，因此两个人之间存在一定的默契，这可能就是吉娜愿意分享私密信息的原因。“哦，是吗？他们想要孩子吗？”

“她想要，谁不想要呢？”这个反问来得很突兀，尤其是从这个穿着黑色衣服斜着眼睛看着她的女人嘴里说出来，亚历山德拉感到其中有问题，所以出于自我保护并没有马上接话。于是，吉娜接着说：“你能帮忙吗？”

“我？吉娜，我能帮什么忙？”

这时，吉娜闭着的那只眼睛也睁开，两只眼睛闪闪发光。“你懂的。”

“我懂什么？我都没见过维罗妮卡。”真的，对于维罗妮卡，她只在和乔在果园路的家里偷情的时候听乔说过。这个小孩意外出生以后，他简直把她当成掌上明珠，疼爱得不得了，她也很争气，和男孩子一样大胆，也比其他几个姐姐都聪明。

吉娜觉得说这么多会让人觉得好蠢，但自己实在很着急。她解释说：“有人说，她生不出小孩是因为……我不知道该怎么说……类似于魔法吧。”

“哦，你说魔咒吧？”

“是的，有人是这么说的。她还小的时候，你还住在这里。是不是因为嫉妒……”

刺眼的阳光照在停车场上，把柏油地面照得白花花的，和两个人之间灰暗的谈话内容形成巨大的反差。两个女人之间好像隔着一团巨大的阴影。“我为什么要嫉妒一个小孩子？”

吉娜的嘴巴紧闭，她觉得对方的反问是在搪塞她，没有必要回答。她往后面退了一步，站在太阳底下，披落到上嘴唇的黑色头发十分显眼。亚历山德拉犹豫了一下，然后自己回答自己的问题：“你是说我给她下了诅咒？你让我给她解除诅咒？可是，不管人家怎么说，我是肯定做不了那种事情的。以前，我也就是一个家庭主妇，不那么开心的那种，直到奥斯和我离婚。”

吉娜又是一只眼睛闭着另一只眼睛盯着她，闭着的那只眼睛的眼睑可能由于紧张所以一直在跳，但是，她并没有说话，而是让对面的女人接着说。这个女人曾经祸害了自己的婚姻生活，现在是报仇的时候。

“我尽力吧。”亚历山德拉说。“我跟维罗妮卡无冤无仇，跟你也是一样。我说过，乔是爱你们的。”

这里面有太多的事情，有太多见不得人的事情，所以，害怕再下去可能要说到两人都不想说的话，吉娜转过身去，和宽松的黑色短袖连衣裙一起，融入白花花的阳光里面，与此同时，穿得比较凉快的亚历山德拉却打了一个寒颤。超市卖的花挺香，站在旁边很凉快。

她们三个人都还住在这里的时候，就苏吉住在镇中心。她是《东镇闲话》的记者，中午饭一般在尼莫餐馆里吃，吃好中午饭会经过保罗·拉路的理发店，总是朝里面探头，跟里面的人打招呼，问一句：“大伙儿，还好吗？”里面的人也会乐意跟她说几句，然后，她会迈开苗条的双腿，走过饥饿绵羊店的橱窗。她自己穿的是宽松褐色粗花呢外套，在东镇算是超前的，饥饿绵羊店里卖的是比较实在的羊绒罩衫和四四方方的羊毛裙子，隔壁的啰嗦狐狸店有比较时尚的衣服，主要是卖给高中女生的。再过去就是亚美尼亚人开的五金店，窗户很大，但经常黑乎乎，然后就是海湾小超市，在那里上班的都是脸上长满青春痘的高中学生，卖牛奶和橘汁，这些都是家里常常要买的东西，但这里卖得超贵，超市里也有很多包装得很蓬松的垃圾零食。再向前走，就是面包房咖啡角和基督教科学阅览室，然后是老石头银行分行和佩里地产公司，地产公司的橱窗上总是贴着待出售的房子的照片，那些照片明显都挂了很久，因为都发白了。她会一边吸着东镇带咸味的空气，一边沿着开裂的人行道，“收集”人们的闲话，观察人们的表现，为每周出版一期的《东镇闲话》准备素材。《东镇闲话》当时的编辑是克莱德·盖布利尔,克莱德总是心事重重,和她在一起却激情荡漾,结果,他们的这段情意外造成了两条人命。如今,三十几年过去了,她走在相同的人行道上,品味着从前的一幕幕。当然,这条人行道已经不是从前的人行道,上面的裂痕已经补好了,坑坑洼洼也填平了,路两边的树还挂着圣诞装饰灯,估计是一整年都挂着的。码头街已经拓宽拉直了,以前路边水泥人行道和沥青路面几乎是平的,淘气的男孩总是骑着自行车在马路和人行道间来回窜,经常把行人吓得够呛,现在砌了挺高的花岗岩路沿。码头街和橡树路交叉口的蓝色大理石马槽还在那里,从前是在马槽四周摆放一圈应季的花,但后来种了一些刺柏和一棵阿尔伯塔矮云杉,这棵云杉长得很高,枝叶繁茂,害得路过的司机看不到四周的路况。

在殖民地时期,根据英国议会一六四四年的决议,东镇属于普罗维登斯种植园,那个时候这里到处都是参天大树,十八世纪初建了不少很漂亮的房屋,但从路上是看不到的,路边铁杉下垂的枝叶基本没有修剪过,把房子遮得严严实实,有些维多利亚式的豪宅,前面竖着库板,库板后面才是很陡的楼梯,地窖的门开在后面,门口都有一条原始岩石通道,能通到海边,可以到有很多鹅卵石的沙滩上去欣赏水中的月,在去沙滩的半路上有一个码头,那是走私私酒用的。马萨诸塞和康涅狄格的人们都说,罗得岛就是专为叛教者和海盗开发的天堂。罗杰·威廉斯欢迎教友派信徒、犹太人和唯信仰论者,不是因为他相信所有人都可以得到拯救,而是因为真正的信仰者太少,不足以形成一个社区。橡树路弯弯曲曲绕到村子的尽头,继续向前变成了大马路,上了坡就再也看不到人家。从东镇的镇中心,基本看不到雷诺别墅,尽管在卫星地图上这段距离并不算长。镇中心距离大海也不远,但一排排商店挡住了人们的目光,他们看不到商店后面有反射着阳光、波光粼粼的海水,这片海水直接连着纳拉干湾,然后通向更开阔的海洋。不过,人们还是偶尔可以从商店之间狭窄的缝隙看到粼粼的波光。在这里,空气中的海水咸味和斯坦福德有些不同，苏吉深深地吸了一口，虽然她的鼻孔狭窄，还是足以感受到从前的味道，她感觉到从前的自己回来了。

“鲁日蒙太太！”她听到身后有人叫她。

她噌地一下转过身，像被人家刺了一下，已经有很多年没有人叫她这个名字了。她看到一个不大认识的男人向她走过来，非常粗壮，胸部像水桶，留着络腮胡子，中年，花白肮脏的头发垂到背后扎成小马尾，脸颊和鼻子像烧红的，显然是经过了风霜的考验。看到她一脸迷茫，他咧嘴一笑，可以看到上面掉了一颗牙齿，这副模样让她更加反感。“我是汤姆·戈顿，太太，你采访过我，我差点成为最年轻的港监，你还记得吗？”

“哦，汤姆！当然记得。”那个时候，她觉得他很浮夸，很不成熟，但她还是和他一起睡觉，就是她自己找到丈夫然后离开东镇前的那个夏天。她刚从小超市买了一些东西，正用右手拎着，于是，她把袋子换到左手，腾出右手，主动伸出来和他纯洁地握手。“你好吗？”她可能真的挺开心的，所以笑的时候露出了牙龈。

他也露出微笑，不过不如她那么灿烂，然后用左手去握她的右手。一开始，她还以为这是前情人在跟她调情，但后来她发现，他的右手一直卷曲紧贴在胸前，已经严重变形，少了一根手指，其余的也成了一团爪子。他发现她的眼睛在看那里，就露出腼腆的笑容，然后跟她说：“意外。有一次我帮忙拖网，我穿着借来的靴子，在冰上溜倒，右手刚好夹在绳子和滑轮中间。他们本来说要截肢，但后来决定给我留下。不过没什么用。”他把右手伸来一点点给她看。

“哦，汤姆！”她大喊一声。他现在好像更喜欢叫这个名字。“可怜的人，这个样子你怎么工作？”

“有难度，都这么说。”此时，他腼腆的笑容变成了另一种笑，以前她第一次见到他的时候还以为那是傲慢的笑，但是随着他们变成情人，她发现这正是他积极的一面，散发着他的男性美，是性感的自信，在一代人甚至就在半代人之前，他这种社会阶层的男孩子很少有这样的表情。在六十年代，正是因为男性的性虚荣暴涨，所谓和平与爱情的非暴力政治主张、甲壳虫乐队以及大银幕黄色电影才得以广泛流行。在六十年代转七十年代的时候，她刚三十三岁，但是她的情人都是老头子，有些人，像克莱德·盖布利尔和阿瑟·哈利布雷德，都要挑逗半天才有激情，直到后来她搞上了托比·博格曼，就是接替死得很惨的克莱德担任《东镇闲话》编辑的那个年轻人。托比不久之后也离开了东镇，他也是在冰上出了意外，摔断了腿，可是，正是托比让她见识到了年轻男人的身体，和这种人做爱才是真的激情荡漾，同时，她也对性权力关系有了新的认识，自始至终，她都既是挑逗者、掠食者，也是崇拜者。每一次她都会像一条饿极的母狼一样，赤裸裸地趴在托比的身上，后来又趴在汤姆的身上。他们的皮肤青春健康，富有弹性，身上的气息清新怡人，肌肉发达有力，摸起来十分光滑，像抹了油似的，尤其是他们的鸡巴长得都那么漂亮，周围一圈毛茸茸，随时可以竖起来，托比的鸡巴割过包皮，汤姆的没有，但一样那么大、那么漂亮，她每次都忍不住要抓起来先塞到自己的嘴巴里去。等托比和汤姆到了高潮的时候，她会让两个年轻人一动不动地躺着，把他们的鸡巴抓在手里，像玩弄一只被她抓到的小鸟一样，不时趴下去亲几口，一边发出淫荡的呻吟声，不一会儿，鸡巴抽搐着喷出半透明黏糊糊的乳白色精液，她就用左手抓住鸡巴，右手飞速扒开散落下来遮住嘴唇的头发，趴下去饥渴地吸着，有时精液会喷到她的脸上，让他们看得有些不好意思，但她依然不停歇。

站在码头街上，想起年轻时候的疯狂，她脸不禁红起来，但是，汤姆·戈顿并没有发现，他还是继续诉说着他的不幸遭遇："他们不让我再当港监，因为用一只手连救生艇都搞不定，但他们没有解雇我，让我做临时雇员，拿一半工资。当时小孩子还小，日子很难过，琼在银行工作，不能放弃那份工作，但又要照顾小孩，所以挣的工资也不能体现她的价值。现在好了，孩子们都不用我们管了，两个男孩和一个女孩，他们都长大各自成家了。"

这是在炫耀吗？是不是在说她一直像婊子一样而他却过得很体面？苏吉在想，琼有没有跟她一样和他做爱，还是说她就一心只在银行工作挣钱？苏吉在高潮的时候会咬汤姆的肩膀，反过来汤姆也会咬她，有时还很疼。不过她不在意，反正牙齿印两三天就消掉了，有点疼反而更提高快感。看着眼前这个一身赘肉但明显经历风霜的老男人，苏吉为那几个月的疯狂而感到惊讶，那时候她是那么爱他，总是挑逗他，在他面前说有多下贱就有多下贱。这很正常，女人疯狂的时候，男人总是受益者，还自以为是地觉得理所应当。“结果还是挺幸福的，汤姆，”她说。她显然不想再聊下去。“为你感到高兴。”

可是他不想就这么结束。他是铁了心顶着烈日在码头街和她一起找回记忆。“算不上幸福，”他说，“你和我在一起的那段时间才叫幸福。”

“那叫疯狂，”她说。她在想，如果她从他身边绕过去，他会不会挡住她？“我觉得是疯狂。”

“我以前也觉得你很疯狂。但是，在你离开了以后，我觉得我们都应该这样疯狂。琼比较现实，她很关心数字，她说很多东西都离不开数字。”

“她很聪明。”苏吉朝右边迈了一步，就是他的弱侧。

可是，他也迈了一步，还是在她的正前方。“你怎么又回来了？”路上的其他行人都注意到了他们。

“来度假。”她说得很简短。“和两个老朋友一起来，租公寓住。”她差点说出住在哪里，还好自己及时打住。

“和那两个人吗？我听说了。”这时，他的表情就不再那么友好了。

“你记得她们？”

“是，都记得。”

“都是好人，我觉得。”

“反正都记得。”

苏吉朝斜对角又迈了一步，这下子他要是再想挡她的话，就要把她挤到基督教科学阅览室的橱窗玻璃上，说不定要把玻璃挤碎。基督教科学阅览室的橱窗里面放着一本被太阳晒得滚烫的《圣经》，《圣经》刚好翻到“马太福音”第八章，在那一页上放着一支塑料箭头。这页的经文写道：“耶稣伸手摸他说，我肯，你洁净了吧。他的大麻风立刻就洁净了。”

“你们都在干什么？”汤姆问。这个问题很有挑衅的味道。出于亲热的本能，他抬起手来想挡她，但那是只残疾的手，所以他刚抬起来又放下去。

“都是家常事。购物，吃饭，开车兜风。很高兴见到你，汤姆。”

“我们可能会再见到吧。”

那只手没有肌肉，光秃秃，看起来很可怕。他沉重的身体，毛茸茸的肚子，像鸟巢一样的胡子，也很可怕。她记得他的阴毛是金黄色的，好像是给太阳晒成那样的。“不知道我们会呆多久。要看另外两个人。”

“别看她们两个人。”他很沉重地从她面前挪开，站到了旁边，但还是在警告她。“你以前很有主见的。”

“我说过，汤姆，那是疯狂的岁月。我已经老了。很高兴见到你。保重。”

她很高兴终于摆脱了他。她顺着码头街，朝那个四周种了很多树的蓝色马槽走去，从马槽再过去，有一个木头码头，停靠在码头的几艘船随着海水波动而不停起伏，码头街和橡树路交叉口有一个停车场，是L形状的，直角接着纳拉干湾的海边，她的那辆海军蓝色宝马车，就是她先夫硬要买给她开的那辆，就停在这个停车场里面，她正要走进去开车的时候，突然从两幢房子的空隙看到海水的反光，这让她感到很开心，好像这一道光芒照亮了她内心的世界。她的老房子是一幢一七六〇年建的“盐盒子”，位于橡树路旁边的黑木洛克弄堂，距离这里不远。从前，她的生活和工作都在镇中心，在这些街道和房子里，她有很喜欢的人，也有很喜欢她的人，在这里，她认识的人和认识她的人比其他任何地方都多，在她出生的地方，就是在纽约州手指湖尽头的那个脏地方，人们几乎没有注意过她这个小姑娘，后来搬到康涅狄格州的那个卫星城,那里虽然干净得多,但她在那里当了人家三十年的老婆,也像玩了一场假面游戏一样。

“你记得买奶油奶酪吗?”她一回到公寓,简就单刀直入地问她。在回来的路上,她开车经过海滩,到堤道的时候,因为昨天晚上潮水比较高,堤道被淹没,现在上面还有不少水坑,蹚过这些水坑,然后才开上挺陡的坡道,绕过达里尔·范霍恩的老房子,在侧门停车,她有一把侧门的小铜钥匙,自己开门上了楼。“我的肚子不知道怎么回事,除了烤百吉饼涂奶油奶酪,对其他的一概没有胃口。吃别的东西都像在吞锯末。”

“小超市没有奶油奶酪,”苏吉说。“没有费城牌的,奶油奶酪就这个牌子靠谱。我给你买了蓝莓酸奶。你要是总这样,我也很难过,可爱的奶子。”“可爱的奶子”是亚历山德拉在达里尔·范霍恩的澡盆里给苏吉取的昵称,刚才在路上碰到了汤姆,让她心里又暖洋洋的,所以脱口而出。马上,她又很严肃地对简说:“你应该出去溜溜,自己去买东西,今天的天气真好。亚历去哪儿?我没有看到你的车。”

三个女人有两辆车,一辆是苏吉的宝马,另一辆是简的赛车绿捷豹老爷车,内特对这辆车情有独钟,那是一九六三年的 XKE 款敞篷车,线条十分流畅优雅,装了辐条轮毂罩,进气口像鲨鱼嘴巴张开着呼吸空气,赛车绿实在太深,在晚上看起来就是黑色的,敞开车顶开的时候,简黑色的头发会全部飘到后面。两个住在东部的女人开车到罗得岛很容易,但亚历山德拉做不到,她平时开的是一辆白色福特皮卡,吉姆平时开的时候不是很爱惜,撞瘪了好几个地方,车身也好久没有洗,脏兮兮的。所以,她们三个人共用两辆车。她们一起租了四个房间,是用原来浴室兼音乐室改造的一个大套房,原来的浴室兼音乐室,其实也是达里尔·范霍恩改造的,更早的时候是雷诺家族的玻璃暖房,供暖靠的是周围一圈蒸汽管,里面不仅有兰花和球茎花草,还有热带植物,包括蕨草、棕榈、榕树和一棵香柠檬树。银行收了雷诺别墅之后雇的改造团队把整个高大的空间横切成两层。以前的屋顶是可以伸缩的,人泡在澡盆里面可以看到天空中的星星,整个浴室的高度是十八英尺,减掉地板厚度和天花板吊顶之后,上面一层就比较矮,适合做大学生的宿舍。亚历山德拉是三个女人中身材最高的,她可以摸到天花板。三个女人一开始觉得挺好玩的,觉得能够凑合,但是,随着七月盛夏的气温不断攀升,这些小房间变成了蒸笼,特别是在晚上,海风可以吹到另一侧的套房,但吹不到她们这一边,感觉更加难受。

两个比较年轻、相对比较有钱的寡妇一致同意让年纪最大、最没钱也离家最远的亚历山德拉睡那间最大的卧室,一个人享受那张大床。苏吉睡在隔壁的房间,床是可以折叠靠在墙上的,里面还有一张圆桌子,她可以在上面放电脑工作,她每天一定要写作一到两个小时,她终于成功戒烟,自从列尼死后,她就毅然抛弃了香烟,取而代之的是一杯咖啡和一碗什锦零食。简是三个人中最晚起床的,经常等到苏吉完成一天的工作量,煮好鸡蛋、烤好吐司准备吃早饭了,她还没有起床。简睡在一间很窄又没有窗户的卧室里面,距离那间所谓的客厅最远的那间,这是她和苏吉两个私下商定的,当时两个人在一个黑乎乎的角落里面商量,商量的时候像吵架又不像吵架。三个人一起在家的时候,一般会在客厅,要么看书,要么看电视,在吃饭之前,她们会在客厅里先喝一些饮料,不管是去外面吃还是在公寓里吃。她们有时会提起,过去在喝鸡尾酒的时候,她们常常一起作法,将三个人的魔力聚集在一起,但是,作法需要用心地准备,有一定的仪式的,而且,那是过去,当时三个女人都很年轻,和周围的人交往比较深入,充满激情,嫉妒心理也比较强烈,也都更坚定地相信她们可以用自己的意志力改变外在的物质世界。她们租的套房有两间浴室,苏吉和亚历山德拉共用一间大的,简用一间小的,套房里面还有不少柜子,还有一个不大但功能齐全的厨房,厨房里面有橱柜、架子,有一个微波炉和一个可以放锅盆的旋转架子,还有一个装在水槽下面的洗碗机,洗碗机很小,最多只能放三套餐具。套房的窗户对着停车场，再往外面，右边是网球场，从前罩着一个大棚，其实就是充热气的帆布，现在已经拆掉了，现在这个网球场很少有人用。

“她开我的车去沙滩了，”简说。她当然是在说亚历山德拉。“我跟她说那里肯定挤满了人，她肯定得把车停在公共停车场。我们得有人去市政厅，去跟他们说我们在这里租房子住，然后申请一张临时通行证。我以为你已经办好了，我们三个人里面就你最喜欢到镇上去，也最熟悉。”

“你忘了吗？我不能晒太阳的，一晒太阳就出疹子。你和亚历山德拉都是沙滩上的老鼠，我跟你们不一样。”

“我没有怪你没去办，”简说。她好像没听到苏吉说了什么。“事情比我们在的时候更难办，人都变得更官僚。大门口的那几个人要认识才让你进来。东镇从前比较乱，但乱中有乐趣，现在这种乐趣没有了。”

“整个世界不都这样吗？”苏吉懒洋洋地反问，一边打开购物袋，把牛奶、橙汁、酸奶、现磨咖啡、蔓越莓汁和犹太黑麦面包拿出来塞到冰箱里面。“现在人越来越多，我今天车不得不停在橡树路，以前码头街总是有很多空位。人总是要适应新现实，这是很可怕的事情，一代人一代人地过去，大家都忘了以前自由是什么滋味。”

“自由？”简若有所思地说。“什么是自由？人生下来，就注定有一天要死的。谁也控制不了。”

“说到控制，我想到另一件事，我们三个人应该一起去实得购超市买一些东西，小超市没有什么新鲜的肉和蔬菜，外面也没有新鲜的地方可以吃饭，而且到外面吃很贵。”她说这些话的口气让人听起来不大舒服，好像是在责备人家。作为三个寡妇中最年轻的，她肯定觉得有义务领导好另两个人。亚历山德拉和简的脑子明显都不如从前清楚，越来越茫然，浑浑噩噩，这是等死的节奏啊。

“我想亚历去过实得购超市吧，”简说。

“她去过，但她几乎没买什么。她刚好碰到吉娜·马里诺，然后恍恍惚惚地就回来了。”

“说到吃，”简说，“我不知道我到底怎么了，我以前很喜欢吃，特别喜欢吃油腻的和咸的，越不健康，我就越喜欢吃，然后还能跳各种舞，让男人着迷。如今，一提到巧克力和薯片，我就觉得恶心。苏吉，你得帮帮我。我一直想不起来我们为什么要来这里。你跟我说说。”

“回来聚聚，”苏吉一本正经地提醒她说。“我们要回来重温年轻时的岁月。”

“年轻时的罪孽，”简说。她是在说现在老了不中用吗？苏吉还年轻的时候曾经想象，人变老了之后，因为不用再挑逗人家的性欲，身上的那些坏习惯会渐渐消失，没有性欲的干扰，人会显露出更真实的本性。但是，她后来又发现，性是非常重要的社会因素，人们相互交往离不开性，生活的乐趣离不开性，人们常常为了性而掩盖掉自己的棱角。没有性需求，人们都会像神经病似的，一个个的行为都会那么古怪。简也受到了性的支配。

“我记得，以前的东镇很土但也很有意思，”简说。“如今，什么特点都消失了，跟别的地方完全一样，镇中心的马路沿都是漂亮的花岗岩，老石头银行比以前大了一倍，像一个癌细胞，把周围的细胞都给吃了。那些年轻人，和我们在这里的时候年纪差不多的人，都匆匆忙忙，看起来都很疲惫。那些年轻的妈妈，一个个像一团肉，开着巨大的越野车，送肥胖的小孩去二十英里之外练曲棍球，年轻的爸爸却像被阉割过的小男人，老老实实呆在厨房里替老婆干活，星期六一整天都在忙家务活，这跟五十年代有什么区别？当时还可以拿俄罗斯人做借口。我在想，他们哪里有时间和精力去性交，他们的孩子是怎么生的？他们可能不需要性交吧，现在试管婴儿那么多，生小孩都用剖腹产，医生也不会被起诉。人们都在说上帝死了，因此感到很伤心，对我而言，罪孽的死亡才是最可惜的。没有罪孽，人就不再是人了，而是没有灵魂的绵羊。”

“哦，简，我们刚回来一个星期。要玩得开心，我们就必须自己努力找乐趣。我们要把东镇想象成外国的首都，到了外国的首都，我们会去干什么？”

“我们会去参观教堂和宫殿，但谁喜欢去看那个一神会教堂？东镇的市政厅就是一大块煤渣，外表装修得像红砖房而已，谁要去看？”

“别这么消极！那天晚上人家在海滩上放焰火，你都不想下去看。”

“亚历和我想法一样，谁想去那个湿漉漉的沙滩看那些灌了一肚子啤酒的混蛋？”

“你在说什么？就这种态度，你最好哪里也别去，就呆在家里吧。什么是混蛋？我们都是混蛋，美国就是一个混蛋国家，美国之所以这么美好，就在于混蛋多！”

简脸色阴沉下来，继续给自己辩护。“我觉得从这里也能看到焰火，我们三个人不是一起站在停车场上看吗？”

“都被树遮住了。”

“只遮住一半，这样看起来更壮观，火花就像巨大的彩色水母，在橡树林里面忽隐忽现，有时升到柏树的上空，感觉像是外太空入侵的飞船。”

“是的，可是你一直在抱怨蚊子，让我们回到这让人窒息的房间里来。从窗户里什么都看不到，只能看到柏树的影子一会儿起来一会儿下去。”

“那何止是蚊子？比蚊子大很多。感觉像站得太靠近火，火花烧到身上。再说，亚历也不喜欢再看，焰火持续时间太长。很多政府都这样乱花钱，背后肯定有猫腻，烟花公司肯定使了什么招数，才让政府花了那么多钱买烟花，弄得学校里的音乐和艺术课程都被缩减了。”

“你让我们进来的时候还没有到高潮，焰火表演是有情节的，最后有一个高潮。”

“我们已经看够了。”

“我还没有看够，”苏吉说。“我没有看到高潮。”

“我们听到了呀！不就是一阵吵闹声吗？嘣嘣嘣嘣乓！听到了吧？这就是你要的高潮。”

她们的谈话已经很接近吵架。亚历在哪里？这里的两个人都需要她，有她在，才能形成稳定的三角。沉默了一会儿之后，苏吉对简说："我刚才在镇中心碰到以前的一个情人。"

"哦，你真不幸！我希望我的情人都死掉了。"

"汤姆·戈顿。我一开始没有认出来，现在他变得很胖，感觉很潦倒，胡子拉碴，留长头发绑了一根马尾辫子，他是要显得与众不同吧。他的一只手在拉网的时候被绞残了，现在没有正儿八经的工作，要靠老婆工作养他。但是，说出来你肯定喜欢听，他居然暗示愿意再犯错误。他说他希望能再见到我。当时，我们在一起的时候，他就像一个大男孩，但是后来我在开车回来的路上算了一下，他就比我小十一岁！到了我们这个岁数，十一岁根本不算什么。当时他好帅，我很喜欢他，身材完美，毛茸茸的屁股那么坚挺，腹肌像一块搓衣板。"

简酸酸地说："怪不得你写言情小说。"

"我的确想写一本新的，因为我们已经基本安顿下来了。每天只要写一个小时，吃好早饭后再喝一杯咖啡，灵感就来了。"

"你不觉得有点自私吗？你在写作的时候，亚历和我都得小心翼翼，蹑手蹑脚，说话都不敢出声。好无聊。"

"不用这样，别进我的房间就行。"

"你有没有进去我的房间看看，简直就是一个监狱，不，还比不上监狱，那就是一间毒气室。"

"寡妇都得有点兴趣爱好的，简。你的大提琴怎么样了？"

"哦，算了，被我那只嫉妒心太强的多伯曼狗咬坏了之后，一直没找到合适的木材来修。后来，内特的妈妈也讨厌听到我练琴的声音，那么大的房子，我很奇怪她是怎么听到的。她属于选择性耳聋。"

"这里有夏季音乐会，我看到小超市的窗户上贴着海报。"

"我害怕出去，"简突然说了实话。"我感觉外面有不友好的东西，在另一边，我可以感觉到。我们不应该回来。苏吉，这是可怕的错误！”

“简，你太差劲了！是你自己在胡思乱想。”苏吉需要帮手，否则等一会儿简会把恐慌传染给她。正在这时，她听到下面有汽车在砂石路上开的声音，她想应该就是亚历山德拉回来了。她希望是。她感觉此刻她的周围充满了敌意。成为寡妇的感觉之一，就是突然感觉这个世界太大了，即使再小的地方，很多东西也都是错位的，从而超出了她的控制能力。

“我们要出去，”苏吉接着说。“我们要出去走走。星期六晚上有一场室内音乐会，公共图书馆新建了一栋楼，里面有礼堂，音乐会就在那个礼堂里面。小超市的那个小伙子跟我说，建那栋楼花了一百万美元。”

两个女人都听到有人走上楼梯，这个人肯定是亚历山德拉，她的脚步声比从前更沉重、更缓慢。接着，她们听到钥匙要插进门却插不进去的摩擦声，再接着，她们看到一张粉红色的脸伸进来，她的头发在沙滩上被海风吹得像一团乱麻，还湿漉漉的。外面的空气跟随着她庞大的身躯进了房间，包括一股很强的海浪气息。“好极了，”她说。“今天，我往右边走，到向公众开放的那边去，那里以前就是一段硬沙坡，现在弄了一环礁湖，很多小孩子在里面玩水，妈妈和临时看小孩的不用担心海水把小孩卷走。”她感觉到另外两个女人刚才肯定谈过很多话，也肯定有话要跟她说，所以，她没有脱掉沙滩罩衫就一屁股坐到沙发上，然后似有深意地问：“我怎么能离开大海那么长的时间呢？”

“你肯定玩得很开心，”简说。

苏吉说：“简和我有个想法。”

“我就知道，”亚历山德拉说。“好吧。我们是要有些好的想法。”

东镇公共图书馆的新楼比老楼大很多，老楼是十九世纪造的赤褐色砂石建筑，位于公共绿地的中心高地上，显得高高在上，新楼是玻璃混凝土结构，占的地方跟老楼差不多，旁边又开辟了一条车道和一片很宽敞的停车场，占用了原来小孩和狗玩耍的很多空间。那个很多人都在吹嘘的礼堂占了整个底楼，礼堂外面有一个门厅，旁边有个多功能厅，上面就是一楼，一楼是专门放电脑的，一排排电脑桌，很壮观，但主要是镇上的闲人在那里玩游戏和偷偷地下载色情视频看。儿童图书部原来只是一个小角落，都是一些很薄的彩绘图书，是为过渡到成人阅读做准备的，现在空间十分开阔，书架很高，是用差不多一英寸厚的核桃木做的，但是，除了少数常客，基本没有什么人来这里读书了。音乐厅也作演讲厅，一开始很乐观地设想每个晚上都有活动，但是地下室声响条件不好的缺点很快就暴露，声音很沉闷，所以今天晚上的音乐会更多的是用来观看的。音乐会的观众分成两类，一类是附近社区学院有抱负的音乐专业学生，另一类是老年人，他们自己都觉得已经达到很高的水平。简的演奏水平也曾经很高，她的演奏很有激情，此时看着台上那些人拉琴像在锯木头，简直受不了，维瓦尔第的曲子搞得那么腻，又像是哀鸣，贝多芬的曲子虽然很豪放，但差不多都乱套了，拉威尔的曲子更像轻飘飘的手帕，藏在宽口的袖子里面，都说不出是什么感觉。

中场休息的时候，狭窄的门厅挤满了人，大家都在兴奋地聊着，不过聊的内容都很无聊，他们每一次在一起都是聊这些内容，有几个瘾君子到门外比从前小得多的草地上去点燃香烟污染夜晚的空气，以前抽烟的人很多，现在少得多。接着，音乐会演奏了巴赫的一个曲子，是《赋格的艺术》里的弦乐部分，主题交叉重复，一开始是老套的 e f e f，d e d e 格律，接着出现巴洛克式的爆发，兴奋过后有一段渐慢，最后以一种强音结束。简曾经在雷蒙·内夫的指导下拉过这首曲子，她左手的手指下意识地在膝盖上点着旋律，不过，以前练琴压弦积累的茧子现在已经薄得多了。

在不耐烦和怀旧之间，她慢慢地意识到，她刚才觉得是男性的第一提琴手其实是个女的，这个人长得很粗壮，有点驼背，戴着钢架眼镜，头发干枯，剪得挺短，但留着像女人的刘海，穿着很宽松的黑色长裤，刚才一直在数拍子，声音很响，观众都听得见。她还不是一般的女人，而是她认识的一个女人。她的手势僵硬霸道，点头像节拍器摇摆似的，让她马上想起一个人：格雷塔·内夫。她不仅还活着，而且过去这三十年并没有让她发生多少变化。简再看了一眼门口一个十几岁的女孩递给她的复印节目单，那个女孩圆脸蛋，脸色粉红，年纪看起来不大，但是两只手的大拇指都套着指环，两边耳朵都戴着银耳环，她并没有看见节目单上有格雷塔·内夫的姓名，但她发现有个提琴手姓卡尔滕伯恩，那不正是格雷塔结婚前的姓吗？简知道她的来头，她和雷蒙·内夫认识的时候，雷蒙·内夫还在军队里服役，当时就驻扎在德国斯图加特。简是在和雷蒙上床的时候听他说的，一想到和雷蒙上床，她的心里就咯噔了一下。他现在怎么样了？雷蒙以前是东镇高中的乐队老师，也是简所在乐团的团长。雷蒙是个小个子，情绪波动很大，身体很软，说话时鼻音很重，音调却很高，是明显的小镇特征，虽然外表看起来有点娘娘腔，但他和格雷塔生了六个小孩，还有足够的性欲先后跟亚历山德拉和简搞。他和亚历山德拉搞在一起的时间不长，和简在一起更久一些。虽然他常被人家取笑，包括家里那个德国老婆让他常常成为笑柄，但他对女人的身体很有研究。他也有音乐家的感觉。虽然人家都取笑他，但他的手和舌头曾经让简欲罢不能。而且，他有无穷的能量，虽然他的声音让人觉得他就是一个软蛋。

音乐会结束后，还热血沸腾的简直接去多功能室找格雷塔。苏吉和亚历山德拉都感到莫名其妙，也跟着她进了那个人声鼎沸的房间，大家都在相互表示祝贺，说得最多的内容就是：东镇还有古典音乐，还有贝多芬和巴赫！看到这三个陌生人进来，大家都不由自主地让开，当然，并不是所有人都觉得她们是陌生人，很多人认识她们，也都早就听说她们又回来了。

“格雷塔·内夫，”简说。这是她静静地听了两个小时之后第一次开口，所以她的声音比较粗。“你还记得我吗？”

“你好，”那个女人说。她一开口，大家都知道她的母语是什么，这么多年了，腔调一直都没有变。“我怎么能忘记你呢？我听说你们都回来了，但我不相信。”她那对躲在苍白的睫毛和厚厚的镜片后面像洗碗水一样蓝色的眼珠子，已经看到了站在简后面像保镖一样的苏吉和亚历山德拉。

苏吉先开口说：“格雷塔，我们都听说了雷蒙的事，心里很不好受。”

她们听到了什么事？简问自己。苏吉一直在收集信息，但并没有全部和她们分享。雷蒙肯定已经死了。就在上个星期，简还开玩笑说她的老情人都已经死掉的，但如今听说有人真的死了，她的感觉还是很不同。可怜的雷蒙！他一直很努力将文化移植到这个荒芜之地，当然这里也不算荒芜，但在当时，这里所有的人只关心玩、性交和要交多少税。

“好吧，”格雷塔有点不耐烦地说，“最后回过头来看，早点让他走就是上帝的仁慈。他痛苦了很长时间。”她解释说，“他得的是肠癌。”

“真的？”亚历山德拉惊叫出来。她最害怕的就是癌症，自己的好细胞变成坏细胞，然后飞速繁殖，变成像花菜一样的瘤，如果是肠癌的话，这个瘤会堵住肠道，粪便都排不出去，所以除了身体疼痛，还有心理的羞耻，因为在身边要背一个袋子。“亲爱的雷蒙真可怜。”在那些年，“亲爱的”可能是会随口说出来的，当时她刚遭遇婚姻变故，而且六十年代的年轻“预言家”们正在吹嘘性解放，她和雷蒙一起偷偷摸摸度过了不少美好但担惊受怕的时刻，他们都不相信这种事情竟然会发生，他们居然会做出不忠的行为，但他们也感受到了巨大的身心愉悦，突然感到身上充满了能量。她和雷蒙都是第一次出轨，不久之后，他们也不再来往，因为他们各自都有了更加稳定的情人。很快，从东镇一直到明显享受更多自由和男神女神特权的黄金海岸，美国中产阶级放弃了清教主义，义无反顾地进入了无休止的历险和相互探索。她随口说出三个字“亲爱的”，但另外三个女人听起来都觉得很别扭，在社区群众的熙熙攘攘之中，她们都突然意识到了，她们都已经成了寡妇，都是没有依靠的女人，经过这么一提醒，她们发现大家都很想念那个男人，那个男人虽然很不可理喻，但对音乐和美十分执着，创建了当地最有成就的团体，推动了当地公益事业的发展，虽然苏吉从来没有看到过雷蒙光着身体，没有见过他很兴奋的模样，但她此刻也对他充满崇拜。“音乐会很成功，”亚历山德拉对格雷塔说。她这么说是为了掩盖随口说出来的“亲爱的”所产生的尴尬，她发现了她们几个人都莫名其妙地很兴奋。

格雷塔频频转身去跟其他表示祝福的人打招呼，但她也听到了亚历山德拉的恭维，然后用德国人习惯的腔调一个字一个字地问：“简，你觉得呢？”

在音乐会期间，简一直拼命地忍着，听到对面的老情敌在问她，她就直直地看着她，用含糊的声音表达了波士顿绅士们常有的客套：“我首先觉得这是很好的社区体验，乐团里面老人带着小孩，也是民主的尝试。”

格雷塔的双眼在镜片后面眨了几下，她没听明白对方说的是什么意思。于是，她又慢吞吞一字一顿地说：“一定要有年轻人，不然，大家都死了怎么办。”说完她就转身走了，留下三个邪恶的女人琢磨着她说的这句话跟她们有没有关系。她们以前也有一个年轻的朋友，但她们杀害了她。

除了格雷塔，在场的东镇人都没有亚历山德拉认识的，尽管她有一阵子怀疑自己看到了勒夫克拉夫特老太太，老太太刚才好像就在另一边，头发是蓝色的，身子萎缩得很厉害，在给看不见的观众讲道理，随着舌头飞舞，她的头在不断抖动，像一口很薄很轻的钟被一个笨重的人撞得不停摇晃。可是，当亚历山德拉还不到四十岁还年轻力壮的时候，勒夫克拉夫特老太太就已经老得不行了，到这个时候，干瘪丑的老太婆就肯定进了坟墓，躺在棺材里面的尸体，肯定和夹在《圣经》里的鲜花一样干枯。勒夫克拉夫特老太太曾经“勾引”过亚历山德拉，想让她加入当地一个让人尊敬的圈子，所以经常开着她那辆黑色的别克车到她家来，假装说对她家的花圃很感兴趣，还邀请她参加园艺俱乐部的讲座，也带她去教堂吃晚饭，听一个曾经到南太平洋岛上传教的牧师演讲，有一次还来她家里诚恳地邀请她加入马槽管理委员会，能成为这个委员会的女性成员，在东镇是非常高的荣耀。反正，她一直缠着亚历山德拉，简直是阴魂不散，死活要让她接受东镇美德的管束，非要让一个离婚的女人压制古老的本能，实现所谓的升华。勒夫克拉夫特老太太也是个女人，她知道女人的龌龊欲望，也知道女人需要外来的控制。对于勒夫克拉夫特老太太和她的老公，亚历山德拉的印象就是“可爱又无聊”。她丈夫叫什么来着？哦，好像叫做霍雷思，那是一个喜欢大惊小怪的小个子，也很油滑，开着一辆跟船长得差不多的别克车，开车的时候小心得变态，特别是你送小孩去看牙医或者去练棒球的时候跟在他的后面简直要发疯，他们在西橡树路有一块草坪，几乎没有杂草，他经常像在做白日梦一样从人行道上给草喷水。勒夫克拉夫特没有出席音乐会，他们已经被时间抛弃，像几乎没有存在过一样，或者像一小撮花粉被风吹散了，因为他们没有小孩，亚历山德拉自己也有类似的感觉，因为周围叽叽喳喳的人没有一个人来跟她或者苏吉或者简搭讪，好像被一圈神秘的力量隔着，她们三人各自拿着装着木莓潘趣的纸杯，挨在一起聊自己的事情。

“好吧，”简说。“你们怎么看？”

“是说格雷塔吗？”亚历山德拉问。“她变了，我感觉她从前让人很不舒服。”

“她从前的样子你们可能记不太清楚，”简说。“她不只是让人感觉不舒服。以前是雷蒙管着她，他是美国大兵，把她从被希特勒控制的水深火热的欧洲带到到处是黄金的美国，现在没有什么可以管着她了。她会要人命的。”

“你刚才说乐团里老少结合，我觉得她完全明白你的讽刺。”

“我没说他们不好，”简说，“不过说实话，那个大提琴手在拉慢板的时候简直不知道自己在拉什么，差了整整一度。”

苏吉说：“我感觉格雷塔有什么话想说又没说出来。简是对的，她现在更自信，她没有再结婚，当我们又变成家庭主妇的同时，她在积攒力量。”

“你说什么？苏吉！”亚历山德拉惊叫。她被吓了一跳。她们三个人光着身子挨着躺在达里尔的澡盆里面的时候，这个最年轻的女人的爽直就让她印象深刻，或者说有时候会受不了。她的奶头是粉红色的，十分坚挺，水蒸气在她的皮肤上凝结成水珠，两个奶头更显得可爱。“你是说结婚会让女人失去力量?”

“结婚让人束手束脚,”苏吉说。说完,她肥厚的上嘴唇就紧紧贴着下嘴唇,像蜗牛的腹足紧紧抓住叶子。这表明她不喜欢这个话题,不想再说什么。

这也表明她们该走了。可是,当她们三个外来的人朝双开门走去的时候,人群中有人急忙朝她们走过来,脸上堆着笑容,似乎想表示她其实并不匆忙,表示她刚才一直在关注着她们。这个人一开口就听得出是训练有素的人,说话很快,但语气很平稳。“我看到你们要走,”她说,“但我想跟你们认识一下。我叫黛比·拉康,是这个教区的牧师,我想你们应该了解,我们都是一神教的教友。很高兴在音乐会上看到三张新鲜的面孔,我们希望能吸引到这来度暑假的人,但每次基本上都是老面孔,像去教堂做礼拜一样。”这是个黑色头发的白人女子,身材不高,但比较匀称,五官相当标致,笔直的鼻梁上有一些粉红色的斑点,应该是因为被太阳晒伤正在脱皮。虽然这时正是酷暑季节,她还是穿着一条长袖的灰色连衣裙,下摆垂到膝盖以下,这是她作为牧师的身份象征。她的笑容尽管有些尴尬,但让人觉得挺亲切,她的灰绿色眼睛显得她还是比较睿智的。苏吉好像着了魔似的,在礼节性地和这个优雅的女人握手并做自我介绍的同时,她在幻觉中看到对方光着身体,娇小玲珑的躯体十分洁白,和她纯洁的美德相匹配。

“我们也会成为老面孔,”亚历山德拉对黛比·拉康说。“我们要在这里呆一整个夏天。”

“我们好久以前就住在东镇,”苏吉说。她说话的时候呼吸有点困难。“我们认识你的一位前任,布兰达·帕斯利,她是一神教会的第一位女牧师。”

“我们都为她感到骄傲。”简拖长声调,这也是波士顿人嘲讽别人的腔调。事实上,这三个女坏蛋曾经给布兰达下过诅咒,当她在带领教友做祈祷的时候,嘴巴里会冒出来羽毛和图钉。

那个年轻女牧师的脸保持着职业性的专注和敏感,但似乎没有发现什么特别的地方。“我听说过这个名字，”她说。“但那是很久以前了，好像是六十年代或者七十年代初。”

“没错，”简抢着嘴说。亚历山德拉可以感觉到，简不高兴了，同时，亚历山德拉也有些嫉妒地感觉到苏吉有点兴奋了，她本来就不好的肺这时明显受到压力。

“当时好像发了洪水，”黛比·拉康轻快地说。她有些紧张，但感觉也很愉快。“那时我还没有出生。”面对这三个女人，她产生了自我怀疑，原来想表示欢迎的热情逐渐消退掉。“好吧，我就是想跟你们认识下，如果你们来参加我们某个星期天的礼拜，我们肯定非常高兴。”教会的牧师向教友做了宣誓，然后等着对方寻找上帝的意识，结果对方迟迟找不到，这是挺尴尬的时刻。“我们不只做礼拜。”面对沉默，她很机智地说，“我们星期二的时候还有晚饭，教友家庭和单身的都欢迎，我们还计划在夏天晚些时候组织反伊拉克战争集会。”

眼看着沉默要持续下去，亚历山德拉说：“我们真的不知道我们会有什么计划。”

“能来就来。”黛比·拉康松了口气，好像终于完成了任务，说话的声音也好听了一些。她用两只手的中指很快很熟练地把黑色的长发拨到耳朵后面（她的耳朵和苏吉一样，有点翘），又露出挺好看但有点勉强的笑容，然后就飞快地走开，留下一股香水味道，让三个经历了疯狂岁月但已经变得又干又脆的老寡妇品味着年轻女人美德和魅力之间的矛盾。她在她们面前展示了贞洁的一面，以前，就在这个镇上，她们在公众面前也是这样。

当镇上的人们都已经入睡、整个镇子一片漆黑的时候，一个大块头女人在自己平时不怎么收拾的房子的三楼，弓着身趴在一张很破旧的小桌子上面。她的影子射在背后的墙上，也投在已经松动眼看要掉下来的天花板上。“她们来了。”她用圆珠笔在一张黄色纸上用力地写着。“三个竟然都回来了，胆子真够粗的。”她经常听本地人这么说，但记得不是很准，虽然有些迟疑，最终还是不管了，抬起欧洲人结实笔直的手继续往下写。“她们住在雷诺海景公寓，那里对你很方便，你是熟门熟路的。她们不知道羞耻，居然来听我丈夫组建的乐团的音乐会。一个肥的，有点良心，一个黑的，没有良心，一个漂亮性感一点的，自己有点紧张。都很老了，但还是不知道羞耻，我估计已经不中用了，再也不能兴风作浪了。杀了她们，杀了她们，她们曾经杀死你无辜的姐姐。”她的英语语法不是很好，但还是挥动僵硬的手继续写下去。“我建议先杀掉那个黑的，她头上的光环已经露出病态，她已经衰了。你看到就完全明白。”她似乎在眼前看到了一个身强力壮的年轻人，金黄色的头发是卷着的，像年轻时看到的天主教图画中的人物。她接着写，但手上有点颤抖。“来吧，和我住在一起，我的房子很大，靠雷蒙学校发的一点退休金，根本不够。孩子们彻底离开了。来吧，我需要你。不能放过邪恶的人，这是——是这么说吗——你的黄金机会。”

内特·廷克在遗嘱中对遗产的处置，包含很复杂的委托，需要签署很多文件和附件，他的遗产里面也有不少长期债券，为了回避纳税，这些债券要到好多年后才能兑现。他的妈妈虽然还住在布鲁克赖恩的豪宅里面，但她年纪太大，对这些手续起不到任何正面或者负面的作用。简在自己家里有传真，也可以发电子邮件，但这地方设施简陋得像是夏令营，却没有独木舟训练课，也不会围着篝火讲鬼故事，所以，她只能通过邮局同律师和银行家保持信函来往。去邮局寄快件和挂号邮件的时候，她要把车停在橡树路，感觉比从前麻烦得多，尤其是在夏天，停车位总是隔着好几个街区，在炽热的阳光下走，实在太难受，好几次都感到恶心。她不能理解，她从前非常喜欢到海滩上去晒太阳，每年第一天去晒就能把皮肤晒成棕色，但基本不需要涂防晒霜，除非要驾帆船在海上一整天。可是，如今她感觉头顶上的太阳像核辐射一样，是有毒害的，会让人恶心，让人很容易晕。她戴上了宽檐的草帽，但阳光还是透过编织孔洒在她的脸上。不只是她的手腕，因为她穿着短裤和短袖上衣，她的膝盖和肘部也都暴露在毒辣辣的阳光下面。东镇算是比较保守的，但简在这里也感受到了很多要命的气息，除了汽车排放的一氧化碳和从沥青下面挥发出来的氡，幸福时光酒坊、密尔沃基啤酒广告牌和海湾小超市，还有罗得岛彩票广告灯箱散发着电磁波，她在老石头银行使用自动柜员机时给她拍照的小相机射着伽马射线，马路两边上方的电线和电线杆上的电容器也有很强的辐射。在邮局前面，距离邮筒三步远的地方，有一根特别恶心的杆子，解决故障的技术人员经常爬上爬下，在上面留下了很多刻痕，杆子上面有一个灰色的转换器盒子，发着嗡嗡的声音，你站着听一会儿，保准要变成耳聋。七月份一天的下午，简就站在杆子的旁边，听着杆子上的嗡嗡声，心想自己肯定随时可能晕倒在闪着阳光的人行道上，这时，突然有什么东西跳起来，击中了她的腰，像在拳击比赛中被人家犯规打了一拳似的。“我吓死了，”她回到公寓就跟亚历山德拉说。“现在还感到刺疼。”

“也许我们应该向行政委员或电器公司投诉，”亚历山德拉懒洋洋地说。“感觉像是有东西短路了。”这时，她正四肢张开躺在大床上，简和苏吉都开着自己的车走了，她想去哪里都去不成。苏吉开着她的宝马车朝埃克塞特和南县博物馆的方向去，她是去做调研，准备再写一本新的言情小说，讲一个漂亮的种植园女主人和一个黑奴的故事。罗得岛最早是普罗维登斯种植园，经营南方式的经济模式，到十八世纪还有大量的黑奴人口，现在还有一些农仓遗迹，主要是一些倒塌的石头墙。

“木头不会导电，”简很快反驳道。“所以电线杆都是木头的。”

“泡一杯茶喝喝吧，”亚历山德拉说。然后，她克服了对依赖别人的羞耻感，问简：“我能不能用你的车出去一会儿？我得去看看玛茜和她的孩子们。我们来了两个星期了，除了她第一天来帮我们安顿，我一直没有再见到她，我应该去看看她。我们在电话里说得挺好，但总有人有事，主要是我有事。我一直没有勇气去面对，没有能量再去承担做妈妈的责任。”

“能量，”简说，“我记不得有能量是什么感觉。想到要开微波炉，我就恶心。”厨房里面有一台微波炉，这几个寡妇自从不用再给丈夫做饭吃，就放弃了复杂的烹饪，常常用微波炉热一些剩菜剩饭对付，也用微波炉化冰淇淋吃或者热一杯水喝。尽管嘴上说很讨厌微波炉，简还是从水龙头接了一杯水，打开微波炉的门，把水放到里面去加热，微波炉的门是用染色厚玻璃做的，里面东西的变化，包括起蒸汽、融化或者冒油，都可以看见。她好像闻到一股臭味，也许是幻觉吧，就像她打开冰箱的门，闻到食物馊掉的酸味就赶紧把门关上，但还是感受到了那股冷气。她还有另一种很不好的感觉，她觉得自己像那个关闭着的冰箱，坏掉的东西就在她的身体里面。这几天她感觉身体里面很不对劲，自从内特去世后，她就总是觉得不对劲。将死之前，内特一直在哼哼唧唧，像个大男孩在折腾她，让简没有心思想别的，现在回想起来，那些自私的人还是有好处的，他们能让周围的人进入忘我的境界。

亚历山德拉开内特的捷豹老爷车的时候，很喜欢把车顶打开，这样自我感觉好很多，尤其是当她像一阵清风一样开过镇区的时候，会有很多人回头看着她，但又看不清楚她的脸，同时，树枝、电线电缆和屋檐都从她头上掠过，阳光透过两边的枝叶洒落在前挡风玻璃上，感觉美极了。玛茜住在比较偏僻的郊外，她开着车把镇中心抛到身后，顺着小路开到一个几乎没有人影的地方，这里原来是个盐场，现在盐场已经关闭，原来有一些蔬菜棚，现在也荒废了，原来还有一个骑术学校和几家野心勃勃的餐馆，但现在全都不行了。这里有一个邮箱，是用模具浇注塑料一次成型的，邮箱盒子和脚架连成一体，这样就不会被小偷拿走，用金属做的分体式邮箱经常被小偷拆走，这个邮箱上贴着一张白色的标签，写着“利特菲尔德”。[①] 亚历山德拉看得很不

---

① 原文为 THE LITTLEFIELD'S，规范写法为 THE LITTLEFIELDS'（利特菲尔德家），故亚历山德拉会看得很不舒服。

舒服。霍华德原来在家里的地下室开电工用品店，地下室的隔壁是能放一辆车的车库，店有自己的门，门上方有一个不大的店标。但是，随着人们生活不断改善，都不愿意再干这种会弄脏手的活，对电工服务的需求日渐提升，所以，他生意自然而然好得很，于是在橡树路的顶头弄了一间办公室，专门接电话，雇了一个年轻的助手，应该是中美洲国家来的，那里的人还比较穷，因此乐于工作。可是，亚历山德拉在他们家邋里邋遢的院子里并没有看到有钱的迹象，院子里扔了不少玩具，地上还有一个鼓形的水池，错层平房的外墙，油漆也开始脱落，看起来像莱维顿[①]时代的建筑。

门铃响了很久，玛茜才来开门。她的年纪和实际相貌都跟这个房子差不多。母女俩贴面亲的时候，感觉她脸上黏糊糊的。亚历山德拉说："亲爱的，那个名字怎么那样写？那一撇好像不对吧？"

玛茜没有马上明白过来，最近她的脑袋和大腿一样越来越沉重。"哦，你是说那个邮箱吗？霍华德贴的，我看到的时候已经太晚了，这样有关系吗？"

"反正我看着很不舒服，我也不知道为什么。现在的人都很随便，从布朗大学毕业的，就说是布朗大学的人。"

"语言在变化，妈妈，它是活的。"

"好吧，我感觉太活了，都有些乱了。反正我不喜欢，觉得傻。"只有在面对孩子们的时候，特别是这个老大，她才可以这样肆意批评。"孩子们怎么样？"她想转移话题。"小霍华德还喜欢那个电脑游戏吗？"

"他说血看起来很假，现在很多东西都不信，挺悲哀的，但我知道，都要经过这个阶段。他也很讨厌被人家叫作'小霍华德'。"

"我也觉得不好，'霍华德二世'更不好听。你知道，你爸爸和我什么都谈不到一块儿，但我们就一致不给男孩取名叫做什么二世，这样的名字能把

① 二战后美国建筑商莱维顿父子建造的郊区城镇，开创了美国住宅建设的新模式。

人的身份定死，从一开始就套上圈套。”她感到自己说得太多了，就对玛茜说：“原谅我，亲爱的，我不知道怎么回事，跟你说话这样激动。”

“因为你内疚，”玛茜不假思索地回答。“我生了三个小孩，你却对我们不闻不问，所以你感到内疚。”她的脸上没有涂化妆品，显得很苍白，她的头发看起来根本没有洗过，更不用说染色了，鼻子边上那颗透明的赘肉也没有处理过，罗得岛难道没有整容的吗？新墨西哥遍地是整容的机构。接着，这个孩子继续发泄她的不满：“我以前经常祈祷，希望你好好呆在家里，不要跟那个男人去鬼混。我经常到凌晨一两点还没睡，到那时才听到你踉踉跄跄从外面回来。我们当时住在果园路，孤零零的，感觉好不安全，猫头鹰就在窗户外面叫，我还常常听到门外面的台阶上有声音。”

“好吧。”亚历山德拉觉得脸上很热，于是朝四周看了看。客厅里很像暴发户，地上铺着白色粗毛地毯，放着一对黄色假皮扶手椅，因为两个男性青少年平时粗暴使用，皮革已经起了皱，上面还有些污渍，对面放着一台巨大的纯平黑色电视机。“这里应该没那么神秘、那么可怕吧？恭喜你。”

玛茜的嘴唇在颤抖，眼睛里泪汪汪，不依不饶地说：“你就跟我说这种恶心的话，怕我批评你，对吧？对我，你也要先发制人，对吧？”

“谢谢上帝，女儿就是业余心理分析师，真懂我的心思。琳达打电话的时候说我是整天焦虑的北方佬，她说，当时北方要是战败了，我们大家都不用追求那么明确的所谓目标，我们就可以整块吃糖。天知道是谁教她这么说的，希望不是她老公。我倒是替那些猫头鹰感到委屈。当时我正在学巫术，只能晚上去学。”

“你是在开玩笑吧，妈妈，不过说真的，我对心理学很感兴趣，等孩子们大一些，我想去做咨询师。问题是霍伊和我……”

“你一定要叫他霍伊吗？”

“他和我都决定，等孩子们上了大学，或者小霍伊去上寄宿学校以后，我们就搬到威尼斯去……”

“是佛罗里达的威尼斯吧？要是去另一个威尼斯，你们还得另外学意大利语。”

“到时候，我应该是在佛罗里达做咨询，在罗得岛拿证就没有意义了。”

“佛罗里达很没劲，就是鳄鱼和老人，那里的人心态都有问题，可能生活太平淡了，所以走在路上都会相互撞。”

“霍伊喜欢钓鱼。”看到她妈妈没有打断她的亲昵称呼，玛茜抹了抹短裤上的褶皱，显然她刚才穿着这条短裤在后面的园子里干活，他们在那里种了一些比较容易活的叶菜。她的膝盖很脏，这样看起来更像一个可爱的小孩，块头很大，腿很粗，很顽固，但也很有魅力。“哦，妈妈，我还没有给你东西喝呢。咖啡还是茶？我不知道你最近有没有忌口。”

“忌口，对了，我应该忌口，不过，谢谢你，我都不用。还不到四点，时间很尴尬。在那边的三个人里面，我是最穷的，我要趁有人不用车的时候才能出来，我不是在抱怨，我很坦然。”

“到目前为止，你这一趟回来还开心吗？”

“开心，不过，好像还活着的几个老朋友似乎都不太高兴。我很高兴看到周围都那么绿，那么湿润，和我妈妈死后我爸爸把我送到康涅狄格女子学院上学时的感觉很像，当时感觉周围那么茂盛，那么成熟。我等会就走，亲爱的，你不用操心。我站着跟你说几分钟话就可以了。孩子们呢？”

“我跟你说过的，妈妈，在电话里就跟你说了。孩子们去参加夏令营了，三个星期，在缅因州。”

“哦，我的天啊，你和霍华德真有钱！孩子们喜欢吗？”

“罗杰喜欢得很。他去年去过，明年他还要争取去参加激流漂流和攀岩活动。他简直不要命了！小霍伊胆子小一些，他需要哥哥照顾。”

“他没事的，埃里克和本一样，现在他是最爱冒险的。兄弟感情最铁了。你知道吗，仙人掌需要所谓的保育树，通常是绿色柜子树，所以，仙人掌的刺一开始都看不见，然后在阴影下面逐渐长长、长硬。”

玛茜温情脉脉地看着她，然后又是泪汪汪地说："哦，妈妈，我就喜欢听你这样说话。"

"怎样说话？我一直都是这样说话的呀！"

"你说到自然界的时候完全不一样！"

"别哭了。我有一个现实问题，你帮我问下霍华德。人站在电话线杆旁边会不会触电？感觉像腰部被人家打了一拳似的，这是怎么回事？"

玛茜从扶手椅上站起来，眼睛里的泪花晶莹闪亮。"这一代人啊！"亚历山德拉想，"他们都是看着我们反叛上一代的，结果反过来又捡起老一代人的多愁善感，什么家庭啊，真不怕麻烦。""怎么回事？这不可能，"玛茜说。"我觉得不可能。如果有这种事情，人家会起诉镇政府和电信公司的。"

"我的一个朋友就碰到了，她刚刚告诉我的。"

"我会问下霍华德，但我很怀疑。他也说过，电这玩意儿有时候很好玩，时不时会出现让人意想不到的事情。"

"当然，我的这个朋友不是非常可靠，这几天，她总是有些很奇怪的感觉。你认识她的，就是简·斯玛特，后来改名简·廷克，请你帮忙租公寓的就是她，你说她很可爱的。简的巫术也学得很好，我有时也很怕她。"

"妈妈，我不觉得这个玩笑很好笑。以前女人确实很可怜，男人都不是东西。"

"谁在开玩笑？你们这个年纪的女孩不能明白，我们年轻的时候几乎是没有任何机会的，我们的职责就是生孩子和买美国的消费品。如果我们失去了婚姻，我们就什么都没有了，只能期望驾着扫把上天，所以大家都去学。别那么大惊小怪，那就是我们的力量源泉，每个人都需要力量，否则就会被这个世界给吃掉。"

"孩子们呢？对于女人来说，生小孩和爱小孩不也能带来力量吗？"

"上帝对女人说：'我必多多加增你怀胎的苦楚，你生产儿女必多受苦楚。'"亚历山德拉对《圣经》里面的这句话记忆深刻。"他还说：'你必恋慕你丈夫，你丈夫必管辖你。'这不是很恶心吗?"

"我不觉得，"玛茜说。"这是有道理的。"地板上那块白色地毯已经粘了不少泥土，地毯上放着一双沾满泥巴的园艺专用鞋，她双脚插进这双鞋，一双粗壮的腿就站起来。孩子们为什么都让大人失望？他们拿了自己的基因，但把基因扔到地上。玛茜可怜兮兮地问："你要不要去帮我拔杂草?"

"你觉得我穿这样合适吗？有那么糟糕吗？亲爱的，我很乐意，但是到我这个年纪，你估计蹲下去就再也站不起来。"

女儿知道她又遭受了一次挫折，于是晃动着一双沉重的手，感觉无可奈何，一边说："以前，住在果园路的时候，你很喜欢到院子里呆着，种了那些鱼尾菊和番茄，我很怀念那些日子，那时候的你更像一个妈妈。"

"其他时候不像妈妈，对吗？我觉得很奇怪，亲爱的，但是，我认为作为父母，要很好履行这个天职，首先要忘记自己是父母。如果整天就呆在家里，像傻瓜一样，对孩子们的成长是不利的，相反，父母应该给予孩子足够的独立成长空间。你刚才提到自然界，我也觉得很滑稽，就像霍华德在说电一样，我以前也觉得我喜欢自然界，可是现在我很讨厌，也很害怕，自然的力量正在把我拖向坟墓。在加拿大的时候，我感觉那里的自然十分壮观，但我到最后才登上了顶。我觉得，那次经历很有宗教洗礼意义。不过，像这样的经历，还有不好的一面，就是不管你去哪里，那种感觉很模糊，而且一瞬间就消失了。"

一边说着，她一边慢慢从懒人椅上爬起来，这个椅子有很强的男人气息，酸酸的，然后，她笔直地站在女儿的面前。相比这个女儿，亚历山德拉高了两英寸，重了三十磅，年纪大了二十三岁。

玛茜脸上有点惊慌。"你怎么想到了那个东西？你有什么问题吗?"

她显然不愿面对死亡，所以表达得很模糊。不过，亚历山德拉很坦然，对于孩子和坟墓之间的隔阂，她很坦然，觉得不需要任何修饰，对自己身体的失望，她也不想掩盖。所以，她笑着说："哦，人老了，哪里都不对劲，疼痛是家常便饭。电视上总是在广告治小便失禁的医院，然后才广告电视和室内管道维修，我想，这肯定是因为很多人都尿裤子。真的，自然让女人的身体承担了太多事情。不过，到了东边以后，我的皮肤就不那么干燥，也不那么痒。当然，我也很害怕得癌症，但医生告诉我说是我自己胡思乱想，好吧，我跟他说，无所谓了，爱来来吧，作为七十二岁的人，我这样就算不错了。我奶奶活到八十八岁，我最后一次看到她的时候，她正爬到屋顶上去，她从老虎窗爬出去，拿着一把锤子去敲烟囱的披水板。”

“自从霍伊的妈妈去世以后，”玛茜说，“你就是孩子们唯一的外婆，你对他们十分重要。他们八月份从夏令营回来的时候，你一定要来，他们都想好好爱你。”

“哦，亲爱的，”亚历山德拉说。“我这么大的年纪，不知道能不能承受那么多的爱。我会不适应。”

“我……”

“别说了，我懂的。”

“等孩子们回来，我叫你来一起吃饭。你把另外两个也带来吧。”

“她们会很高兴的。东镇并不像我们设想的那样欢迎我们。家庭小聚会能让大家忘却不愉快。”

苏吉看见了汤姆·戈顿，他穿着灰色套头衫，站在橡树路的另一头。他刚才就看到她了。一天又一天，这两人都翘首以盼，希望能看到对方。第一次纯属偶然的见面是在湛蓝的天空下，但这天早上天空从东北边飘来了一团云，他们见面的时候竟然开始下雨，所以他们得找地方避一下。尼莫餐馆是个好地方，很安全，目前还没有卖给唐恩都乐。这家店是一个长方形铝盒子，四个角是圆弧形的，边上有一条红色腰带，三十年过去了，它从五十年代的现代化建筑，已经变成了很有自我意识的文物，是老人们回忆年轻时代的纪念物，而像位于重建码头的面包房咖啡角和“友好的石斑鱼”鱼肉餐馆属于比较时尚的，吸引了镇上的很多暴发户。尼莫餐馆里的柜台和木制卡座隔间还在，在一个角落里有几个香草色的小音箱，播放着弗兰基·莱恩、帕蒂·佩姬、法兹·多米诺和甲壳虫乐队的黄金老歌。顾客很喜欢那个角落，而老顾客常常占据那些卡座隔间，他们喜欢安静，经常三个人或者四个人拿着咖啡杯子，一旦聊到政治话题，他们会慢慢兴奋起来，从不满变成愤怒，把持不住就喊出来。苏吉和汤姆看了一眼后面坐得满满的卡座隔间，不约而同走向前面的小圆桌子，靠近橡树路边的落地窗。窗户玻璃上一开始有些雨滴，后来雨滴汇聚成小水流，弯弯曲曲地向下流淌。苏吉记得，几年前的冬天，她曾经带珍妮·盖布利尔来到尼莫餐馆里，当时就坐在这里，那天天气很冷，女孩的爸爸刚刚在酒后杀了她妈妈然后自杀身亡。苏吉还记得，因为天气很冷，失去双亲的女孩穿着风雪大衣，大衣很脏，有好几块方形的合成革补丁，脖子上围着很长的紫色羊毛围巾。当时，那个邋遢的安提瓜女孩丽贝卡肯定就在柜台后面，但是，那个女黑人已经从镇上消失很久了。

苏吉很快看了一眼桌子上面，因为多年来反复摆放东西，桌子上面的漆已经掉了不少，然后顺着往前想看一眼汤姆那只坏掉的手，但他把手放在膝盖上藏起来了，而是用那只好的手招呼女服务员。在原来丽贝卡呆的地方，走出来一个圆脸的女孩，她的两只大拇指都戴着很宽的银戒指。苏吉觉得好像在哪里见到过她。对，就是在音乐会的时候递给她节目单的那个。她有可能是内夫的女儿吗？想到这个镇已经是孙辈的天下，她感到很不舒服，她觉得她们这一代已经沉落到 DNA 的底层。

“两杯咖啡，”苏吉对那个女孩说。“对吧，汤姆？”以前跟他在一起，也都是她说了算。他没什么表情地点点头，看着自己的膝盖。“哦，对了，”苏吉突然说。她好像突然记起来什么东西。“来一份强尼饼，我们两个人分。”

“玉米饼？”那个女孩反问。她的脸红了起来，好像她被人家取笑了。

“你知道的吧，”苏吉对她说。“你应该要知道，强尼饼是罗得岛的特色，面团烤的，很松软，黄油很香，很好吃。”

那个女孩的脸还是红的，仍是一脸茫然。“我们有百吉饼，有羊角面包，我去看看箱子里还有没有甜圈饼。”她的每个辅音都发得很重。

“不用了，”苏吉说。她确信这个笨头笨脑的女孩就是内夫的孩子。“没关系。强尼饼和甜圈饼不一样的。我就算节食保持体形吧。”她说最后这句话本是想安慰那个女孩，可是，那个女孩的脸却比刚才更红了，她肯定觉得对方在嘲笑她的丰满体形。

“东西，”汤姆等那个女孩走后绷着脸说，“没有一样的。”

苏吉感觉他是存心要气她，所以她真的就很生气。“这就是你要跟我说的话吗？”

“我是觉得，”他说，“你这次回来，似乎希望原来的东西都还在这里等着你。”

“我从来没这么想过。不过很多东西还是在的。东镇只是像化妆过一样。”

他瘫坐在看起来不是很结实的曲木椅子上，耸了耸肩说：“一点点在变，有不少新的人搬来了，年轻人也很有自己的想法。你还记得柯丁顿交叉路口的铜桶吗？”

“记得，不过我们以前不常去那里，我们主要是私人聚会。”

“哦，那里已经变成了所谓的运动吧，有三个很大的屏幕，日日夜夜都在直播各种不同的体育比赛，我搞不懂人家怎么受得了这样的吵闹，但年轻人就是很喜欢。不这么闹他们还不行。在你们以前报社所在的地方，你注意到了吧，现在有一个健康中心，里面有很多健身机器。”

“是的，我从窗户朝里面看过，有很多人在跑步机上，他们也看着我，他们都戴着耳机，像一排僵尸，好恐怖。”

汤姆继续无精打采地给苏吉提供信息，好像除了这些信息，他也没什么话要跟她说。“原来莱诺整行铸排机就放在水泥地上，所以改造很简单，甚至几乎不用改造，只要把设备搬进去就行，一个晚上就完事了。夏天人少，冬天人多，到时候，如果你还在的话，可以看到还有老太太也在吭哧吭哧地练着。这年头，每个人都想长生不老。”

还有老太太？他是在警告她吗？是不是说她从哪里来就回到哪里去？随他吧，就让他拥有这个宝贝东镇吧，不管春夏秋冬。“这里的人，”她问，“还记得《东镇闲话》吗？在以前，即使只是周刊，我们也是东镇的身份象征，很多人都可以在里面找到他们的名字。”

“这个……”汤姆眨着眼睛，好像要说真话很痛苦。“如今，人们不像从前一样爱看纸质的书报，都是在因特网上看。他们也不需要很多新闻，他们就关心体育和名人八卦。人们还开博客发布自己的新闻。我觉得很奇怪，怎么几乎每个人都有空来读这些垃圾。《东镇闲话》关闭不久，有个刚搬到镇上来的女人想用影印出版本地报纸，但人们好像不大买账。还有，你也知道，我可能说一些让你不高兴的话，请你原谅，你在《东镇闲话》的时候发生的那些事情，让人们有些……反正名声很不好。”

她当然不高兴。“好吧，”她说。她很生气，也无可奈何。

那个圆脸上长着两道很粗很长眉毛的女服务员送来了咖啡，咖啡装在星巴克风格的棕色杯子里，苏吉记得，从前尼莫餐馆是用很厚的瓷器，有柄，也有托盘。“那个女孩姓内夫吗？”等那个女服务员走开，她问汤姆。

他摇摇头说：“不是，她姓杰斯奥普，你还记得‘啰嗦狐狸’店的房东马维斯吗？”

“但她看起来和马维斯一点也不像。”

“是，他们说更像汉克，她的前夫。”他本想喝一口咖啡，但觉得太烫。他把咖啡放下，脸上做了个鬼脸，用纸巾擦了一把被胡子遮盖住的嘴唇。

“汤姆，”她问，“你没事吧？”

“既然你问起来，确实不大舒服，我们坐在这窗口，我老婆就在对面的银行上班。东镇的人还在说……其实都没怎么变。”

“但我已经是这么老的老太婆了，琼肯定不会在意的。”

他在看起来不是很结实的曲木椅子上挪着身体。“她知道你和我的事。我们结婚前我都告诉了她，我想应该跟她坦白。你也不是我的唯一，你知道。”

“当然不是。你当时那么年轻，那么有魅力。你之所以能发现自己的魅力，也有我的功劳。你刚才说得对，大家都要坦白，我知道，这也不算是对从前情人的背叛，只是想重新开始。这就像是一个循环。我觉得，这应该是另一种忠诚。在这种情况下，有人说也好，以前的关系起码没有被忘却。”

汤姆感受到了对方的不依不饶。他压下声音，所以两个就自然靠得更近。“你给了我一切，可以这么说，我从来没有那么开心过。但琼是我的饭票，没有她，我就得靠救济过日子。”

苏吉判断，他说出不想失去这张饭票，已经深深触动他的自尊心了，他当时在海上也是冒着生命的危险在拖网。“要是这么说，”苏吉轻轻地回应，“你要多吃点。可是，刚才在路上我看到你，觉得你也是在找我。我很肯定。”

“没错，”他说。他的声音比刚才更大一些，好像希望周围的人都能听到。“为什么不呢？你是很奢侈的拼盘，而且是主动送到嘴边的。我当时只是一个无知的土包子，而你呢，天啊，总是看起来那么有魅力，我经常看见你在橡树路上走来走去，穿着鹿皮裙子，头发染成橙色，脖子上经常围着色彩鲜艳的围巾，我就想，再过几个小时，再过几天，我一定要脱下那条裙子，解开她的胸罩，鸡巴捅到她胸口。”

“嘘……”她碰了一下他放在桌子上的手，让他闭嘴，但那只手是不好的手，刚才放在膝盖上的，不知道什么时候为什么放上来了。他迅速把手抽走。慢慢地，有一些早吃中午饭的人走进尼莫餐馆，进来的时候都朝他们看，所以她的头压得更低，潮湿的头发向前披落下来。“这是我想听到的，”她小声地说。“很想知道我对你意味着什么，我是不是一个没有脑子、没有羞耻的老傻逼？你在干我的时候是不是很鄙视我？你知道，有些男人是这样的,但还是有女人愿意跟他们干,我们是太饥渴了。我当时是不是很饥渴?是不是很丑陋?"

"不,没有,"他说。他的眼神很坚定,他的声音变得比刚才粗,表明他说的是真话。"你很漂亮,的确也很饥渴。你像一个猎人,我就是你的猎物。你的猎物也不只有我,我听说你和托比·博格曼搞得很厉害,但我不在乎。"

"哦,托比,"苏吉说,似乎她从来没有听到过这个名字。"他和你没得比,汤姆。"

他的咖啡已经凉下来可以喝了,于是他两下子就把它喝光。"你不用这么说。我知道,这就是生物规律,我们当时都在生物周期的鼎盛阶段,你当时三十三吧,女人性需求来得比较晚,男人十五岁就有了。电视上经常可以看到三十几岁的女教师和十几岁的学生谈恋爱的新闻,大家都很害怕,包括学校董事会和警察局,整个社会都很害怕,也很愤怒。但这是生物需求,你和我属于相互满足需求。"

看着汤姆夸夸其谈,好像什么都懂,苏吉感到很不高兴,她尤其不高兴被人家列为一个普遍现象的一个普通例子。他说了一通之后停下来,咧嘴笑了起来,暴露出他掉了一颗牙齿。她终于明白,他此前之所以笑得很僵硬,是因为他要掩盖掉了一颗牙齿的尴尬事实。她很大声地对他说:"对我而言,汤姆,当时的你像是一直在雾里的人,肩膀上还有盐巴味。女人需要雾蒙蒙的状态,一定,否则就太难过了,雾散开的一刹那,是很痛苦的,不管你还在不在。我是说那种强度还在不在。那时候你很温柔,我一直想跟你说。谢谢你。男人不用那么温柔,特别是年轻的男人,这个道理对谁都一样。肮脏的玩笑不是玩笑。女人需要,真的需要。你很老实,不是虐待狂,其实你可以是。我希望你是。你太可爱了。"她不在乎旁边的人们是不是能听到,因为她知道这样的邂逅以后不会再有了。

"好吧,"汤姆说着站起来,然后很快和她划清界限。"我是个人,就是想睡女人,你不也是睡了很多男人吗?你就是个淫妇,我只是一个添头。"

她的眼睛泪汪汪，好像被人家打了一巴掌。当他冷冰冰地说“你是个淫妇”的时候，她看着他包裹在胡子里的苍白嘴唇，就像看到纪录片的一个特写镜头：一张什么都能干但又很堕落的嘴巴。“你走吧，”她说。她脸上堆着微笑，因为她担心坐在卡座隔间的那些老头老太太可能往这边看。“我来付账，你回去对琼好一些，我知道你会。”

汤姆好像是受到了威胁，恶狠狠地朝下盯着她，他中年发福的肚子把脏兮兮的套头衫顶起来很高。他捋了捋上嘴唇杂乱的胡子，他的上嘴唇有一个凹陷，她从前看到过，经过了这么久，她差点给忘了。他像淘气的孩子噘了一下嘴，好像是想再说句什么话，但最终没有说出来，然后转身就走了，留下她出神地盯着窗户，随着雨越下越大，玻璃已经不透明了，她看到他的马尾辫子从窗户外面匆匆过去。

“我刚才被人家甩了，”她对亚历山德拉说。亚历山德拉坐在公寓里那只她最喜欢的椅子上，这是一只可以躺的藤椅，很宽，很舒服，她正坐在椅子上面看上星期天的《纽约时报》。但今天已经是星期二了。

“被人家甩了？”

“没错，被人家狠狠地甩了，扔到垃圾桶里去了。我刚才碰到汤姆·戈顿，我们离开东镇之前认识的那个年轻港监，他跟我说他现在就靠他的老婆过日子，我想他是很怕他老婆。”

亚历山德拉刚才很享受一个人听雨声的感觉，新英格兰的雨水打着屋顶，像打雷声，感觉真的很好，这时，她放下报纸，一心一意跟这个不开心的朋友说话。“你是不是有什么期望？”

“没有……真的没有。但我想他可能有。我也想跟他说，到了我这个岁数，再延续以前的关系是不可能的。”

“亲爱的，这种话也要说出来啊？你们真可爱。”

“他想要，亚历，我隔着他一个街区，刚看到他胡子上面那张苍白的小脸，我就能感受到。你知道的，我们之间有感应的，像通了电。可是，到了尼莫餐馆里面，他却突然变成另一个人，一个残废的笨蛋，我还得哄他开心。”

“肯定，”亚历山德拉说。她叹了一口气，感觉很有耐心，好像是在面对一个有很多问题的小孩。“那是很久以前了，亲爱的。他想要你，这是肯定的，这样他就可以回到二十二岁。”

“你知道，”苏吉说，“我们可以改变这些人的。”

“哦，是吗？怎么改变？”

“跟以前一样，我们可以一起发功。”她的上嘴唇很厚，像是撞到东西肿起来似的，但这时候贴着下嘴唇朝两边拉，像是在傻笑，也像是在逗亚历山德拉，等着她反驳。

“哦，天啊，我们还有那个能量吗？我们需要这么折腾吗？”

“不为自己，为别人，例如为了简。对了，简去哪里了？”

“去看医生，她告诉我。”

“什么医生？天啊，她是不是从黄页上找到的？”

“不是。她在白页上找到了帕特森医生，他还在，也还在看病。”

“简直不可想象，”苏吉说，“他怎么还没有死？”

“怎么了？他没有比我们大多少。人们总是把医生想象得年纪更大一些，因为年纪大的人我们比较容易信任。”亨利·帕特森，镇上的人们都叫他“帕特森医生”，身材比较胖，秃顶，手像吹气膨胀起来了似的，很厚，很柔软，一直都刷得干干净净。他是预科医生，他背的黑色包里面装的大多是糖片，他治病靠的是对病人的了解，用手摸摸，跟病人笑一笑，能治的就治了，如果治不了，他就推荐给别人。

“他不应该还在看病啊，”苏吉说。她不相信帕特森医生的那种被动又神奇的艺术，这要彰显她自己比较年轻。“如果珍妮·盖布利尔当时有比较好、比较现代化的医生，她就不会死，就不会让我们感到这么内疚。”

“如果有必要，他会给简推荐好医生。他有个儿子，在普罗维登斯当外科医生。”

“我记得他的那个儿子，很顽劣的小屁孩，我怀疑他一直在偷看我们的资料。”

“他已经不是顽劣的小屁孩了，他现在手里掌握着我们的生命。”

“难以想象。”苏吉跳了一下，把头发上的雨水抖掉，也把脚上湿透的鞋踢到沙发旁边。“我终于明白，我们一直很信任很依赖的人，包括医生、警察和股票分析师等等，还不如我们自己靠谱。”

“这个结论有点偏颇。”

“我是说，他们也是从小孩子长起来的。”

“你是气昏头了吧？不然还能怎么样？”

“我不知道，”苏吉说。“可能用机器人吧，”她的意思是。“它们变得越来越高级了。”

亚历山德拉没有搭腔，而是拿起刚才放下的《纽约时报》，继续看旅游版块的新闻。她在读的一篇文章说，在亚利桑那州，一个印第安人部落觉得他们受到排挤，因为他们控制的大峡谷部分的游客不如白人控制的那个部分多，所以他们想在悬崖边上建一个U形玻璃地板空中走廊，七十五美元可以走一次，一共一百四十英尺长。如果你不怕，垂直向下看，可以看到一英里深的峡谷谷底。亚历山德拉回家以后想去试试看，她知道她肯定会被吓坏，即使从飞机上小小的塑料窗口向外面看不会感到害怕。读着那篇关于空中走廊的文章，又看看窗户外面阴沉沉的天空，天上有很多白中带灰的卷积云，下面不断有烟灰色的云朵飘过，她不由自主地想念干燥、橘黄色的西部，到处看起来都像刚烧出炉的陶罐。她想跟苏吉说说这些感受，但对面这个寡妇刚才把鞋子踢掉以后就赤脚跑进隔壁的房间里去，坐到放着惠普笔记本电脑的小桌子前面。她的手指敲击着键盘，声音像雨水打在屋顶似的，一直不停，甚至没有一点点犹豫，她在写一本新的言情小说，可能当前的情节和刚才的伤心遭遇有关。敲键盘的声音，让房间的空气蒙上了一层恐慌的色彩。到头顶的雨声完全停了,键盘的声音还一直延续着。

终于听到了简的声音,先是捷豹跑车的轮胎压过车道上碎石的声音,然后就是她的脚踩在雷诺海景公寓没有铺地毯的水泥楼梯上的声音,再接着她就进了门。她的表情看起来像见到了鬼似的,脸色灰白,其实是灰暗,和天空的颜色差不多,原来黑色的头发露出了银白色的发根,身材也像萎缩了,或者说像是变成小一号的复制品。她肯定受到了打击。

“帕特森医生怎么说?”亚历山德拉问她。她说话的声调很随意,希望尽量控制房间里面的恐慌气息。

简张嘴想回答,但一直等到另一个房间里面的苏吉停止敲击键盘,然后才很夸张地对她们两个人说:“那个笨蛋根本不知道我有什么问题,他听了我的心跳,看了我的耳朵,还把耳朵反过来看,然后说他没发现什么异常。”

“这不是挺好的吗?”苏吉说。她一边说话还一边看着那个小电脑的屏幕,屏幕上出现了一些很奇怪的图形,她迅速把手从膝盖上抬起来,把那些图形处理掉。

亚历山德拉也说:“这样很好啊,简。你应该感到放心才对。”实际上,她是有些失望的,她就像很多人一样,更想听到别人的坏消息。简的样子一直很不好,而且她的行为也都一直很自私。

“我跟他说了我哪里感觉不好,他就叫我去找他儿子照 X 光,而他儿子在普罗维登斯呢。”简说话的时候环顾了房间一圈。“还有咖啡吗?你们两头猪是不是都喝光了?”

“中午以后我就没有再碰过,”苏吉说。

“我要黑的,”简说。“黑的,黑的!再放一点杰克丹尼威士忌,我真受不了。”

“X 光是照癌细胞的吗?”亚历山德拉很讨厌那个词,但她还是问了。癌细胞本是身体细胞,之所以变成了癌细胞,是因为失控了,或者说像机器一样坏了。

“我想是吧，”简回答说，“也不止。他说每个人过了六十岁就应该查一下，那个词怎么说来着，好像是叫做腹部主动脉瘤。他用听诊器听我的肚子的时候，好像听到了什么，所以他又听了一次。”

“你说是不是很好玩？”苏吉从创作的房间里走出来到客厅。她说：“医生还在用那种东西听，也摸来摸去，感觉好原始。在斯坦福德的时候，有一个实习医生就很喜欢摸病人，有人说他是在性骚扰。”

“有的人摸是好意的，有的人摸就是不怀好意的，”简说。

“哈哈，他摸我的时候，我会看着他，”苏吉做着很难过的表情接着说，“然后他就会装着一本正经，好像他什么都没摸到。这些医生啊！我真的希望我们能得到全国医疗服务，把这些庸医都赶出历史舞台。”

“我听到X光就吓坏了，”亚历山德拉说。“人家说辐射会累积在我们的体内。”

“是的，我相信，”简说。她很难得附和别人的话。“但这不是我迫切想喝一杯咖啡的原因。刚才我还碰到一件怪事。你们俩都记得帕特森医生的诊所在哪里吧？在瓦恩街，和橡树路隔一个街区。”

“记得，”亚历山德拉说。“奥斯和我刚搬到这里的时候，我记得瓦恩街上还有几棵荷兰榆树，树上挂着绿色的盒子，像快不行的人挂着氧气瓶一样。”说完，她很不好意思地看了苏吉一眼，她记得苏吉有肺气肿，以后就是朝这个方向去的。

但是，苏吉并没有发现这个比喻和她有什么关系。“它们的树荫真舒服，也很漂亮，影子跟羽毛似的，”她大声说。她似乎打开了记忆的匣子，变得很兴奋。“这些树死了以后，镇上种了那些讨厌的挪威枫树，叶子那么大，光线都透不过来。当时大家说赫比·普林兹和埃德·阿瑟诺肯定捞了一大笔。”

“好了，”简说。她感觉她自己的舞台被人家抢了，一定要抢回来。“我刚从帕特森医生的诊所出来去开车，我的捷豹车停在码头街的一个树荫比较多的角落，当时雨刚停，树上在滴着水，我突然看到一个人影朝我走过来，我们刚要迎面走过的时候，他突然叫我，”她停顿了一下，然后用男人低沉的声音说，“‘你好，简！’”

“这有什么奇怪的?”苏吉说。“他肯定认得你。我去镇中心，总是有人认得我。”

“我不是你，除了以前跟我学音乐的学生，没多少人认得。”

“他长什么样子?”亚历山德拉问。

“很年轻。”简先闭上眼睛，然后慢吞吞地回答。“我是说，至少比我年轻。我当时没有怎么看他，我心里一直想着X光，我在想帕特森医生是不是通过听诊器发现了什么。听到他喊我的名字，我吓了一跳，才注意到他。我只是看到一个人影朝我走来，我还在人行道躲了一下，怕撞到。”她又闭上眼睛。“挺高，有点胖，但不算很胖，怎么说呢? 感觉银光闪闪。”

“银光闪闪?”苏吉有些惊讶地反问。

“这样说可能不是很恰当，但很光鲜亮丽，像雕像一样，还有就是感觉像，对了，就像是雌雄同体的。”

“雌雄同体?”亚历山德拉叫了一声。她总是有拿简开玩笑的冲动，如果我们都是绷紧神经的话，这个世界肯定每天都要打仗。“我的天啊，简，你看得真仔细。”

“他走过去以后我一直在回忆他长什么样，他喊我的那几个字，‘你好，简！’听起来像是演员发的假声。”

“好吧，一个雌雄同体的演员，”亚历山德拉接着开玩笑，但装得面无表情。

“好吧，你们想笑就笑吧，”简说。她的嘴唇，好像是准备要吐什么东西。“等会儿跟你们再说一件事，你们肯定笑得更厉害。”她又停顿了一下，是想让另外两个都看着她。她的脸绷得很紧，变得比刚才小，颜色是黄灰色的，像木乃伊，头上露出银白色发根的头发则像罗马教皇的冠冕。

“吐出来吧，简，”苏吉说。中间的沉默有点太长，她感到很不舒服。她想到了另一个房间里的手提电脑，屏幕还在闪着，跟牙签似的光标还在最后一个单词后面跳动。

“我回头再看了他一眼，就感觉被电到一样。”

“被电到？”亚历山德拉反问。“像上次在邮局的电话线杆旁边一样吗？”

“没那么厉害。那一次我差点就摔倒了，这次比较温和，这段时间我经常有这种感觉，一天至少有一两次，但我知道，你们俩肯定已经觉得我很烦了，所以我一直没有跟你们说。”

“我们没有觉得你变得烦啊！”亚历山德拉说，“你一直是比较神经兮兮的。”

“没错，”苏吉说。她之所以响应，是担心让人家觉得不合群。“他让你想起谁了吗？”

“是的，”简说。她很高兴有人问她这个问题。“有个人，模模糊糊的，我想不起来具体是谁。”

“怎么想不起来？”亚历山德拉懒洋洋地问。事实上，简真的很烦。她说了这么多神秘兮兮的事情，包括那个像认出来又没认出来的银光闪闪的人影，她还把场景放在那个中午都被枫叶遮得阴森森的地方。算了吧，新英格兰！

“我感觉他带着诅咒，我一直在想他是谁，然后越想越害怕。”

另两个人对诅咒已经见怪不怪，所以没有追问简，而是让她慢慢平静下来。

苏吉好像思考了一会儿，然后说：“我在想他是从哪里来的，瓦恩街上没什么人的，那里离商店太远了。”

简脸上一下子亮了起来。“我想我知道他是从哪里来的，”她说。“我那时的感觉，就像是肚子被人家撞了一下，然后我就不敢再转头，但是，我走到车旁边的时候，再转头看一眼，那个人就消失了！我从码头街开到橡树路，然后开到合众会堂，再转到瓦恩街，我想去找他，但一个人影都没看见！根据他走路的样子，我感觉他就是这个社区的。就像你说，怎么会有人在这里走呢？这里都是私人住宅。”

“他穿什么衣服?”苏吉问。她说话的时候有些喘气。

“白色的裤子，像休闲裤，”简很快就答上来。“浅色的T恤，上面有些字母。我没来得及看是什么字母。”

“像个孩子。”

“以前是个孩子，”简说。“现在长大了。”

亚历山德拉想搞搞清楚。“他就这样凭空消失了?”

“应该是走进社区了，”简说。她坚持自己是对的。“你们熟悉瓦恩街和橡树路交接的那个偏僻小区吧？知不知道什么人住在橡树路的中段？那幢复折式屋顶的维多利亚式房子，一楼的楼梯露在外面，外墙油漆都脱落了，你们是不是还记得?”她说完就停下来，等着另外两个人慢慢回忆。然后，还是她自己回答：“格雷塔·内夫!”

“格雷塔·内夫?”苏吉问。

“是的，她一直住在那里，那就是一座漏风破旧的谷仓，雷蒙就不应该买那个房子，对他们家来说太大，我跟他说过，我记得他牛逼哄哄地跟我说，他有六个孩子，他希望每个小孩都有地方练习自己的乐器，但又不相互干扰。格雷塔一直住在那里，尽管条件很不好，尤其是油漆掉得让人看了都受不了，让这个小区都掉了身份，让橡树路周围的物业都跟着贬值，每个人都这么说。”简渐渐兴奋起来，开始手舞足蹈。“哦，天啊，”她大声喊。“他从我身边走过的时候，比我跟你们现在更近，我突然觉得身上一阵冷。他喊的那一声‘你好，简’，我听起来就像是说：‘简，你死定了!’我感到一股寒气，尽管那天真的很热。我发誓我说的是真话!”

“哦，亲爱的!”亚历山德拉说完就等着，看到简没有再爆发新的情绪，就对她说，“在你进来之前，苏吉和我在说，我们要看看是不是还有那个能量再一起发功。”

“哦，没错，应该的。”简的脸色一下子红了起来，然后脸形有些扭曲，像是要哭但又哭不出来，只是呼哧呼哧地喘气，像抽搐，这是因为她的灵魂已经干涸了，哭不出来眼泪。她一边喘气一边说：“这么多年来——和内特还有他那个讨厌的妈妈在一起——我一直很努力——掩盖得很好——但是我——当时我是最恨珍妮的——我最希望她死——不为什么——就是因为那个混蛋范霍恩——好了——她现在回来了。这是我的感觉——刚才在树荫下——我就是这样的感觉。不一定是她——那个人很像她——就是那种讨厌的感觉——那个人感觉太完美了——我恨那个小婊子——就是她太完美了——那么单纯——好人都很讨厌——都是装模作样。”

亚历山德拉和苏吉相互看了一眼。简真是会作，她一定要成为明星，不然暗星也可以。

七月，苏吉偷偷去参加了几趟一神教会的礼拜活动。她认得那幢房子，是希腊复古式建筑，走廊不深，竖着几根多利安式的柱子，位于橡树路后面的卡昆斯卡索克路上，是十九世纪初公理会教友盖的，差不多二十年后变成了一神会教堂。她是在约翰逊-尼克松年代认得的，那是个动荡的年代，到处都是抗议和反叛，不仅是为国事，为私事也一样，当时她是《东镇闲话》的记者，当时的牧师是埃德·帕斯利，后来变成他老婆布兰达。现在大家都比较温和，黛比·拉康就很温和，不像帕斯利夫妇那样苦大仇深。苏吉发现，她的脑子里充斥着这个女牧师的完美形象，在主持仪式的时候，黛比很严肃，很理智，她说的每一个字都很清脆，虽然事实上很空洞，但让人听起来感觉充满意义，在布道的时候，她极其自然，说话很有条理，在她的嘴里，耶稣和佛陀都是善良的化身，她说施魏策尔医生、甘地、特蕾莎修女和马丁·路德都是神灵在人间的化身。她还引用她自己的生活经历来说明，她是一个中上层阶级家庭的女儿，原来家住在巴尔的摩市外的希伯伦山，她的脑子里面也充满各种虚荣的念头，直到后来听到了呼唤（这还是很老套的，尤其是她在解释的时候还挥着那双很漂亮的手），有一个声音让她不要那么自私、那么虚荣。那个声音来得不是时候，因为她已经结婚，还生了两个孩子，而且两个孩子都还裹着尿布，可是，信仰和决心，以及像圣人一样善良的丈夫，帮她克服了各种困难。苏吉感到下嘴唇在颤抖，这个故事和她的经历是那么相似，只有几个小差别，她原来的家属于中下层阶级，不是中上层阶级，住在纽约北边，而不是在马里兰的乡下，她修的是巫术，而不是一神教教义，丈夫跟她离婚了，而不是热心支持她的事业。但是，她们的冲劲是一样的，都是女人通过努力开创了一番事业，冲破重重困难，在男权世界赢得尊重。尽管黛比·拉康可以把头朝四周转，表明对所有教友一视同仁，但苏吉知道，她是在针对自己一个人布道。那个女牧师的眼睛扫到苏吉的时候会停顿一下，这时她很粗很黑的眼睫毛会向上翘，眼珠子会发出特别的光芒。

下一个星期天，女牧师布道的内容是关于自我修养。她先引用《马太福音》十六章二十五节："因为凡要救自己生命的，必丧掉生命。凡为我丧掉生命的，必得着生命。"接着，黛比·拉康说："我们生活在一个自我意识极强的年代。有一本杂志叫做《自我》，有一本书叫做《我们的身体，我们的自我》。我们大家都在寻找自我，也都忠于自我。我的《韦氏新大学词典》有两整列以'自我'开头的复合词条，第一个是'自我抛弃'，第二个是'自我糟践'，中间有'自我利益'、'自我依赖'和'自我满足'，到后面是'自我意识'和'自我驱动'。那么，这个自我到底是什么？母亲生一个人，这个人有自我，如果母亲生的是双胞胎或者三胞胎呢？或者刚生出来的婴儿是不是也有自我？"

苏吉坐在教堂的后排，想到了自己的孩子，她和鲁日蒙一共生了三个，和列尼生了一个小鲍勃，所有婴儿刚从她的盆骨拉出来的时候，都滑溜溜的，刚开始都没有呼吸，好像是被吓到了。她心里油然而生一种愧疚感，因为她意识到她并没有很用心抚养这些孩子，现在他们已经长大成人了，她也很少跟他们联系。讲坛上的那个女人个子不大，显得很柔弱，穿着白罩衣，披着金色披肩，穿着米色高领毛衣，她肯定是很有耐心、很称职的母亲。她太善良了，她浑身散发着善良，像星期六早上电视广告里面闪闪发光的糖果一样。另一个星期天，为了显示一神教会的包容性，教会让一个智力和身体都有缺陷的青少年朗诵了祝词的最后几句。他一只扭曲的手臂放在胸前，拖着一条腿走到最前面，他在朗诵的时候，大家可以听到他的声音，但看不到他的表情，不一会儿，他好像癫痫发作，浑身颤抖，拉康牧师大人虽然个子比他小很多，但她伸出一只手抱着他，让他平静下来。于是，大家一齐高喊："让我们彼此相爱吧！"不仅是苏吉，她两边的女人都在抹眼泪。

"佛说，"黛比跟大家说，"但学无心，顿息诸缘，莫生妄想分别，无人无我，无贪嗔，无憎爱。也就是说，我们要学会放弃欲念，对物质的欲念，不追求奢侈的汽车和华丽的衣服。以前我和我丈夫有一辆可以上山的悍马车，但我们几乎没有到山上去过。以前，我每天在镜子前花了那么多时间犹豫要穿什么，有些觉得太花哨，有些觉得太老气，来回纠结，现在想起来就要脸红。佛还说，诸行无常诸漏皆苦，所以我们要做到无我，最终的目标就是涅槃，摆脱一切苦厄。执着是迷障，破除执着就可以摆脱痛苦，就能摆脱六道轮回。耶稣是怎么说的呢？耶稣说，忘却法律，让死人去埋葬他们的死人吧！抛弃你们的家庭，把所有财产都留给穷人，不要留恋宝贝，因为最珍贵的宝贝就在你的心里面。手扶着犁向后看的，不配进神的国。你想想野地里的百合花，它怎样长起来，它也不劳苦，也不纺线。耶稣、佛和安拉都强调'空'。如果我们清空一切欲望，例如，我们不追求豪车和豪宅，不指望我们穿着漂亮衣服的孩子们在学校里一定要取得好成绩，不再去俱乐部，不再满足性欲，不再惦记银行的存款，我们就消除自我了吗？我们就彻底空了吗？不，这时我们的'自我'还在，只是发生了转变，我们产生了新的'自我'。女士们，先生们，孩子们，那时，我们会更强大！"她张开双臂，宽松的白色袖子也跟着散开，头发披落下来，像一圈黑色的光环，好像刚才这个突然的手势产生的电流。"这样，我们就自由了。"她很戏剧化地降低声音，像是在跟稀稀拉拉的被热晕了头的教友说悄悄话。“当我们忘却自我，我们就得到了自由，这时，我们的真空之中就会诞生一个新的世界，一个充满自然的美和力量的世界，一个和原来自我完全不同的世界。在那一刹那，我们的忘我的世界和大爆炸产生无数星体之前的宇宙一样，绝对不是空的，而是充满能量，充满潜力，所以，对我们来说，如果我们放松，在我们的心里形成另一个世界，排除掉原来的痛苦、恐惧、嫉妒和恶毒，那么，我们就可以获得无穷的能量和绝对的和平，要达到这个境界，我们要尽最大的努力去放松，抛弃自己的一切，从而在另一个神圣的世界之中，万物就能够和谐相处，人类之间就能和平友爱。众生平安！阿门！”

坐在后排的苏吉急着要离开。在其他的星期天，她会在唱最后一首赞美诗的时候悄悄溜走，但今天，她希望跟牧师打个招呼，让她摸一下。站起来的时候，她看到了格雷塔·内夫，她粗壮的身材从前排站起来，旁边有几个人，应该是一起来的，可能是她家的大小孩，也可能是房客，其中有一个身材高大的白头发男人。在教堂的前厅，有两棵种在盆里的棕榈树，墙上挂着一个公告板，公告板上贴着各种通知和请求支持事业的倡议书，在这里，苏吉跟几个星期前一样抓住那个年轻女人有力而冰凉的手。拉康牧师穿着宽松的牧师服，在第一次握手的时候，苏吉闪过一个念头，或者说是一个幻觉，觉得她是裸体的。

“好极了，”苏吉说。“很喜欢听你讲话。”她刚才一直很注意看着讲坛上的那个人，看着她的白罩衣，看着她的微笑，看着她的黑头发和眉毛，看了差不多一个小时，所以，此时她感到有些眩晕。

“谢谢，”黛比·拉康说。她刚才布道的时候可能太兴奋，现在身体还没有放松下来。她一双可爱而睿智的眼睛投向了排在后面的那个人。因为苏吉可能还晕着，所以头没有移动，牧师用开玩笑的腔调说：“那么，下次带你的两个朋友一起来。”

苏吉笑着说：“她们要是知道我来这里肯定很吃惊。我就是……”她拖着尾音，但没有接着解释她自己为什么来这里。眼前这个年轻的女人穿着牧师制服，但在制服里面，在衬衫和胸罩里面，她的乳房肯定很坚挺又很柔滑，像刚才她说的话一样，也肯定跟她灰绿色的眼珠子一样圆，乳头肯定是粉红色的，和笔直的鼻子上被太阳晒出来的斑点一样。“我想是不是……”

“怎么?”她有些不耐烦，因为苏吉背后的队伍已经很长，有人在挤。

“可以去拜访你?”

牧师的回答一本正经：“当然。你跟教会秘书打电话，就是内夫太太，你跟她约时间。在劳动节前是夏令时，除周末外每天早上九点到中午。”她最后看了苏吉一眼，眼光很飘忽，好像在猜测她到底想干什么。

有两个小孩，一个男孩和一个女孩，一个大约五岁，一个大约七岁，来到穿着神职制服的妈妈的身后。男孩有点羞怯地抓住黛比·拉康空着的左手，女孩比较理解也比较尊重妈妈的身份，所以很耐心地站在旁边。她的五官不如黛比那么精致，可能是爸爸的基因比较粗犷。这个女人必须走了。苏吉感觉自己是个累赘，于是就说：“谢谢。”然后，她走出了很高的双开门，穿过走廊，走下挺宽但已经很旧的木头台阶。她脸上很红，感觉在烧，她发誓再也不来了。

自从简说要去照X光的那天，三个被诅咒的女人就一致决定重新启用各自的超自然技能，聚集她们的魔法能力。不过，她的焦虑可能在透明的魔法能量锥上留下污点。刚好，这一天是八月的第二天，是一年三个收获节的第一个，有举行半夜拜鬼仪式的习俗。亚历山德拉在佩里地产公司的日历上看到，今天晚上的月亮是满月后的第三天，还算吉利，后来也证明这个预测是正确的。做准备的责任落在她一个人的身上，另外两个女人认为她是最合适的，因为她和自然以及神秘女神的关系最密切。“我可以安排，”她说，“但我们必须说好，这次是百分百白色魔法。我觉得我们这次到东镇来并不算很愉快，七月份最难过，人们不知道该怎么对待我们，对我们的敌意很明显。我希望八月能和谐一些，算是愈合伤口吧。多年前，我们从这个镇拿走了我们想要的东西，然后就走了，如今我们回来了，就要把原来的东西还回来。”

苏吉不同意。她说：“我觉得我们已经还了很多了。有些女人的丈夫心里憋屈，我让他们在我身上放松了，我也让这些乡巴佬变得时尚起来。”

“别这么自以为是，”简很不高兴地说。“但我想，我们弄这个魔法，首要的是为了愈合我的伤口，不是东镇的伤。我总是觉得很难受，一直头痛和恶心，突然站起来的时候会眩晕，肋骨里面也好像有东西在咬。”她拿手指头按着胸口，在两个萎缩的乳房的中间位置。“我一直没有跟你们说，因为我知道你们俩都觉得我很讨厌，在拖你们的后腿。抱歉，但是，要是不能很快好起来，我必须回布鲁克赖恩，去看看正儿八经的医生。医院强制医生退休，帕特森医生就很好说明了原因。他真的是老不中用了。很高兴和你们俩在一起，但我真的需要有用的帮助。”

“等照完 X 光再走吧，”亚历山德拉说。“让帕特森看完了再说。”

“我很害怕，”简脱口而出。“让那种射线穿过，可能会伤害身体。空气中也有种射线和颗粒，这个我们大家都知道，但我可以感觉到，无线电，氡，现在是暗能量，这是最近才发现的。科学家说暗能量会让宇宙加速衰变，撕裂，然后逐渐消亡，先是变得跟超稀的粥一样，最终彻底消失。以前人们相信一些挺好的东西，像鬼魂、妖精、仙女和独角兽等等，现在这些东西都变成很恐怖的力量，恰好我们就拥有这样的力量。人们不会关心我们死活的，他们甚至都不知道我们在这里。”

“简，”亚历山德拉像妈妈哄小孩一样对她说，“你要平静下来，你要调整好，否则你一加进来，我们的能量就会散掉。”

“我陪她去普罗维登斯照 X 光。”苏吉自告奋勇。简显然被另外两个人疏远了，因为她们当着她的面，说到她的时候居然用第三人称。“回来的路上我要去买一些冰淇淋。”

“我今天就安排好，”亚历山德拉向另外两个女人保证。她也感到体内有东西在咬，她担心她的信仰因为长期没有得到考验可能失效，三个人最终可能无法形成能量锥。

东镇的商人都指望东镇成为旅游胜地，码头街上有几家商店库存了很多大小和形状与斯特诺罐子差不多、有香味的蜡烛，看起来像透明石头的水晶，以及刻有魔符的廉价金属手链。在从前亚美尼亚人开的五金店，亚历山德拉买了一把油灰刀，柄是黑色的，很精致，这把刀可以用作仪式匕首，她还买了一面放在折叠铁丝架子上的双面旅行镜，到时可以作为通往魂魄界的窗户。回到公寓后，因为八月份白天明显缩短，房间角落里的阴影越来越大，就像蜘蛛丝一样，亚历山德拉觉得自己力气大，年轻的时候就为自己的力气大而感到自豪，所以，她把咖啡桌子和藤椅搬到两头，把沙发从客厅的中间拖到墙边。家具的脚在地毯上留下很深的印，她用吸尘器把地毯原来被家具盖住的部分吸干净，地毯是紫红色的，当她们刚住进来的时候，她们觉得很舒服，尽管看起来感觉有点土黄色，因为地毯有点脏，感觉不仅有一些红酒倒在上面，还有不少鞋底带进来的沙土，有死苍蝇和活尘螨，有从人身体上掉下的死皮和剪下来没有捡起来的指甲，甚至有眼镜框的小螺丝。这些小东西被吸进吸尘器的管子里，居然发出相互碰撞的声音。

她在地毯上撒凯德牌洗衣粉，直接从盒子里倒出来，算是画魔法圈，仪式结束后，她会用吸尘器吸干净。她画了五分之四圈，大小和她的大床差不多，看起来像童话故事里面森林里的蘑菇。她买了五根有香味的蜡烛，分别是玫瑰色、桃色、木莓色、薰衣草色和水绿色的，她把这些蜡烛间隔均匀地摆放在刚才画的那个魔法圈上，形成一个五芒星的轮廓。公寓的储藏间里面有一把很廉价的扫帚，柄是塑料的，不是木头的，一般的扫帚柄是实木的，从木纹可以看出树木的年份，还有一台坏掉的吸尘器和一个快要散架的烫衣板。亚历山德拉将扫帚放在那个魔法圈的缺口，作为入口的标志。

在魔法圈的中央肯定要有祭坛，为此，亚历山德拉从厨房拿来一个橡木擀面板，摆放在葡萄酒色的地毯上，在擀面板上面放一个黄铜火盆，这个火盆很有年头，火烤的痕迹很重，看起来很漂亮，这是她在老镇的路边跳蚤市场淘来的。她把所有房间里面的垫子都拿出来，在魔法圈里面摆成三堆。这样，她就大功告成了。

快六点了，简和苏吉还没有回来。亚历山德拉啃着她开着内特·廷克的捷豹老爷车去实得购超市买回来的克力架和奶酪，有南瓜色的古达干酪和月白色的芒斯特奶酪，她也买了一些熟食咖喱鸡和切碎的花椰菜沙拉，让她们俩人回来吃，如果她们不是太疲劳还吃得下的话。拜鬼仪式通常要到午夜才举行，但是，因为东镇的年轻人都是朝九晚五，所以这个传统也有所改变，但对上了一定年纪的人而言还是没有变化。就葡萄酒来说，亚历山德拉买的是两升玻璃瓶装的加州乐事基安蒂干红，到时候倒到仿铜圣餐杯里面，圣餐杯镶着浮雕和彩绘的珠宝，是她在镇上蜡烛店背后的架子上偶然发现的。圣餐杯是铝箔纸做的，拿在手指上像什么东西都没有似的，很轻。她拿着一只空的圣餐杯在玩的时候，感觉自己就手还算比较灵活，虽然受到了岁月的摧残。因为她比较胖，所以皮肤也不因为年纪大而很松弛。她看到过简的手瘦得可怕，青筋都露出来，关节有关节炎，肿得很厉害，皮肤闪闪发亮，即使是苏吉，亲爱的苏吉还在自作多情，但仔细看的话她也是又老又丑了。她决定打开干红葡萄酒的盖子，喝上几口可能会缓解等人的焦虑。女神不会介意的。亚历山德拉又给自己切了一小块芒斯特奶酪。

另外两个人在快七点钟的时候回来了，一回来就喋喋不休，不停地说她们俩的共同历险，还咯咯傻笑，但刚才十分卖力地把仪式的一切准备工作都做得井井有条的亚历山德拉越听越觉得很烦躁。“你们应该打个电话来说一声，”她说。

“他们一直说再过十分就好，”苏吉解释说。她一点也没有觉得内疚。

“我们俩都记不得这里的电话号码!”她和简笑得更加厉害,她们可能觉得除此之外没有别的可以让她们笑,但是,她们的笑让亚历山德拉觉得更烦躁。接着,苏吉大声说:“哇,好酷啊! 亚历,你太用心了!”这算是弥补吧。

“是啊!”她面无表情地说。

简气呼呼地说:“他们的效率太低了。”她说的是普罗维登斯医院放射科的工作人员。“帕特森医生的儿子样子跟他老子很像,就是比他老子高六英寸,呆头呆脑。真的。内特以前常说,现在只要有点脑子的人都不再干医生这个行当了,因为金融行业赚钱太容易,脑子好使的人都去上商学院了。在外面在1号公路停下来买冰淇淋,那个地方也是很没劲,连彩色巧克力粒都没有,只有棕色的,看起来像老鼠屎。”

“闭嘴,”苏吉大喊。“你一说那玩意儿,我就感到恶心,像舔过自己的大便。”然后,她们俩又爆发一阵狂笑。不知道是不是这种东西才能让简开怀大笑,她最近实在极少笑。

“大便!”她一边说一边笑。

亚历山德拉很生气,但她不想发作,免得这两个更开心。她们让她担当母亲的角色,她们自己就可以一直当做是淘气的小孩。“我怀疑,”她冷冰冰地说,“我们是不是有心情一起攒能量。”

“我们得先穿上能量鞋,”简说。

亚历山德拉问:“你们从金士顿回来的路上喝过东西吗?”

“大杯马丁尼,”简说。

“别胡说,就一人一杯玛格丽塔酒,”苏吉说,“就在以前叫做铜桶的地方,现在是个运动吧。你记得菲德尔的玛格丽塔酒吗? 还有泡卤汁的巴西野猪肉丸,还记得吗? 达里尔很喜欢吃,总是狼吞虎咽。”

“他就是一头野猪,”简说。“哦哦,亚历生气了。”

简说这句话的时候看起来像一个浪子,一个流浪的老太太,她已经一个月没有染头发了,露出一英寸雪白色的发根。亚历山德拉看着觉得可怜,就问她:“疼吗? 你说你很害怕。”

“你说 X 光吗? 当然不疼。尽管他们说得很夸张,那个小房间装着防护铅板,走进去之后,他们关掉灯,我就站在那儿,甚至不用脱胸罩,一下子就全拍好了。他们都是电刑刽子手,那些医生都一样,他们看着我们死,我们死了,他们居然还能拿钱。”

“乳房 X 光是最恶心的,”苏吉说。“那些护士拉着你的奶子靠在冰冷的玻璃上,一会儿这边,一会儿那边,都是虐待狂。”

“都照完之后,”简接着说,“我问结果怎么样,他们竟然说帕特森医生的儿子已经回家了,他会读片,然后和他爸爸联系。总之,我感觉很傻,谁听说过腹部主动脉会长瘤? 搞到后面就是心口疼,又花钱。”

“亲爱的,真可怜,”亚历山德拉说。这时,她又像一个主持大局的大姐大。

“我们要不要在开始之前吃点东西? 有奶酪、古达干酪和芒斯特奶酪,还有日本人做的海藻味米饼,我在实得购超市很小的美食区看到的,我还买了咖喱鸡和花椰菜沙拉,你们饿的话可以吃,但我觉得不要吃太饱,不然能量聚不起来。我们身上要绝对干净,我们都要去冲个澡。简用你自己的浴室,苏吉和我用一个。”

“我想和苏吉一起洗,”简阴沉着脸说。“跟你一起洗也行。”

“我们一起攒能量吧,洗澡就不一定在一起了,”亚历山德拉说。她这是在测试自己的权威。“别折腾了,简。你自从成了大家的注意中心,最近太兴奋了。我们要抓紧,月亮正在亏,我们必须用百分百的注意力把它拉下来。”

“我们等会儿要怎么穿衣服?”苏吉问。“我没有带黑色的,也没有大袖子的。”

“没关系,”亚历斩钉截铁地说。她其实没有发现自己刚才喝了太多干红。“我们要脱光,天空就是我们的衣服。我说过,我们必须集中百分百注意力。”

“我做不到，”简说。她说这句话的时候喉咙的肌肉都快拉伤了，声音尖得可怕。“我已经老不中用了，你们两个也差不多。老不中用了……”

“别扯上我们，简，”苏吉气汹汹地说。“如果觉得身体不好，你就多锻炼，可以练瑜伽和气功，每天坚持二十分钟就可以看到奇效，浑身都充满力量。”

“关键是精神，”亚历山德拉安慰简说。“就我看来，你很漂亮，我能看透身体的外壳。”

“那么你为什么还要和苏吉一起洗澡？”

“我是说我和她共用一间浴室，不是在一起洗澡。我们都需要一定的空间，简，这样才能释放我们的脉轮能量。脱光了，我们就可以完全释放，可以解开绑在西方人身上的内在肩带，我们的愈合能量，愈合自己和他人的伤痕的能量，必须摆脱束缚，也要摆脱所有不干净的东西，例如嫉妒心。来吧，亲爱的，抓住我的手，放在你的小肚子上。你能感受到吗？我能感受到你体内的疼痛，在那里，就在那里。它要出来，让它出来吧，亲爱的。解开自己的束缚，享受自由吧！”亚历山德拉说。“自……由！”

三个寡妇开始洗澡，皮肤浸泡在水里，身体感受到温暖。简戴着一顶塑料浴帽，看起来像维多利亚时代的女佣；苏吉把雪松色的长头发扎起来，拿在手里，尽量不让它碰到水；亚历山德拉则不担心头发被水淋湿，而是让头发去迎接水的能量，她用手指在头皮上抓出一团泡沫，然后让热水一股股地冲下来。还没有用毛巾擦干净的苏吉感觉同伴可能在里面玩巫术，于是又闯进水雾弥漫的淋浴房，又弄得浑身都是水，但另一个人也没有拒绝，于是两个人的身体相互碰撞、相互磨蹭，让肥皂水在身上流淌，过了一会儿，虽然都闭着眼睛，她们俩都感觉到她们的皮肤像抛过光似的，光泽闪亮。然后，屁股和脸都红彤彤的苏吉冲出玻璃门，亚历山德拉用更加稳重的步伐也跟着出来，低头用毛巾擦头发和身体，从头皮到脚指头，都已经彻底洗干净。

三个老太太已经做好了发功的准备。

在公寓的大房间里面，在刚刚用吸尘器吸过的紫红色地毯上，三个老太太光着身体挨在一起，努力打通各自的心灵。她们小臂上的毛都竖起来，像是带着电，她们都看到了另外两个人头上的皱纹、身上的赘肉和伤疤，有那么多角质和黄斑，肌肉松弛，有些部位的皮肤像本来平静的水被风吹皱了一样，原来美丽的躯体已经被一条条暴突的青筋和变形的关节所遮盖。大自然给予女人美丽，也因此赋予女人使命，即吸引异性进行受精，使命完成之后，和其他物种的雌性一样，她们也自然会摒弃原来的性伴侣，原来为生殖一起疯狂的对象，此时会像剩饭一样令人生厌。她们的眼睛一个是铅灰色的，一个是玳瑁棕色的，一个是带点金褐色的，都不由自主地相互打量着，各自在眼角做了一个很小的动作，带动嘴唇，形成反射性但又有些嘲讽意思的笑容。

“好吧，该来的都会来，我们都成这样了，”简首先打破沉默。

“我觉得我们算是很不错的了，”亚历山德拉说。

“你们很不错，”简酸溜溜地说。“胖一点看不出来老。”

“你是说屁股吧？”苏吉若有所思地说，然后回头往下看。“还好，”她说，“你们看不见。以前乳房是鼓的，现在这鬼东西都垂下来了。”她用双手捧起她的一对奶子，抬高一两英寸，那就是三十年前的位置。不过，放掉双手后，她的奶头还是竖着的，真是可爱的奶头。

“我觉得，你们两个都还很漂亮，”亚历山德拉说。这是朋友的忠诚。“不一定像波提切利画的那样，但也不是格鲁内瓦尔德画的那么可怕。”

“我们是不是应该开始了？”苏吉问。她没有穿衣服感到有点不舒服。“亚历，你说怎么办，我们要干什么？”

“我们的目标是愈合，亲爱的，我们要愈合简身上的病，我们要化解我们在这里留下的罪孽。”

“我们有什么罪孽？”简很生气地问。“你是谁？你有什么资格说什么是罪恶什么是功德？我们大家都不喜欢菲莉希亚，但也没有人让克莱德去拿拨火棍把她打死。”

亚历山德拉回答说：“我们往她嘴巴里塞羽毛和图钉，还用曲奇罐子作替身诅咒她，还记得吗？”

“谁说的？他们死的那天晚上，有谁在那里看到什么？”

“警察，”苏吉插了简的话说。“他们在地板上发现了图钉和羽毛，在尸体的旁边。他们都不知道这些东西是怎么回事，但我知道。作为记者，我们到现场看过这些东西。当时还是湿的，粘着唾沫。”

“谁说是她吐出来的？”简反驳说。“当时也没有做 DNA 测试。”

“她的嘴里还有图钉和羽毛，”苏吉说。“我认识的一个警察告诉我的。我想你们不一定还记得他，罗尼·卡兹米萨克，那个越战英雄的兄弟，原来的登陆广场不就是以那个战死的英雄命名的吗？他没多久就不干警察了，他说他的工作主要是阻止穷人抢劫有钱人，后来他变得很消极，就搬到阿拉斯加去了。他说他不怕冷，他没有感觉，后来再也没有回来。”

“见鬼，”简说。“这是不是也算在我们头上？即使克莱德讨厌她吐羽毛，大多数男人也不会因为这个就把老婆打死的啊！”

“让他受不了的是她一直在胡说八道，”苏吉说。

亚历山德拉用恳求的语气说：“看在上天的分上，我们都忘了菲莉希亚吧！真正死在我们手上的人是珍妮。就在你家的厨房里面，简，我们做了一个蜡娃娃……”

“是你做的，”简急忙说。

“是我做的，但是你们建议的，材料也是你们提供的。我们大家一起在上面插针，一起念咒语。她在那年夏天就死了。”

“更见鬼。她是因为卵巢癌死的，转移了，她一直有问题，当时就已经好几年了。”

“好吧，”亚历山德拉不由自主地吸了一大口气。她想到癌细胞疯长的样子，都会倒吸一口气。

“这是很常见的，”简继续很无情地说。“我们的诅咒可能和她的死一点也没关系。也可能是别人的诅咒。布兰达、格雷塔和萝丝·哈利布雷德，她们也都会。那几年，东镇简直到处是诅咒。”

“那是女巫的世界，”苏吉表示同意。她看到亚历山德拉陷入了沉默，她已经陷入了恐惧。

“等等，”简大喊。她好像从空中看到了什么。“说着说着，我想起了一件事。那天在瓦恩街跟我打招呼的那个人，我从帕特森医生那里出来看到的那个人，当时我们想那个人可能跟格雷塔住在一起，我现在知道那个人是谁了。他就是克里斯托弗·盖布利尔，珍妮的弟弟。还记得他吗？很帅的男孩子，被达里尔带去纽约，后来两个人都消失了。就是他。”

“是他吗？”亚历山德拉反问。她刚刚回过神来，急着开始她们的仪式。简总喜欢打岔。

“他为什么在这里？”简问。“他为什么回来？”

“只有你说他回来了，”苏吉质疑说。“只有你看到过他，也可能是幻觉吧，那天在那个阴暗的街道，而且还下着雨。”但她自己回想起来，在一神教堂里面，在前排，格雷塔身边至少有一个大块头男人，一个陌生人，是她找来的帮手吧。格雷塔可能利用了黛比·拉康的善良，正在策划凶狠的报复。

“我真的看到了，”简语气坚定地说。“就是他。没错，是他，年纪大了，比以前胖，比以前更娘，但肯定是他。他有一头银闪闪的卷发。我相信就是他干的。”

“干什么？”苏吉问。“简，别这样。”和亚历山德拉一样，她也受不了简的自私，简是在打岔。在普罗维登斯，她已经忍让了她一天，她现在已经很饿了，但在仪式结束之前，她们还不能吃东西。

“他要我的命，”简回答说。“我当时就吓一跳。我肚子后来一直疼，不只是肚子，周围也都疼，像有东西在里面磨。就在这儿。”她摸摸胸口两个瘪掉的乳房中间的地方。她光着身子，做这个动作似乎是要让人看穿她体内黑暗的空间，里面紫色的器官不对称，相互缠在一起，血液无休无止地在里面循环着。不，不会无休无止，我们都有尽头的。心跳是有节奏的，但一定的时间之后就停了。

“很有意思，简，”亚历山德拉插进来说。“我们一起来看看，先从格雷塔开始，虽然我一提到她就很不舒服。但是……”

“也不只是我，”简接着打岔。“别以为跟你们俩没关系，他先杀了我，然后就会对付你们。他肯定觉得他姐姐死了，我们都是罪人，他是冲我们三个人来的。达里尔肯定把他的能力传给了他，如今他找我们来了。他来了，我可以感觉到。”

“好了，亲爱的，”亚历山德拉说。“如果你的感觉是对的，我们就更有必要攒能量锥了。我们要通过白色魔法，请求女神解决你的问题，我们也要向她忏悔，跟她说我们都不想让珍妮死。”

“太晚了，”简说。“我不忏悔。”

亚历山德拉对苏吉说：“你觉得呢？”

“我觉得，你既然已经做好了准备，我们该干吗就干吗，完了之后我们该吃东西了，我就中午吃了一个冰淇淋，上面的巧克力颗粒颜色还不对。”

“我想喝马丁尼，”简说。“真的很想喝。苦艾酒挺好。”她看到亚历山德拉没有动，简很不耐烦地说：“没关系，懒虫，我自己弄。”

“好吧，希望你能自己弄，”亚历山德拉说。“但我不知道有没有苦艾酒。”

“那就算了。我得穿点衣服，不然得多开点热气。”

饿着肚子的苏吉早就发现了奶酪和克力架，她的嘴唇还粘着盐和碎屑。她的大牙齿有点外翻，所以本来挺丰满的嘴唇稍微向前顶出。她对亚历山德拉说：“芒斯特奶酪很好吃，古达干酪挺干。你在哪里搞到的？是实得购超市吗？詹姆斯敦有个地方更好。”

一边说，她嘴里的碎屑一边往魔法圈里喷，她光着的脚下意识地蹭着亚历山德拉精心画的圈。苏吉的脚踝虽然比较细，但也露着青筋，像白色袜子上的紫色线条。

“拜托，”亚历山德拉说。这两个朋友快让她急出眼泪来。“能不能安静一下？女神讨厌这样乱七八糟，看到家里这样乱，她肯定不高兴。”

“家里她也管吗？”苏吉问。

“我太想喝了，”简从厨房里走出来说。“我找到了苦艾酒，亚历，我记得看到过，有人喝掉了一点，是谁喝的？”

亚历山德拉没有理睬她。她说：“我们要先进到这个圈子，然后才能跟女神交流。扫帚代表入口，我等会儿再把它拿走。进去之前，我们要先绕一圈，走顺时针。”

“顺时针？”苏吉问。“为什么？”

“你怎么能忘了呢？亲爱的，顺时针是善意的方向，走逆时针就代表恶意。”

“都是形式主义，”苏吉说。“我觉得我们以前都是随意的，喜欢玩巫术，是人生某个阶段的标志，是更年期吧。”

“那是更年期以前的事情，”简说。“到了更年期，我们就不玩了。哦，更年期绝经真好，谁会想到我竟然不会绝经，我现在的痛经比以前还厉害。这个和排卵没关系。”

“你们要平静下来，我们都要平静下来。”亚历山德拉像妈妈哄小孩一样跟另外两个人说，然后带着她们绕魔法圈按顺时针走三圈。外面的夜空很黑，窗户玻璃变成了镜子，晃动着三个人白花花的影子。屋里的光线不很稳定，主要来自地板上的五根蜡烛，五根蜡烛正是五芒星的五个角。走完三圈之后，亚历山德拉小心翼翼地弯下腰，她害怕弯腰的时候会放屁，然后把塑料柄的扫帚拿开，接着走进了魔法圈。苏吉跟在她后面，最后是简。三个影子无声无息地转着，有时重叠，有时放大，有时一个人变成五个影，因为有五根蜡烛。然后,她们站着,靠得很近,如果刚好有人戴着眼镜朝里面看,很可能只看到一个身体。

简很粗鲁地打破沉默:“中间那个擀面板是干吗的?”

“那是祭坛,”亚历山德拉说。她的声音很轻,有点神秘感。“我在厨房里找来的,原来在水槽下面,和茶盘在一起。”

“那个青铜盆呢?”苏吉问。她也把声音压得很低,一样有点神秘。

“那是黄铜。从老镇的跳蚤市场买来的。那个铃铛是从另一个跳蚤市场买的,以前新港有女佣和男管家的人家用的开饭铃。这些圣餐杯,”她拿给她们一人一个,“是在码头街买的,东镇的巫术设备很齐全。”

“巫术,”苏吉说,“我已经好几年没听到这个名词了。”她消瘦的手拿着圣餐杯玩,很轻,比一只小鸟还轻。“是锡箔纸的,”她有点惊讶地说。

“拿着别动,我要倒酒了。”亚历山德拉说着伸手从圈外拿起那一大瓶加州乐事基安蒂干红。

“这么差的酒!”简说,但她还是举着圣餐杯让亚历山德拉往里面倒。在昏暗摇曳的烛光下,红葡萄酒看起来是黑色的。三个被抛弃的灵魂举着假圣餐杯(杯子是锡箔纸板做的,上面的珠宝其实就是几块油漆),在空中碰了一下。

“为我们干杯!”亚历山德拉说。

“干杯!”

“干杯!”

苏吉擦掉上嘴唇绒毛上沾的红酒,若有所思地看着地毯上的神秘布置。她有点欣赏又有点同情地说:“亚历,亲爱的,你为了让我们和女神交流,真是用心准备。”

简说:“她没有手机吗?”她是想说一句俏皮话,但另外两个人听起来却很刺耳,这样亵渎神灵的话表明她身体状况真的不好。

“她未登记号码,”苏吉模仿电子自动应答声音说。但没有人笑出来。

庄严黑色的窗户玻璃是双层隔热玻璃，新装上去的时候很亲切、很漂亮，但随后积了灰尘，就显得僵化而不近人情，此时，虽然三个人说了不少话，但玻璃还是静悄悄的，没有任何反应，只是映射着房间里面的三个影子，她们像是在做无语的哀悼。

“还有一副扑克牌，”苏吉说。她的声音是三个人中最轻、最年轻的，此时因为准备要发功，所以尽力压着。“我们要玩老处女？”

还是没有反应，没人笑。宇宙是无边无际的空洞，但星体之间的空洞像是十分沉重的门，很难打开，但是一旦打开，就会有巨大的风穿过，然后就可以听见苏醒的呻吟声。“那是占卜用的，”亚历山德拉说。“我们坐下吧。”她的声音很平，很温柔，很随意，但很坚定。“都坐在垫子上。有地方放脚吧？”说实话，在一个床那么大小的空间，要放手脚，却不能碰到另外两人的身体，确实有点难，更难的是，她们坐着的时候，不管膝盖顶起来还是分开，都不能露出毛茸茸的阴部，几个世纪以来，那里都是基督徒的话语禁区。

亚历山德拉拿起那个小银铃，那是从前等级制度留下的遗物，她轻轻摇了几下，像是在召唤仆人。这个呼唤像一阵波，形成自己的圈，越来越大。

“还记得那些魔鬼的名字吗？”亚历山德拉轻轻地问。然后，她带头念：“摩尔塔利亚、穆萨利亚、多法蒂亚、欧尼玛利亚、兹坦瑟伊亚、戈尔德法伊拉和德都尔瑟伊拉……”

作为受苦的人，简带着最大的恶毒接着念：“戈米纳伊亚、葛格罗普利亚拉、塞达尼、吉尔瑟尔和格狄亚波。啊哈，我居然还记得！”

苏吉也犹犹豫豫地跟着念：“艾佐伊尔、木希尔、普利和塔门。太久，记不得了，对，还有阿斯塔罗特、吉尔瑟尔和格狄亚波。这些够了吧？亚历。”

接着，三个黑寡妇都默不作声。蜡烛的火光摇曳着，烧进了彩色的蜡柱，发出一阵令人恶心的气味，掩盖了从三个寡妇大腿中间发出的任何气味，那里曾经毛发旺盛，一片黑黝黝，后来，几十年过去了，那里的毛逐渐变稀变白，从前的盛况已经消失。

“女神啊，您在吗？”亚历山德拉用空灵的声音对着黑暗说。她又摇了几下铃铛，几秒钟之后，她轻声问另两个人：“你们有没有感受到颤动？”

“没有，”苏吉坦白说。

简想给自己留点希望。她说：“我不确定。”

“我们不能催她。”亚历山德拉声音很弱，像是有些不好意思，然后接着摇铃，然后又摇了一次。

“我感受到了，”简说。“我有一种很温暖的感觉，我觉得都会好的。我感觉我就在她的怀抱里面！”

“好。”亚历山德拉像哄小孩似的。“好。”她闭上眼睛，希望能接收到更多的感觉，这就像调收音机的频道一样，要一台台地调，每一台的频率都不一样，调对了就可以从空中收到动听的音乐。“在我们的体内，”她说，“有些障碍，有些束缚，让我们不能完全自由。女神啊，松开这些束缚吧！”

接着，大家又默不作声。这时，她们听到外面停车场有一辆汽车的轮胎压着碎石的声音。是谁的车？是谁回来了？

“接着呢？”苏吉语气很冲地问。“我们要等多久？在等什么？”

苏吉怎么了？亚历山德拉猜想，她是在吃女神的醋。她也想做女神。

“闭嘴？”简对苏吉说。“听她说。”

“我们的结婚戒指，”亚历山德拉莫名其妙地说。“她觉得我们不应该再戴着，戒指是我们和女神之间的障碍，是我们和魂魄世界的障碍。都脱掉戒指吧。”

“好吧，”苏吉说。“反正它总是掉，洗手的时候，会叮叮当当掉到脸盆里面，好像要钻到下水道里去。”

亚历山德拉发现，她的戒指是最难脱的，已经嵌入手指的肥肉里面。但是，尽管很痛，她还是把戒指拉了出来，手指的第一节磨得通红，原来的地方留下一道印，像一棵小树被扒了一圈皮。

“放到祭坛上，”她下命令。“用左手，原来戴戒指的手。”

三只不祥的手伸出来，把戒指放在一起，三个圆圈相互形成正切，苏吉的金戒指很厚，内圈让格林尼治的珠宝商刻了两个字“永远”，简的比较薄，像内特·廷克家族祖传长链上的一个环，亚历山德拉的大小介于中间，是三个人中戴得最长的，是某一个大白天在一间用砂岩盖的教堂里戴到无名指上的，教堂的玻璃窗户很明亮，可以看到西部干燥起伏的山脉。在帮她戴戒指的时候，吉姆·法兰德被尼古丁染黄的手指在颤抖，可能是经常在单身汉派对上喝酒喝太多，也可能是因为紧张。戒指戴在她的手上，他却要背负婚姻的枷锁。她碰到他的手就能感受到他对自由的向往，念结婚誓词的时候，她就像农场的工人在抚慰一匹受惊的马。想到那个瞬间，她的眼神就变得暖和很多，差点都流出泪来，这可能是女神给她的礼物吧。“好了，”她大声说。“我们自由了。束缚着我们内心的绳子解开了。治愈的能量也能自由进入你的身体。我们都干净了。”她对另两个祈祷者说：“我认为，我们应该做一件好事，来抵消掉我们以前做过的坏事。”

“什么好事坏事，”苏吉不以为然地说。“要看具体环境的，同一件事，在一天是好事，到另一天就变成坏事。在爱情和战争里面，所有人都是公平的。”

“别这样，”简小声说。“我们是在给我驱魔，我们要跟克里斯托弗对抗。”

苏吉看着自己伸在跟前的手。“没有戒指也挺好看的。光溜溜。我喜欢光着。”

“我倒觉得很可怕，我不戴着心就慌，”亚历山德拉说。她觉得，戒指是一种束缚，但也是纽带。

“亚历，接下来呢？说说我们要干什么，”简说。她的声音听起来像个小孩在求大人。

亚历山德拉拿起占卜用的扑克牌，正面朝上摊开在地毯上，圣杯、星币、权杖、宝剑和二十二张塔罗牌一起，形成一个奥术方阵，也是去往另一个空间的通道。“你们各挑一张,”她对苏吉和简说,“哪一张让你们想到一个需要帮助的人,就挑哪一张。把它放在我们的能量锥下面,当你觉得它已经进入了魂魄界,就把它烧掉。”

“烧掉?”

亚历山德拉拿起一直放在祭坛上的一盒纸火柴,她刚才就用火柴点燃了眼前这些散着青烟和气味的蜡烛。“我专门挑了涂层比较薄的扑克牌。我先来吧。”她扫了一眼地毯上的牌,挑了一张人头牌,拿圣杯的皇后,和维罗妮卡·马里诺比较接近,维罗妮卡遗传了她妈妈身上的贵气。亚历山德拉低下头,根据维罗妮卡的样子,努力在眼前形成一个幻影,把扑克牌放在这个幻影的表面上。然后,她对女神祈祷:“让她怀孕吧!敞开她的管道,让她继承吉娜和乔的生育能力。”亚历山德拉觉得女神已经听到了她的祈祷,她要想看到星空中的女神探下头来,女神的头发垂下来,像彗星的尾巴。然后,她拿着扑克牌的一个角,用火柴点燃对角,好不容易扑克牌才着,然后她就把牌扔到铜盆里面,扑克牌在铜盆里面燃烧,火焰是蓝色的,但边缘一圈是绿色的,涂了一层化学品的扑克牌卷起来,变成一片小方块的灰,最后那片灰也散开碎了。她专注地看着这个氧化过程,她的眉毛、喉咙和锁骨很对称地流出了汗。以她画的那个圈为底座,形成了一个能量锥,像一个野牛皮帐篷的中间有一堆柴火在燃烧。

“我来吧,”苏吉说。“尽管我不是百分百相信这个。”她挑了一张星币骑士,那是一个表情极自负的年轻人。把牌给另两个人看过后,她就闭上眼睛祈祷,她祈祷的对象是那个残疾的前情人汤姆·戈顿,她请求女神让他痊愈。“请创造奇迹吧,就像让人们生小孩,让人们相爱一样!”她也感觉到了女神的存在,那是性爱和繁殖女神,是她在非洲拧成了 DNA 螺旋,将通过显微镜才能看到的细胞转化成了男人和女人,一个个都那么漂亮,器官组成都那么完整。她也用火柴慢慢点燃了扑克牌,紫色的火焰逐渐扩大,最后吞噬了整张牌,就像人类历史上游牧部落占领了世界一样,那张自负的脸蛋也变成黑色。苏吉将燃烧的扑克牌扔到铜盆里面，牌在铜盆里面翻卷，最后一个分子被转化的时候发出一记响声。她左手的手指烫了一下，因为她刚才拿得太久。她抬起头，看到天花板上聚集了一团淡蓝色的迷雾。她不知道公寓的烟雾报警器有多敏感，所以她向女神祈祷让报警器不要响起来。

“轮到你了，简。”亚历山德拉像妈妈跟小孩说话一样，她就是女巫与自然沟通的中介，尽管对于简有没有做好事的能力她没有很大的把握。“挑一张牌。”

简伸出萎缩的手，好像碰到了王牌，也是黑暗之神，画的是一副骷髅骨架，但姿态优美，手持长弓，上面搭着一支和矛一样长的箭。但是，她手刚碰到就抖了一下收回来，发出一声很闷的声音，另外两个人很诧异地看着她，她好像有些紧张。在她又粗又黑的眉毛下面，她的眼珠子先转向一个人，然后转向另一个。她的表情又像很愤慨。然后，她的眼珠子又转回去。张开的嘴巴因为充血而变成黑色。

“宝贝！”亚历山德拉大喊。她很心疼，多么希望能够马上纠正原先的错误。

“我的天啊，”苏吉说。女神消失了。窗外，月亮十分皎洁，好像整个对着看不见的太阳。两个裸体的女人赶紧抱着另一个人。简身体瘫软，像酒都流掉了的葡萄酒酒囊，她挣扎了几次，但一次比一次更绵软无力。

“该死！好痛！”那个受苦的寡妇说话的声音很轻，刚说了几个字，血就从嘴里流出来，淌到下巴上。亚历山德拉像闪电一样跳起来，光着脚飞奔去抓起电话机，按了一个很熟悉的号码：911。

第三章　罪恶消解

接电话的女人跟亚历山德拉说急救人员知道雷诺海景公寓在哪里，“从海滩路下去，在左边，那里很多树林，房子都被遮住了……”不打断她的话，估计她会一直说下去。然而，过了令人煎熬的十五分钟，她们才听到救护车的鸣笛声，一开始很遥远，再听到车轮压着车道碎石头的声音，最后听到踩刹车的声音。在刚开始的几分钟，苏吉拿着简不断凉下去的手摩擦着，亚历山德拉很笨拙也挺恶心地给简湿漉漉、松弛的嘴巴里吹气，一边挤压着她的心脏部位，这些都是她几年前看电视剧学来的，但是她的努力好像都不起作用，所以感到很恐慌。可是，不然她怎么样才能阻止简继续往深渊里跌落下去呢？她的确感觉到，简的身后出现了一个见不到底的深渊。亚历山德拉耳朵贴近简的胸部的时候，似乎可以听到咕噜咕噜的声音，跟地下水流一样。简的眼睛已经闭上了，她的身体再也没有做出任何反抗动作。

危机到来的第一波十分汹涌，让两个女人忘记她们正处于夏娃的状况，和伊甸园里面的那一堆男女一样，她们十分害怕。“他们来了吗?”苏吉问。她的脸因为惊慌而拉长了，倒是变得更平坦，亚历山德拉觉得她比刚才年轻很多，又像一个姑娘了。“天啊，亚历，我们得先穿衣服！我们得给简穿衣服！她的衣服放哪里了?”

“她一个人洗澡的，肯定在她房间里面。”因为情况紧急，亚历山德拉的大脑也转不动，她的心跳越快，她的行动就越缓慢，她的膝盖和双手突在前面，像笨拙的摄影师抱着摄像机在拍录像，要进入简那个没有窗户的小房间也很费劲，这个房间现在很神秘，悄无声息。黑色宽松长裤和一件棕色针织运动衫折叠得很整齐，放在她的单人床上，内衣裤放在最上面。她的鞋子是波士顿特色的简约低跟鞋，很整齐地摆放在床下。突然间，她觉得这些东西多么无辜，也多么没用啊！另外两个人先租了房子然后把她拉来，在这套阳光只能从塑料天窗照进来的公寓房里，她就像是用人阿姨，也像是淘气必须有大人看着的小孩。在强烈的灯光下，亚历山德拉在门背后的大镜子里看到自己的模样，她的双臂抱着简的衣服，肩膀和下半身都是裸露的。她的嘴上是鲜红色的，让她吓了一跳，那是简的血，刚才她试图给她做人工呼吸的时候沾到的。

给那个没有丝毫反应的身体穿衣服，让她们想到给孩子穿衣服的难过情景，四肢不懂得弯曲，身体死沉死沉。苏吉一边折腾一边说：“还记得五十年代非要我们穿的紧身搭吗？带扣子可以接长筒袜的那种？是不是很野蛮？”

“没错，”亚历山德拉说。“你的屁股很红。”

“谢谢上帝，那种连裤袜真好。”

“应该是谢谢女神。”

“都这样了，别再提女神了。”

她们合力给简穿好了长裤。亚历山德拉问：“你会想到简还穿这种蕾丝边的内裤吗？”

“她要取悦那个好玩的小丈夫啊！要让他开心很不容易，简跟我说过。”

“也跟我说过。”

“内衣裤想扔掉很不容易，你会想这东西真他妈的经洗。”

她们把简抬起来穿好胸衣和针织衫、亚历山德拉怯生生地问：“你觉得她还有温度吗?”

“哦,”苏吉说,“我没觉得手指尖有积血。这是悬疑小说里谋杀案的常见线索之一。”

“你能不能把祭坛上的那个镜子递给我?我照一下她的嘴巴。”

“哦,别了吧,亚历。我们除了让她看起来好看一点,还能干什么呢?”

“我知道,我知道。见鬼,如果我们是医生,或者我们的巫术更高明,就应该可以想点办法。”

“如果我们的巫术更高明,这种事情就不会发生了,”苏吉说。她把镜子拿过来,在魔法圈的入口有些犹豫,小心翼翼地把扫帚拿开,而不是直接跨过去,好像觉得它还是有魔力的。亚历山德拉手颤抖着,拿着刚才作为通向另一个世界的窗口的镜子,对着简的嘴巴,但是,镜面上没有形成雾气,说明简已经没有气息。

“你觉得怎么回事?”苏吉想了想说,“应该是爆了。”

“她一直在抱怨电,”亚历山德拉说。“在那边,她看起来怎么样?”

那个女人的身体躺在地毯上,有点新娘子的感觉,新娘子也是让别人帮忙更衣的。嘴唇的一角陷了下去,以前她说了一个双关语,觉得很得意的时候也这样。她的手交叉放在胸前,对于她这么娇小的女人,这双手看起来太大,筋也太粗。

“结婚戒指,”亚历山德拉想了起来。“去拿来吧。”

苏吉拿来了戒指,但也说:“我们最好在急救人员到达之前把这些玩意儿收拾好。”

“不能叫‘玩意儿’,应该叫‘工具’,或者‘能量管道’。”

“用吸尘器把地毯上的那个圈吸掉。”

“那是我们的魔法圈,”亚历山德拉说。“但是短路了。”

“你说话和简一样。太可怕了。我不敢相信这种事情真的已经发生了。”苏吉蹲下去,把简的戒指戴进那只没有感觉的手上。蹲下去的时候,她的大腿鼓起来，乳房轻轻晃动。

“左手，”亚历山德拉说。

“当然，亲爱的。有茧子的那只。”

亚历山德拉的戒指刚才脱得很艰难，现在戴起来也很艰难。“我们自己也要穿好，”她说。

“我一直忘了我还光着，不可思议。”

“你真好看，”亚历山德拉内疚地看着那个没有知觉的伙伴。她觉得应该跟她说点什么。“我们爱你，简！”她像是在对一个不断扩大的海湾呼喊。

苏吉也跟着喊：“我们爱你，简。挺住。”

然后，两个人赶紧拿来自己的衣服穿上，把头发梳理好，亚历山德拉洗了把脸，重新涂上唇膏。这时，她们听到从大约一英里之外传来救护车的鸣笛声，大约在海滩路的半道上，以前那里有一片苹果园，会开花结果，现在变成了一个住宅小区，笛声越来越响，应该已经在堤道上了，然后，绕了公寓楼一圈以后，在窗户下面的碎石上面停下来。苏吉急忙把扑克、铃铛、擀面板和装灰烬的铜盆收起来，把这些东西都搬到厨房里去，扔到橱柜里面，与此同时，亚历山德拉推着伊莱克斯吸尘器把地毯上面的凯德洗衣粉全部吸进软管，送进以尘螨为主要居民的黑暗世界里面。

楼梯的门铃响起来，苏吉按了下开门按键，接着，楼梯就开始颤动，响起沉重的脚步声，再接着，穿着暗绿色制服的急救人员就冲进敞开的门，一共有三个人，两个男的，一个女的，都比这几个寡妇的孩子们更年轻。身上扛着最多设备的那个男的气喘吁吁地说：“我们找不到地方，镇上没有人愿意告诉我们。”

那个女的带的设备最少，皱着鼻子，她闻到了蜡烛的气味，注意到地毯刚被吸尘器吸过的痕迹。急救人员没有迟疑，随即开展工作，十分钟不到，他们就把简放在担架上扛走了，他们说她还活着。他们用一条银色的被子盖在她身上，一直到她的下巴，挂了两瓶无色的滴液，针头插在她的两个手腕上。

那天晚上，或者说是第二天凌晨，她就在西镇医院去世了，当时月亮正像被泡在水里的威化饼干，失去了皎洁的光芒，而天空中已经出现了第一缕茶色的曙光。她的腹部主动脉瘤爆裂，根本没有办法抢救，血液灌满了腹腔。帕特森医生按计划会在第二天早上读X光片，他在普罗维登斯的儿子曾想过提前手术，但对于她这样年龄的女人，而且考虑到最近健康状况不很稳定，这样的手术有很大的风险。医院的人对死者的两个悲伤的朋友说，对于她的死，谁都没有责任。相对而言，简死的时候算是比较轻松的，虽然不算没有疼痛，但疼痛只持续了几秒钟，然后就失去了知觉。她就说了四个字：“该死！好痛！”

在三个女巫中，只有简真的会飞，此时，她的死把另外两个带离了东镇。在不到一个月的时间里，东镇在三个寡妇身上重施了三十年前的诅咒。对于她们而言，东镇已经彻底失去了现实的意义。她们春天多次通过电话和电子邮件商谈的计划，本想是把东镇作为跳板，再到别的地方去深入旅游，例如去普罗维登斯参观博物馆，再沿着海岸线往南到新伦敦，然后再到新港，现在看来是野心太大了。来到东镇之后，除了一日三餐，每个人都有自己要解决的事情，于是，三个人都形成了惰性。

现在简死了，产生了无穷多的琐事，还有各种纷纷扰扰，让两个活着的寡妇疲于应付。布鲁克赖恩是一个孤立的小镇，通过联邦大道像一只虱子吸着波士顿的血液，镇的一边是灯塔街，一边是9号公路，镇上的街道弯弯曲曲，在不开阔但如茵的草坪上，除了修剪得很整齐的灌木和景观树之外，还坐落着一些极其昂贵的砖头泥灰房子。廷克家的房子有一个院子，比别人家的院子都更深，房子也比别人家更高，一共三层，屋顶有天窗，还有一个角楼，跟教堂的钟楼一样，其实是空空的没什么用。

苏吉曾经见到这幢房子的女主人，但亚历山德拉没有，她刚见到那个活了一个世纪，身上充满神秘气息还有些顽皮的老太太，就感到很震撼。死神显然故意忽视了这个女人。亚历山德拉想起她和简一起去埃及的旅行，记得看到过一种长生法器叫作“安可架”，现在看来，追求长生是有现实依据的。这个老太太看起来像一个十三岁的小姑娘，或者说更像一具保存完好的木乃伊。她在大堂迎接她们，就在宽阔的胡桃木楼梯下面，楼梯向上延伸，和逐渐变黑的墙纸融为一体。她从楼上下来参加儿媳妇的吊丧仪式，是坐笼式电梯下来的，电梯井就在楼梯旁边，上升的时候像神使墨丘利的权杖穿过环绕的蛇一样，因为电梯笼的框架不阻挡很多视线，所以，在廷克太太下降的过程中，在一楼吊丧的客人都看得目瞪口呆，视为神迹。轻轻地，她伸出手，把四根手指头放到亚历山德拉的手掌上，那感觉像一只珍贵的小鸟的标本，而因为东部八月份的天气，亚历山德拉的手掌有些潮湿。

“这么说，你就是亚历山德拉，”廷克太太说。她老朽的声音有点沙哑，但听得很清楚。“简很喜欢你。”她脸颊上的皱纹极深，让人想到印第安勇士脸上化的战妆。她的脸整体上是焦黄色的，书质量比较差的话，不用直接晒太阳，过了一定的时间，每一页的页边也会变成这个颜色。她的下眼睑陷了进去，粉红色的内侧翻了出来。

*喜欢我？亚历山德拉自己问自己。这是真的吗？*她自己喜欢的是苏吉，但简喜欢生气，也比较悲观，她和苏吉都不大喜欢。“我们也都很喜欢她，”亚历山德拉说。她说话的声音很轻，似乎害怕大声说话会产生气流，会把眼前这个幻影给吹散掉。廷克太太穿着丝绸丧服，看起来也很容易破。

“那么，我很高兴，”她用沙哑的声音说。“她在走到终点的时候你们俩都在她身边。”

她说的是“终点”，不说死，同时她没有一丝恐惧，也没有现代人的虚无主义。这个词让生死变得那么自然，像一年又一年、一个十年又一个十年不断流逝的结局，她说话的表情也体现了不以苦乐为意的高贵情怀，这种情怀现代人是没有的。发现亚历山德拉对这个话题感兴趣，廷克太太对她说：

“我们都会走到终点。”她说得很轻巧，好像局外人，木乃伊似的棕色脸上露出了很有弹性的微笑，那张经历了岁月沧桑的脸显出一丝女孩的俏皮。她的嘴唇并没有比周围的皮肤更红润，但是更有肉。亚历山德拉突然发现，她以前肯定是个美女。

同样突然地，她跟那个从远古来的老太太说：“我还有没有适应过来。我想简也还没有。她最后的眼神，你想知道是什么样的吗？”

“当然，好奇是人的本性。”

“好像很愤懑。”

“简的确不开心，”廷克太太说。“总是很着急，像节拍器。你有没有跟着节拍器练过乐器？”

“没有，”亚历山德拉说。她有些紧张，她感觉后面有很多客人，陆陆续续从大门进来。“我是乐盲，很羡慕简的才华。”

“她就是一个设置得太快的节拍器，我儿子和我都比较慢，”老太太说。然后，以防我插话，就眨了眨眼睛，接着自己说下去。“我们家的节奏属于广板，我的儿媳妇可能受不了。可爱的苏珊来了。”她微微转了身，表明她注意到了另外一个人。苏吉来到她们的身边，带来了她的温暖和好奇心，以及被人家注意的渴望。“你好，亲爱的，见到你了，物是人非了。”

她是跟我们一样的人，亚历山德拉发现。她就是一个心狠、眼尖的巫婆。她虽然个子小，但很机敏，也很刻薄，和简一样。人家说，男人娶的不是老婆，而是老娘，内特娶的就是他老娘，当然，这两个女人肯定不乐意在同一屋檐下还有一个与自己一模一样的人。亚历山德拉一眼就看透了这家人的精神构架，两个女人像两根磁铁相互排斥，而那个儿子也是丈夫，就悬浮在中间，他的古董、俱乐部和毫无意义的慈善，都是他的避难所。她感到空中有一股紧张的气息，油光闪亮的深色木家具到处散发着这种气息。

苏吉也有同样突然的感觉。她对廷克家的寡妇脱口而出：“我真不相信简真的走了。我甚至想她会不会突然出现。”

“来捣乱吗?”老太太用刺耳的声音说,然后再次露出意想不到的笑容,在上个世纪的早期,她肯定是个阳光灿烂的女孩。

客人越来越多,阴暗的大厅里面变得很拥挤。简的婆婆再次转了身,把亚历山德拉和苏吉介绍给一个块头很大的中年男子,他的后脑勺斜得很厉害,显得整个头向前顶,像美国水牛,还有一个骨瘦如柴的女人,她的脸上涂了很多化妆品。“你们记得简的孩子们吧?”廷克太太说。然后,可能因为过于老迈,所以没有太多客套,就转身离开了。

于是,他们四个就面对着面,亚历山德拉很不好意思地对那两个人说:“我没有认出你们来,太久没有见面了。你们都长大了。”

“不过,”那个脖子很粗的男人说,“我们都记得你们。”他脸上没有笑容。

当然。就是那个胖男孩和那个瘦女孩。那天晚上,当三个女人在简家的厨房里给珍妮下诅咒的时候,这两个小孩不断跑进跑出,一是希望大人们注意到他们,二是肚子饿想吃饭。当时,作为得到解放的女性,她们都热衷于探索发挥自己的潜能,所以都不太照顾自家的小孩。她们觉得,自从夏娃之后,女人都变得很愚蠢,只会呆在家里养孩子,夏娃可能不是好母亲,否则亚伯和该隐就不会发生那样的事情。不管怎么说,很多人都做过妈妈,有执着的,也有洒脱的,以后还不断有人品尝其中各种滋味。

之后,四个人陷入有些紧张、有些怀恨的沉默,苏吉为了打破沉默,调动她作为记者的特有记忆力,回忆两个孩子的名字。“鲁斯科和玛丽,对吧?你们还有两个,是比你们大还是比你们小?我忘了。”

“小,”那个阴着脸、睁大眼睛盯着她们的大男孩说。他穿着黑色双排纽扣西装。就是他,苏吉想起来了,他喜欢打网络桥牌,他的头向前顶,就是因为长期专注盯着电脑屏幕。“我们兄弟姐妹四个,四个小斯玛特。”出乎意料的是,他笑了,虽然看不出一点喜气,露出了不干净的牙齿。

“那时候,几乎家家都有四个孩子,”苏吉说。她是在逗人家开心。

亚历山德拉问:“你爸爸呢?山姆·斯玛特。他还健在吗?”

“不在了。”

那个骨瘦如柴的女人眼睑涂成玳瑁色，决定加入他们的对话。“爸爸去世了，”她说。她也露出了牙齿，她的牙齿很长，很直，直得有些不自然。

“不好意思！”亚历山德拉说。

“爸爸和妈妈又在一起了，”那个男的说。

“真的吗？廷克先生有没有意见？”

鲁斯科朝她那边的粗黑眉毛挤了一下。“《圣经》里面说得很清楚。”他阴着脸，脸色是灰的。

“真的吗？我得去找来读读。”亚历山德拉这时觉得她要修正一个看法，不是简不关心孩子，是这些孩子，不管是胖的还是瘦的，都太让人讨厌了。

苏吉很有礼貌地打岔说：“另外两个，也来了吗？”

“没有。”这个回答来得不是很痛快。“杰德在夏威夷，诺拉跟一个法国人结婚了，八月份一般找不到他们，他们都在莫桑比克赤身潜水和吸毒呢。”

“这个世界真疯狂！”苏吉说。“我们老寡妇也很喜欢周游世界，你们的妈妈也跟我们一起周游过。”

“鲁斯科很讨厌旅行，”那个女的说。“他上飞机有幽闭症，飞机着陆的时候有广场恐怖症。”

“你想太多了，”苏吉说。她仰起头，像一个俏皮的女孩跟牛头怪物说话。“在机场的酒吧喝两杯，醒来之后就到了。”

这时，老太太的拐杖在前厅的地板上敲了三下，他们的对话终于可以结束了。老太太像旧纸一样棕色的手一只抓住拐杖的柄，另一只抓住一个穿着司机制服、虎背熊腰的黑人的手臂，带领着所有吊丧的客人走进黏糊糊的阳光里面。大门口的车道上停着一列汽车，闪闪发光，从车辆出入庭院的通道一直延伸到街道上。老太太坐进领头的凯迪拉克轿车，然后关上黑色玻璃的车门，她后面跟着简的两个懒洋洋的孩子以及他们的配偶，他们专为这个场合穿了黑色的外衣，看起来像巫师的隐形斗篷。苏吉和亚历山德拉开着列尼·米切尔的深蓝色宝马车跟在很后面。内特·廷克钟爱的捷豹老爷车很快就被人家开回来了,同时简的遗物,包括衣服和化妆品,也都一起拿了回来。

一上车,苏吉就迫不及待地说:“我看见他了。”

“谁?”

“他。简在瓦恩街看到的那个人,在帕特森医生诊所外面。”

“真的?”

“真的。他的样子跟她说的一模一样,像变胖、变粗俗的天使。他在前厅人群的背后,我们挤出来的时候,他正从另一个房间出来。他就闪了一下,但他太明显了,他甚至没有穿素服。”

教堂不远,在一条弯弯曲曲、被树木遮蔽的街道上,是一幢很精致的房子,属于主教派的风格,一半材料是木头,一半是铁灰色的大卵石。葬礼不像葬礼,更像追思会。简的尸体,那具曾经勾引过山姆·斯玛特、雷蒙·内夫、阿瑟·哈利布雷德和内特·廷克的平胸圆屁股身躯,已经烧掉了,只剩下一小罐灰,装不满一个小炖锅。她的所有骨头、肌肉和体液,她那根敏捷的舌头和总爱从她嘴里冒出来的咝咝声,乃至她玳瑁色的眼睛里闪烁的泪花,全都变成了灰色的粉末和方解石片,已经放到了在查理士河另一边距离教堂两英里的奥本山公墓的一个小方洞里面。这是她的世界,她两个曾经一起做坏事的同伴听着人们描述着一个她们所不认识的简。

两个成年的孩子朗读了简写给山姆·斯玛特的信件的片段,当时,山姆正在军队服役,正准备乘船前往朝鲜,信中表现出来的简的顽皮、可爱、单纯,跟苏吉和亚历山德拉在东镇认识的那个截然不同,在东镇的时候,山姆·斯玛特已经成为一段滑稽的记忆,是聊天时候的调味佐料。在信里面,她说她很想念他,她祈祷他平安归来,希望能给他生孩子,她还知道,他们的孩子会很漂亮,很有出息。

接着,另一个丈夫的亲属也来致辞。他身材很高、肩膀很宽但很消瘦,穿着休闲西装，留着短发。他很僵硬地走上讲台，一开始可能因为不自信，好大一会儿都没有说话，让台下的人们有些紧张，在椅子上坐立不安。之后，随着他慢慢适应了讲台的高度和神圣感，他开始从容地说话，他声音洪亮，表达流畅，像一个训练有素的祝酒人。他身体朝台下的客人微倾，像拉家常般跟大家分享他对老朋友内特·廷克的印象，他们是在白金汉宫尼古拉斯学校上一年级的时候认识的，之后，他们的紧密关系维持了几十年，他们一起打高尔夫球，一起驾帆船出海，一起在南卡罗来纳打鹌鹑，到阿拉斯加打麋鹿，一起成为很多大公司的董事，当时的内特才华出众，后来，他跟这个一样才华出众的简结婚后，他就“摆脱了自我的约束”。他戴着帽子的头像海鸥一样左看看右看看，然后语气坚定地说，他这个亲爱的朋友自从结婚之后发生的变化，是他从来没有见识过的，他是四十几岁靠五十岁的时候结婚的，当时照说他已经无可救药了，但是，他跟这个“无法形容的灵魂伴侣”结婚，改变了我们的成见，但是，这个亲爱的简也离我们而去了。

“即使，”他更具体地说，“他在乡村俱乐部的第十二洞一杆进洞，这个地方距离虽然短，但很难打，我想我用不着跟大家解释，标准杆是三杆，这样的成绩也从未像这个新娘子一样让内特拥有如此的满足感，我们对此大惑不解。”*这个人真是他妈的大男子沙文主义者*，亚历山德拉想。不过其中的确有神秘的地方，简很淫秽，而男人就需要淫秽，尤其是像内特·廷克这样有钱但情感比较晚熟的上层阶级男人，况且他家里还有一个十分强势又老不死的妈妈。那个赞颂者是这么解释的：“简拯救了他，可以这么说，让他摆脱了他心爱的古董的束缚，他得到了一件单身汉都十分欣赏的十分漂亮的真正宝贝，而且，对于这件宝贝，他不用蹑手蹑脚地供着，不用担心用力过猛而把她弄坏。”这句话让教堂里的人们感到震惊，原来叽叽喳喳的声音一下子完全消失，老式的主教派教堂终于恢复了应有的尊严，哥特式的拱门和黑色木材装饰上面的雕刻，焊接乳白玻璃上面的福音绘画，吊在空中的黄铜十字架像绘图人的大型工具，是画错的时候用来矫正的，这些东西终于又能左右教堂里的氛围。这个美国佬眨了眨眼，对他的玩笑的流产感到十分失望。他紧接着说:“简用波士顿习惯的方式，给他们的婚姻注入了愉悦的智慧、灿烂的笑容、激情和乐趣，像在我这个老朋友原来平淡乏味的世界里吹过一阵四月的清风，她的青春活力，为我的老朋友打开了朝向春天的窗户。”他在讲台上站直起来，收了一下肩膀，观察着台下人们的反应。亚历山德拉发现，这个老头其实很谦和又有威严，白头发理得整整齐齐，虽然年纪很大，但打扮十分讲究，同时，他对于流言和丑闻的驾驭十分娴熟。然后，他用更柔和、更随意的声音跟台下的人们分享另一个秘密:“简和她的婆婆之间很快形成了和谐、亲密的关系，住在一个家里，这种关系十分珍贵，就像一座古堡里面有两个伟大的王后，她们让这座古堡更加稳固。”他然后向前排微微低了一下头。“我们都十分同情您，艾欧娜，你最近失去两个至亲的人，一个亲爱的独子，一个跟女儿一样亲的儿媳妇，但我们知道，你有一个世纪的智慧和力量，不仅能够度过这悲伤的时刻，也能让你的亲属们感到放心。愿上帝保佑您，我亲爱的朋友，我珍贵的朋友!”

艾欧娜·廷克老太太的名很稀罕，亚历山德拉之前没有听说过。老太太穿着褪了色、看起来很容易破的丝绸外衣，坐在前排纹丝不动，僵硬地忍受着这庄严、肃穆的程序，旁边是简的两个以前没有得到多少母亲关怀的孩子，以及他们各自不露声色的配偶，还有几个充满活力的第三代，甚至还有刚出生不久、手脚乱动的第四代。这个部落在不断繁衍壮大，尽管每个个体都在衰落。

对于简而言，那个邪恶的巫婆，人们越是赞颂她，她的存在感就越少，她的存在感就像悬浮在教堂空中的一个小方块孔，像挂在教堂上方的十字架。挂十字架的铁丝几乎看不见，从十字架连着屋顶的横梁，只是偶尔捕捉到外面射进来的星光。那个世故圆滑的赞颂者准备结束他的致辞，但他一时间找不到给简下结论的最好词汇。他其实并不喜欢她，亚历山德拉很清楚。没人喜欢她。她是所有人的同类，但又不完全是，这比外来者更糟糕，外来者更愿意入乡随俗，大家也更能原谅他们的过失。只有另外两个女巫可能喜欢简，因为她们刚好一起反抗世俗的压迫。致辞者忘了她有一个很大的爱好，她喜欢音乐，这是她无私性格的重要源泉，喜欢大提琴，她的左手总是忍受着按弦的疼痛。

葬礼终于来到了朗诵公祷书的环节，人们的声音很亮，在念克兰麦大主教的祝词时，像一群野兽在撕咬已经献身的猎物。“人民的祈祷”由鲁斯科的长得挺清秀的妻子领头，此前，她深藏不露，大家都没有注意到她。她的声音很悠扬悦耳，听得人们心里有点痒，像被象鼻虫的爪子抓住一样。“抚慰玛莎和玛丽心灵的主啊，求您降临到怀念简的人们的中间，擦干痛哭的人们的眼泪。”

“主啊，求您听我们的祈求！”

“您在您的朋友拉撒路的坟前哭泣；求您抚慰我们的哀伤！”

“主啊，求您听我们的祈求！”

“您让死者复活；求您让我们的姐妹简得到永生！”

“主啊，求您听我们的祈求！”

“您承诺让忏悔过的小偷进天堂；求您让我们的姐妹简在天堂得到快乐！”

“主啊，求您听我们的祈求！”

亚历山德拉跟着所有人高声祈祷，此时，她感到眼睛发烫，泪水汪汪。简已经走了，她亚历山德拉可能是下一个。她已经可以感受到她的身体渐渐离她远去，她的双脚有些麻木，她的子宫已经空置了很长时间，还有各种信号也都在告诉她，她的末日已经不远：她时不时会感到恶心和眩晕，这表明她的机体已经很衰弱，身体内外之间的隔膜已经很薄，外界的侵害随时可能发生。于是，她的泪水哗啦啦地流下来。

坐在她旁边的苏吉小声问她：“刚才的祈祷里面说要继往开来，那是什么意思？”

苏吉的几任丈夫都不去教堂，蒙蒂·鲁日蒙和列尼·米切尔都是很现代的男人，会衣冠楚楚地去参加世俗的聚会，但不会去教堂做礼拜。相反，亚历山德拉的奥斯瓦尔德·斯波福德一直都很虔诚，曾经在教会理事会任职，以前还用“贿赂”的方法让孩子们去教堂参加主日学校，吉姆·法兰德曾经是吸食佩奥特碱[1]的嬉皮士，后来一直留有某种超自然的幻觉。“说的是天堂的境界，”她回答说。接着，她一边跟着布鲁克赖恩老人响亮的声音朗诵最后一首赞美诗的第一行“天亮了”，然后，她接着解释说：“在天堂，生活要不断进步，会不断变化。天堂不是静止的，那里也会不断发生新鲜事物，跟人间一样。”

追思会结束，在出教堂的途中，苏吉像一个烦人的小孩一样又问：“那么，为什么说‘和平超越人们的理解’？”

“这句话应该很清楚，亲爱的，就是和平的意义十分深刻。你自己想吧，拜托！”她们难道要变成一个妈妈和啰嗦小孩的关系吗？她替简流了不少眼泪，苏吉肯定看到了，她觉得挺尴尬，所以脾气才这么大。

“等会儿有招待会，在教区会堂，”那个更年轻的被训斥的女人说。“你想去吗？”

“不想。你要去吗？”

“要，”苏吉说。

“你还觉得不够吗？”

“不是，”她解释说，“我对教会开始感兴趣，很有意思。如果那个银色人来的话……”

“银色人？”

“简看到的那个，从帕特森医生诊所出来的时候。”

“亲爱的，别胡说。”不过，亚历山德拉没有阻止苏吉跟随那一大群人走，

---

① 用一种产于墨西哥的仙人掌提取的致幻剂。

但他们没有顺着走廊走向前厅，而是穿过一道折叠双开门，到圣坛的一侧，再穿过铺着油毡地毯的大厅，经过唱诗班更衣室和几间牧师办公室，来到教区会堂，那里已经聚集了很多人，有很多刚才没有进入廷克家豪宅的人。廷克太太旁边紧跟着一个穿着整洁的仆人，几年前，亚历山德拉在电话里听到过这个人的声音，感觉像个老滑头，她当时很不开心，他们的后面跟着鲁斯科·斯玛特和他那个骨瘦如柴的妹妹玛丽·格蕾丝。亚历山德拉又一次很兴奋地摸到了老太太温暖的棕色的手，四根手指像四根椒盐卷饼，并行地放在她的手掌上。在另一边，有一张铺着白布的长桌子，桌子上面放着装在盘子里的曲奇、豆瓣菜和涂着辣椒酱的三明治，面包片的硬边已经被切掉了，桌子上还有一只透明的碗，碗里面装着颜色和柠檬果冻一样的潘趣酒。教区会堂多少有些教堂的宗教色彩，屋顶深色的梁纵横交错，看起来像一个三角形的蜘蛛网。

亚历山德拉感到身边的苏吉很紧张。这个比较年轻的寡妇趴在她耳边说："他也在。"

"谁？在哪里？"

"别回头。用余光向左边看，大约在两点钟的位置。"

"我想我看到了。他看起来有些尴尬，没人跟他说话。他是谁？"

"亚历，很明显啊。简说得没错，他就是克里斯·盖布利尔。"

"谁？那个弟弟吗？我记不得他长什么样了。"

"他没跟我们在一起过。"苏吉说。"他从来没有在澡盆里泡过澡，没有跟着达里尔的音乐跳过舞，也没有跟我们一起吃过饭。"年纪更大、刚刚因为简的永远离开而受到沉重打击的亚历山德拉一下子难以回应。

"菲德尔做的菜真辣，"亚历山德拉若有所思地回忆着。"玉米粉蒸肉和玉米饼馅都放辣，他做的沙司酱你看一眼就会流眼泪。"

"他是个懒惰的老光棍，"苏吉接着说。可能门突然打开，吹进来一阵风，所以她说话的气息有些断断续续，从那道门可以看到楼梯，那是一段通向过去的楼梯。“他本质不坏，主要是因为闷坏了，整天只能在隔壁房间看杂志，要么就是看罗伊与马丁喜剧秀。既然他来了，好吧，我得去跟他聊聊。”

“哦，别！”亚历山德拉本能地说。她想，狗睡着了就别去惹它，即使它醒着，也让它躺着吧。重温过去的所有记忆，去挖掘虚幻的感觉是没有好结果的，她们的日子不多了，为什么不好好珍惜这不多的日子，带着“寡妇的小钱”，回到康涅狄格和新墨西哥去安心过日子？

但是，苏吉已经向这个入侵者发出明确的信号，绕过廷克家族几个认识的人，来到他的面前。在她的心目中，那个人还是个大男孩，他比从前更高，也可能是自己萎缩了，她的骨头和肺部一样，都在腐蚀。她抬头看着他，像日光浴者迫切地吸收当天的最后一缕阳光似的。“我是不是认识你？”她问。

“有可能，”他说。他的声音很空洞，更像是因为他觉得自己的魅力超越生活的现状，而不是出于忘我的激情或者告白。这让她想起达里尔·范霍恩，她也觉得，这个教区会堂和教堂建筑风格相呼应，属于同样的性质。

“你是克里斯托弗·盖布利尔？”

“是的，鲁日蒙太太。我现在叫克里斯托弗·格兰特，这是我的艺名。”

“好极了。是跟谁的？加里·格兰特还是尤利西斯·格兰特？”

“都不是。我是觉得，名字太长，姓最好是单音节，总是听人家喊盖布利尔，我都觉得累。”

“我的姓也改了，不用鲁日蒙已经三十年了。我嫁给一个姓米切尔的人，他叫列尼·米切尔。”

“他呢？”

“他死了，克里斯托弗。”

“人总是要死的。对了，对你朋友简的死，我也觉得很惋惜。”

她咽下一口气，然后说：“我不觉得啊，你惋惜吗？我倒是认为是你杀了她的。”

他眨眨眼睛，他的眼睫毛和银色的卷发一样白，除了眼睫毛，他基本纹丝不动。“我怎么会做出这种事情呢？”

“我不知道，但她能感受到。她觉得是有人给她下诅咒。她好多次说她触电了。”

他笑了，但他的笑没有破坏刻意、自以为得意的冷酷表情。“莫名其妙，”他说。他的嘴唇有点凸出，像被蜜蜂叮了之后肿起来，如果长在一个养尊处优的女人身上可能更合适。他的眼珠子是湛蓝色的，但眼窝很深，而且两只眼睛靠得太近，眉毛的颜色银中带黄，有些杂乱，有了一点中年人的特征。他的年纪跟汤姆·戈顿差不多，不，他更年轻一些。他不像汤姆晒过那么多太阳，他的皮肤更白，更像是一直呆在室内的人，一个还有真正精力生活的人。他保持着年轻人牛逼哄哄、跟谁都过不去的脾气。他总是忍不住要出风头，所以他说：“范霍恩先生确实教给我一些关于电的古怪知识。说给警察听他们肯定不会相信是真的。跟你说实话，你的这位老朋友是死于自然原因，你也有一天会死于同样的原因。我也一样。”

苏吉感觉到好像有一根很长的冰柱从他身体里面冒出来，穿进她的身体，让她打了一个大激灵，然后让她铁了心，也着急跟死亡战斗。“我会是下一个吗？”在吊丧的人中间有一个看到了她急切的笑容和兴奋的表情，看到她红色的头抬得那么高，感觉像在跟那个年轻人调情，所以可能觉得很好奇，怎么到这么一把年纪了还这么花心？

克里斯有些犹豫，垂下眼帘，好像有些不好意思。“不是，”他说。“那个胖的才是下一个。在三个人里面，你是对我最好的。你有时会跟我说话，不是急吼吼地进入达里尔的派对模式。你对我姐姐很好，以前曾经带她去尼莫餐馆喝咖啡。”

“真的吗？我就是比亚历山德拉更外向一些。这是我的习惯，我是记者，必须和人家说话。”

“真的，”他斩钉截铁地说。看他说话的样子，他还是个年轻人，不会拐弯，也不会插科打诨，而是从头到尾一根筋，一本正经。看样子他没有和达里尔一起呆很长的时间，所以没有学到他的娱乐精神。“你跟达里尔怎么样?”苏吉问。她习惯性地用记者采访的口吻，但同时也笑了，不仅露出牙齿，还露出了牙龈。“你们离开东镇后去了哪里?”

“纽约。我们还能去哪里呢? 他住在西边，跟哈得孙河隔一个街区。条件不是很好，我想他应该是住在东边的。他在东镇别墅里的艺术品，大多数都不是他的，属于样品的。”

“他平时在干什么?”

克里斯托弗·盖布利尔耸耸肩，老大不情愿地张开像被蜜蜂叮肿的嘴唇。“什么也没干。吸毒。经常出去，他有很多很可怕的朋友。我一开始都呆在公寓里面，不敢出去，就看电视。过了一段时间，看了很多肥皂剧以后，我想到能不能去当演员。我当时刚满十八岁，已经可以接触酒，所以我先去当服务员，去挣演员培训学校的学费。”

“可怜的孩子。达里尔没有帮忙吗?”

“他把我介绍给几个人，但他们都是流氓，买卖毒品和卖淫，大家都不知道艾滋病，我不想跟他们一样。我知道那是很堕落的，达里尔爱别人就是要看着他们进地狱。他对于怎么当演员有很多想法，对负面的东西尤其可以说得头头是道、滔滔不绝，但我还是坚持我自己的计划。那个演员培训学校的课程实践性很强，会教人家怎么摆姿势，例如头要这样抬着。我开始工作以后，他就逼我帮他付房租。我最后还是搬出来了。他就是一个吸血鬼。”

“他现在在哪儿?”

“谁知道呢? 爱在哪儿在哪儿，我们没有联系。”

“这么说，你是一个人在给我们下诅咒?”

克里斯托弗发现他被带到沟里去了。于是，他的嘴唇更不情愿张开。“谁说我在给你们下诅咒?”

“你说的，刚才。”

“好吧，就算是吧。”

“那么就恭喜你了。”

“达里尔教了我一些关于电磁的基本道理，但我主要是自己琢磨的。他有很多想法，但对东西看得不是很透，也不乐意看透。”

“告诉我，”苏吉半开玩笑地说，“我们该怎么解？把解法给我吧。”

“算了吧。即使有解法，我也不会给你。根本没有解法，像人的生命轨迹一样，是单向的。”他向四处看，像一个做错事的小孩面对大人的审问，既内疚又烦躁。苏吉想，对于不成熟的人而言，不泄露自己的情况真是难能可贵。像野蛮人一样，只要被人家拍了照，整个世界的人都会来找你。

“你为什么这么恨我们？”她问。“都这么多年过去了。”

她刚才已经往旁边走了一步，这样就可以让他正对着她，她就可以看到从他湛蓝色的眼睛里射出的光芒，虽然他的眼窝很深，眉毛也略显杂乱，不像从前那么漂亮。他的头发，她记得以前是卷的，很柔软，金黄色的，现在整成了波浪形，也染成了铂金色。“在这个世界上，珍妮是我最亲的人。”他说。他的声音终于有了一些情绪。“从我还是婴儿的时候，她就是我最亲的人。她比我大九岁，我一直觉得她是个完美的人，自从我们的爸爸妈妈开始吵架，她就成了我的妈妈。”他那像被蜜蜂叮过的嘴唇在颤抖。

“她已经死了，克里斯，”苏吉说。“跟你刚才说过的一样，那是自然死亡。你怎么会觉得她的死跟我们有关系呢？”

“我知道跟你们有关系，”他还是斩钉截铁地说。但是，他没有正面迎接她的目光，而是朝别的地方看。“你们有办法改变自然的运行方向。”

他们周围的吊丧客人正开始疏散，纷纷走向出口，出了门就自由了。亚历山德拉向苏吉走过来。她说：“我刚才被那个最讨厌的人缠住了，给简致悼词的那个自以为是的混蛋。他跟我说他和廷克家的历史渊源，他是内特的二代表弟，是老太太的表侄子，他好像觉得我会对这种东西感兴趣。他刚才那样含沙射影地贬损简，现在居然想邀请我出去吃晚饭，所以，我跟他说我们要回罗得岛。我们是不是要回去?”

她刚才没有看到,或者是故意看不见苏吉旁边站着一个长着铂金色头发的男人。苏吉转身想给他们两个介绍一下,然后三个人在一起该说什么都说出来,但是,他不见了,他像是冰雪融化了。

两人开车一路向南回东镇,经过9号公路到了128号公路,又到了95号公路,穿过普罗维登斯,到达1号公路,然后到达纳拉干湾的西海滩。在路上,苏吉跟亚历山德拉复述了她跟克里斯托弗·盖布利尔的对话,只是故意隐瞒他说过“那个胖的才是下一个”,但是,亚历山德拉似乎感受到了,苏吉的复述中有明显的破绽,像水泥路和沥青路结合部不平整一样。

“什么电磁?”她问的倒是这个东西。

“他说达里尔教过他这个东西,我猜想简说她像触电,估计就是这个东西在作怪。但说实话,她的死跟这个没有关系。她是因为腹部主动脉肿瘤破裂死的。”

“诅咒可以利用身体里面既有的弱点,”亚历山德拉说。

“他的确提到诅咒和自然的关系,他说诅咒可以利用自然,可以改变自然的运行方向。”

亚历山德拉跟苏吉说,更像是在跟自己说:“我知道他也在利用我身体里面的弱点。”

苏吉不想知道,但出于礼貌,她还是问:“亲爱的,你有什么弱点?”

“癌。我很担心,但越担心就越可能发生。像一个人在走高空独木桥的时候,他越紧张,就越有可能失足掉下去。身体总是不断在产生细胞,总有一些是坏的,但我们身体里面也有抵御机能,包括抗体和巨噬细胞,会把它们包围起来然后吃掉。等到身体累了,不再抵抗了,癌细胞就大肆扩散。人总是希望不去想,但做不到,这个时候整个系统都被这种坏细胞给占领了。有皮肤癌,乳腺癌,肝癌,脑肿瘤,眼肿瘤,抽烟斗的人下嘴唇也会长肿瘤。

哪里都会生癌。身体就像一台大型计算机，一点出差错，例如一个微晶体管坏了，整台电脑就完蛋了。肿瘤能够创造自己的静脉和动脉，能够占用越来越多的血液！”

苏吉感觉亚历山德拉的独白像一个黑洞，起初是在她座位下面湿了一块，然后这一块越来越大，穿透了整个座位。“亚历，别说了，”她说。“你是在发泄，再说下去就变歇斯底里了。”

“歇斯底里？”另一个女人反问。“听起来你就像一个男人，就因为女人有子宫就鄙视女人。癌症最恐怖的是，像我们怀孕一样，不管你喜不喜欢那个孩子，它都在不断长大。你还记得是什么感觉吗？不停地呕吐，特别想睡觉。随着它逐渐长大，还和我们争夺营养。孩子就是寄生虫，癌细胞也是。”

苏吉静静地听着这个恐怖的类比。“我想，”她说。“你不要回新墨西哥吧，我们应该在一起。毕竟我们都是东部的人。”她想拯救亚历山德拉，即使牺牲自己也在所不惜。

亚历山德拉笑了，然后豪气冲天地说：“我不会让一个同性恋的小屁孩吓跑的。我们已经付了两个月的房租，我也答应让丹佛的几个老朋友八月份住在我家里。他们很喜欢圣达菲的歌剧。”

“他不是小屁孩，”苏吉说。“我也不知道他是不是同性恋，不管是现在还是以前。我就知道他是来对付我们的，他想弄死我们。他亲口跟我说的。”

“让他试试！从远古开始，男人就想弄死我们，但到今天我们还是过得很好。你可以说他是对的，我们不应该对他姐姐做那种事情。珍妮只不过是答应了他的求婚，然后嫁给了他。只要是女人，都会这样做。”她让苏吉专心开车，从95号公路下来，然后继续向南开。“不管怎么样，”她接着说，“我暂时不能离开东镇，我要先跟玛茜处理好一些事情。跟她在一起的时候，我就变成一个高高在上的话痨。她说我不关心她和其他孩子。她说得没错，我很自私。以前，相比从我身上掉下来的有血有肉的孩子们，我更关心我用泥巴做的波波。波波是我的，孩子们却是奥斯和自然强加给我的。从一开始，我就感觉，怀孕和抚养小孩，我是被剥削了。我不想被利用，我不想成为别人的送奶车。”

“你不要太苛责自己了，”苏吉说。她说完闭上嘴，好像有什么好吃的东西在嘴巴里面含着正在化开。“我知道你是称职的妈妈，你很爱你的孩子们。在沙滩上，我看到你那么热情地拥抱满身沙子的孩子们。比简好多了。”

“这是我喜欢简的原因之一，想到她那么糟糕，我自己就舒服一些。她恨自己的那几个小孩，今天来的两个就那副屌样，你就知道她为什么恨了吧。”

“我想他们还是挺让人感动，真的。他们不招人喜欢，但和两个小的相比，他们起码来了，而且经过了所有环节。给妈妈下葬，这是多么奇怪的义务啊。这是社会对我们的期望，虽然我们不知道为什么要做，但抬棺材的和牧师都会盯着我们。我们不能总想着身边的这些事情，所谓的里程碑，婚礼、葬礼、毕业、离婚，我们要经历很多这样的仪式，这些仪式，就像行刑队朝犯人射击的时候给他们蒙上的眼罩一样。”

亚历山德拉想，苏吉也老了。这个比她年轻的女人在开车的时候——她看着她的侧面——在专注盯着前方路况的时候，眼角的皱纹就像一把展开的扇子，一直延伸到耳朵上方的发际线。她的眼睛下方有一圈紫丁香色的永久性浮肿，她笑的时候，可以看到她的牙齿缝很明显，牙龈已经萎缩了。不过，亚历山德拉还是很喜欢她，所以，她摸了一下苏吉纤细的手。苏吉的手放在方向盘上，可以很清楚地看到手背上的雀斑，还有不少老人斑。“你呢？”她问。“你会离开东镇回斯坦福德吗？简的死给我们蒙上了阴影，对不对？对我这样西部的人来说，来东镇就是玩，对你而言可能就没什么区别，你只是再往北一些，一样在海边。”

“不，”苏吉说。太阳即将下山，阳光照在脏兮兮的挡风玻璃上，往车里折射进刺眼的光芒，让苏吉眯上眼睛。“我们都不走。我家里没有什么东西，列尼的外套挂在更衣室里面，我不想捐给救世军。我原来想搬到纽约去，一个单身女人住在乡下很别扭。简肯定也希望我们留下来。要是问她，她肯定会说，去他妈的克里斯，他就是被宠坏的小屁孩。”

说到简的时候，苏吉的声音突然听起来很像简，像是简的灵魂附体了，把两个女人吓了一跳。苏吉的手从方向盘上挪开，反过来摸了摸亚历山德拉的手，这是在互相安慰，虽然两人嘴上很勇敢，其实是很脆弱的。苏吉说：“没想到你会把陶斯的房子租出去，你那么缺钱吗？”

“吉姆留下的刚好够用，但也不是很多。现在东西都比以前贵。连陶土都涨价了。”

很快，苏吉的宝马车下了1号公路，经过柯丁顿交叉路口，接着经过美丽的老镇，那里有很多联邦党人的房子，再接着经过卡昆斯卡索克大道，大道的尽头是实得购超市，实得购超市其实是在一个商业中心里面，商业中心状况很不好，除了实得购超市，还有一些小店，有卖相框的，卖影视碟片的，也有卖健康食品的，那个地方本来是一片种甜玉米、土豆和草莓的地，后来铺了沥青，东西是肯定种不出来了，但那些店也显得太寒酸。大道的左边出现了一神会教堂，教堂八角塔楼的顶上有一个风向标，是一个戴着高帽的人骑着一匹慢跑的马，右边透过稀疏的树林可以看到闪烁着光芒的海水，像一大片发光的胆汁，海边是由一堆附着甲壳动物的方块石头筑成的防洪堤。接着，她们看见了橡树路的后花园，那里有秋千，也有搁浅的小渔船，再往下，大理石马槽就在前方，被一圈小树林围着。亚历山德拉看到这些熟悉的店面以及从上个世纪遗留下来的木板房子，她本来已经相当疲惫的心脏开始快速跳动，她曾经在这里生活过，是完整的生活，跟几个孩子、一个丈夫以及几个情人和朋友在一起，尽管日常的琐事和每个月要支付的账单，让她在那些日子顾不得眼前快乐。这时是傍晚七点，正好是吃晚饭的时候，随着六月和七月漫长白天的逐渐缩短，路两边的房子里已经点起了灯，灯光从窗户透出来，在她的眼里，这些灯光比以前更温馨、更动人。长长的阴影投射在码头街上，一些十几岁的小孩还延续着夏天的惯性，衣服穿得很少，大多是浅色的，三三两两聚集在店门口，在缠绕着圣诞装饰灯的树下，叽叽喳喳地聊着天，有点吵闹，可能想趁天完全黑之前尽情释放。沿着橡树路和瓦恩街，有些年纪比较大的本地人和游客要么一个人，要么成双成对在散步，他们故意、有意识地走得很慢，是在享受维多利亚式草坪和人行道的舒适，这里白天已经是树影婆娑，路灯亮了以后，更是影影绰绰，树枝和树叶的影子像蜘蛛网，还像波浪一样摇曳起伏。

“我们需要什么?”苏吉问。她很幸运地在小超市附近找到一个停车位。

“牛奶，”亚历山德拉回答说。“蔓越莓汁，酸奶。”她们到波士顿郊区给简送葬，这一趟好像去了很长的时间，冰箱里面的东西，会坏的可能都坏掉了。她们其实很怕回公寓，现在就她们两个人。

“要不要买一份比萨饼，我们拿回去在微波炉里热一下。”苏吉没有听到答复，便说，“我进去看看再说。”她溜出宝马车，重重地关上那扇听起来就知道很贵的车门，她喜欢在码头街上显摆。

亚历山德拉让她一个人进小超市，她感觉一个人坐在车里面比较安全，这样就可以和镇中心的喧嚣隔开。商店的灯光，包括荧光灯和霓虹灯，映在从车旁边闪过的年轻人的脸上，让他们感觉很有神秘色彩。东镇的小孩都在炫耀青春和活力，对于坐在车里的老太太毫不关心，男孩子都争相让女孩子尖叫，一路上，他们吵吵闹闹地开着玩笑，考验着自由的限度，同时舔着、挥舞着刚从本杰瑞买来的冰淇淋，本杰瑞是美国第二大冰淇淋公司，这家专卖店原来是一家理发店。亚历山德拉想，这些是无知的少年，他们不知道以后会遇到什么。性、婚姻的束缚、对生活的厌倦和死亡。她希望苏吉别再呆在明亮的小超市里面散发她的魅力，她可以看到她橙色的头发闪闪发光，她的牙齿也在闪闪发光，她希望她赶快回来，开车沿着海滩路回雷诺海景公寓，三十年前，她经常开着南瓜色的斯巴鲁从这条路飞驰去海滩，只是现在多了十栋独栋海景豪宅，当时，她的心跳和引擎的转动很和谐，当时达里尔·范霍恩还住在雷诺别墅，每天晚上都是派对之夜，让她完全释放了被压抑的生活激情。

东镇跟新英格兰的很多小镇一样，总是有一部分是很漂亮的，为了吸引游客，也为了娱乐当地居民，在八月份有许多人造的节日，弥补了这个月缺少假期的遗憾。美国为结束第二次世界大战扔了两颗原子弹，但是美国人没有在日历上让这几天变成红色。相反，在东镇的极力推广下，总有很多人去参观废弃的羊毛厂，这些羊毛厂都改造成了博物馆，里面的机器已经停止运转，倒是陈列了很多装在盒子里的展品和放大的照片，讲述着工业时代的故事。在从前农业社会，这个时候会有庆祝收获的晚餐，也会举办农业博览会，但后来最大南瓜或者最漂亮热狗的竞争者日益减少，参加剪羊毛和拉骡子比赛的人也越来越少。在曾经的清教徒居住区，建于一七二五年之前的房子都敞开让付费参加旅游团的游客参观，本地的一些老处女和干瘪老丑婆会穿着长裙，围着蕾丝镶边的围裙，戴着亚麻帽子，在各自的古董房子里当讲解员。村里的绿地变成了古董、图书和艺术品集市，有人摆摊，也有人想淘便宜货，这么多人把脚下的草都踩平了，原来的绿地变成了棕色的。在东镇，以前有过船艇比赛，有各种档次的船，有双人的渔船，也有用方向盘掌舵、用帆做动力的游艇。在沙滩上，为了安抚孩子们和不能下水的旱鸭子们，还搞了一个小型的旅游嘉年华，这块地是一神教会（原来是公理会）买的，他们在这里建了一些设施。每五年要给教堂涂一层白漆，每二十年要修复朽烂的尖塔、木条和窗台，对于教会来说，经济压力是很大的。

苏吉还是很喜欢喧闹和明亮的环境，虽然亚历山德拉从简的葬礼回来之后就厌倦这样的存在。她走进公寓，里面的电器，虽然不能说让她吓一跳，但也让她从内心深处油然感到不舒服。有一天，她站在码头街邮局前面的电话线杆旁，她一时间记不起来，除了要给西雅图的小孙子寄一张生日贺卡和一些钱之外，她到镇中心来还要干什么，这样的短期失忆越来越频繁，她有时会感到害怕。其实，就在半个小时前发生了一件让她很愤慨的事情，但此时这件事已经彻底从她的脑海中消失了：她感到有一团看不见的火花击中了她，让她身体一侧的肌肉失去知觉，差点摔倒在地。周围有几个人，但没有人注意到这个现象，可能大家都专注于自己的事情，她还是觉得像被人家当众辱骂了一样，很丢人，很恶心。此时此刻，马路上反射着灿烂的阳光，穿着夏日短裤的人们露着胳膊腿，在地上留下了矮胖却高傲的影子，邮局水泥台阶旁边的花坛里鱼尾菊被晒得都垂着头，美国国旗在旗杆上面也耷拉着，这些原本日常的景象都突然变得很恶心，就像人家拿很腻的甜点给她当早餐吃。这种恶心的感觉持续了一整天。最近，她好像受到了很大的打击，胃口在不断减弱，饭放在她面前的时候，她的身体几乎没有反应，她记不得那是做什么用的。她的唾液腺也不行了，嘴里生不出唾液。

那边的嘉年华有一个摩天轮，也叫大转盘，长长的支臂外头挂着像囚笼似的游客舱，游客自愿进去做囚犯，任凭大转盘从这里甩到那里，大转盘的转动会间歇性停下来，让最下面的游客舱上下客，这时，其他的游客舱会不停摇晃，让大家歇斯底里地尖叫。这种感觉压迫着她，让她感到眩晕，也撕咬着她曾经欢迎惊喜和新鲜感觉的内心。她感觉当地人都用怀疑的眼光看着她，人们有可能觉得她是陌生人，也有可能想起她几十年前做过的坏事。

苏吉说："别这样，亲爱的。就是好玩。"

"好玩。但我想我已经玩不起了。"

"别这么说。你看那些孩子，他们多开心啊！"

"我倒觉得他们很讨厌。这么晚了，他们不应该还在这里，他们应该知道。"孩子们的脸都藏在棉花糖的后面，他们都张大嘴巴，想一口就咬掉糖苹果。大人们朝着孩子们大喊大叫，让他们要么去坐要人命的大转盘，要么去玩套圈游戏，完全不顾他们的安全，也不顾他们晚上在床上是不是会做噩梦，他们自己想晚一点睡，就希望有点事情让孩子们做，这种想法真是滑稽。

亚历山德拉以前也有这样的想法，当时她也是住在这个镇上，但那是很多年前的事情了。另一个人，另一个女人，她的肚子比较好，性格也比较开朗，因此对夜生活也有更多的向往。

“看！”苏吉大叫。“克里斯·盖布利尔在那里！”

“快！躲起来！”

“为什么？还有什么好躲的？你自己不是说去他妈的小屁孩吗？”

“我说过吗？是你替简说的。”

那个幽灵上身穿着印有英文字母的T恤，下身穿着白色的休闲裤，他看到了苏吉跟他打招呼，正朝她们走来。在嘉年华灯光的下面，他显得更年轻，他的脸像天使一样光滑，他的嘴唇很丰满，有点向前噘着，他的铂金色卷发只是在后面有些稀疏，两边额角形成两个美人尖，放在女人身上，就是克夫相。他长得很像詹姆斯·迪恩①，比迪恩更高一些，可惜的是，迪恩英年早逝，他笑起来和迪恩也有几分相似。他笑着说：“两位女士，你们还好吧？”虽然相比许多年前，他的腰更粗壮了，脸也粗糙了，他说话的声音还是很轻，听起来有些慵懒，在她们不太清楚的记忆中，他十几岁的时候说话就是这样的。他T恤上印着两行字母，第一行是绿色的，第二行是黑色的，合起来的意思就是“烧玉米，不烧油”。他的身上有些反射作用，很奇怪，亚历山德拉觉得好像他涂着一层不透明的水银。在他的身上，她很难看到他有明确的杀她的动机，然而，因为她们怀疑他想杀她们，所以她们跟他之间形成了一定的暧昧关系，存在跟他调情的条件，可是，苏吉太心急，可能她的占有欲比较旺盛，所以掐断了调情的苗头。

“我们很好，”她回答说。她说着把头发拢到耳朵后面，头朝后仰，这样刚好正面对着他。

“好极了，”他说。她深情的声音让他有点受不了。

---

① 美国影星詹姆斯·迪恩(1931—1955)，24岁因车祸去世。

“你在这里干什么?”苏吉接着问。“你还和那个令人作呕的格雷塔·内夫住在一起吗?”

“算是吧。”

亚历山德拉猜想,他是在说格雷塔不算很“令人作呕”。于是,她用更温柔的声音说:“格兰特先生,你会整个夏天都呆在东镇吗?”

这个不算年轻的年轻人,这个原来很苗条的男孩,已经变成了肌肉松垂的复仇者,他通过带深蓝边的灰白眼珠子看着她。她发现,他的确是可以给她带来重大伤害的,就像熊这种本来不算凶残的动物,也像运转中的机器,或者是“盲目”的自然法则。“我有一点事情要处理,”他很温和地说。“可能需要一段时间。”

“你好像,”她笑着说,“不怎么晒太阳。八月份呆在这里,你准可以晒黑。”她之所以笑,是因为他的目光中带电,直愣愣地盯着她,让她的心不停地颤抖,她希望用笑来摆脱这种恐慌状态。

“我用四十五号防晒霜,”他说。“你也应该用。皮肤癌不是开玩笑的。”

“到我这样的年纪,”亚历山德拉说,“这不算什么,比这更恶心的事多了。”其实,她是很害怕谈到癌症的,但她现在说话的口气不算紧张。

他倒是很当真,用专业的口吻说:“电视里面,他们想要多黑都可以,但如果你真的晒得很黑,周一去上班的时候,导演肯定很不高兴,因为盖不住。如果你需要黑,他们会告诉你,你买一瓶油就行了,尤其是女演员。拍色情电影的时候,在硅谷,大家的感觉是,女演员身上的比基尼印子会让观众幻想,她们要是穿着泳衣出现在沙滩上,就在他们跟前,那是什么感觉,但是,实际上跟他们去沙滩的人,都是一般的女人,就关心饭盒里面带什么,这一下子,再有什么幻想也被消灭了。”

苏吉声音很尖地插进来说:“难道不会让幻想变成现实吗?”亚历山德拉想:她不应该总是想保护我,我可以保护自己,如果我觉得有必要的话。

克里斯托弗有些迷惑。“看这种电视的人想法都很简单,他们不会指望里面的东西转变成现实。”

“你是不是认识很多色情电影的女演员?”苏吉问。

“有几个吧。她们都是好人,跟你们想象的不一样。都是平常人,很多还练瑜伽,这样可以瘦身,还可以提升精神境界,可以帮助她们在拍摄间歇放松心情。大家都说,男人去演色情片很累,我认为不对,他们不累,对女演员也不算什么。那些灯光,那些激情动作,那些在旁边看的助理,通通不算什么。从事这个行业的人,都是不想委屈于无聊生活的人。”

亚历山德拉问:“你演过这种电影吗?”这句话有点调情的味道,她是想因此压制自己的恐惧,因为从嘉年华喧闹的人群和空洞而沙哑的音乐的背后,她似乎可以看到永恒的死神的影子,她要面对无尽的沉重的现实。

他再次看着她,但这次他从天蓝色眼珠子中发出来的光芒比刚才柔和一些,在他的眼中,她好像是已经被他放到篮子里的菜,他已经胸有成竹。“可能有吧,”他说。“当时我刚起步,必须接受,不喜欢女人也得装得很喜欢。正儿八经的工作,不是那种用手持摄像机在汽车旅馆房间里拍的那种,都是在西部完成的,我刚才说,在硅谷。我不想离开纽约,脑残的人才会选择离开。”

亚历山德拉的心里咯噔了一下。苏吉也一样,她明白亚历山德拉在想什么,于是她问:“你不喜欢女人?”

“我是说要装得很喜欢。拍好色情电影,你要么很喜欢女人,要么就恨女人。恨也不是坏事,有恨也能拍出好效果。她们是明星,我就是肉。我既没有很喜欢,也没有恨女人,导演跟我说,这是我的缺点,我不是说拍色情电影,正常拍电影都是这样,所有女人都很自恋,很自以为是,跟我姐姐比差多了。”

“她很可爱,”苏吉马上接着说。

“很聪明,很可爱,”亚历山德拉说。“她不应该得这种病。”

“是的,”他说。大家的意见如此一致,让他有点意外。

“我说，”苏吉说，“克里斯，找个时间到我们那里去喝几杯吧。”这次轮到亚历山德拉感到意外。可是，苏吉紧接着说：“我打赌，你肯定很想看到雷诺别墅改造成什么样，尤其是里面。你可能会很喜欢，也可能很不喜欢。”

“我也不知道，”他说。

“我们一起喝香槟，和达里尔在的时候一样。”

“我不喝酒，”他说。“我喝完酒会头疼，不值得。”

“那么你就来喝茶吧，”苏吉说。她像是在喊，亚历山德拉觉得她有些尴尬，她的声音很细、很尖，很像是老迈的躯壳里面装着一个年轻的姑娘。“亚历山德拉，我们可以做很棒的药草茶，对吧？”

“没错，”她说。她此时依旧感到死神就在面前，喉咙里面好像有东西哽住。

“下星期二吧，”苏吉又接着说。“三个人一起喝茶，四点半吧。你知道我们住在哪里吧？二楼，从对着停车场的入口进来。”

“好吧，但是……”克里斯说。

“没有但是，”苏吉语气坚定地说。“坦白说，在格雷塔·内夫那里很无聊吧？你能吃多少德国泡菜？”

“好吧，”他对苏吉说。他像一个十几岁的孩子一样，很容易屈服。他再次看着亚历山德拉。“你知道，”他对她说，“像这样的设施，”他做了一个手势，把大转盘、充气房子、坐着那么多孩子的旋转木马和摊位上挂的彩灯都包含进去，“从一个镇到另一个镇，不断拆装，干活的不是酒鬼就是瘾君子，所以很多接头不是很紧。你有没有感到触过电？”

“有几次，不是很明显，”亚历山德拉承认。“我不会在意的。”

“没错，”他说。他好不容易张开好像冻僵了的嘴唇，露出一点笑容，然后，重复了那个大包大揽的手势，这让两个女人想到了那个已经消失了的导师：达里尔·范霍恩。“电子，”他说，“电子无处不在。这就是现实。”

“星期二再跟我们好好说说，”苏吉说。“我们在这里不方便。”人群已经开始散去，露出地上被糟蹋过的草，在刺眼的灯光的照耀下，地上的脚印像被踩平的沙拉一样，很杂乱，但清晰可见。克里斯托弗转身离开的时候，她们看到他的T恤的背后也有两行字，一行是绿色的，一行是黑色的，分别写着“选戈尔，不选布什”。显然，这件T恤是旧的。两个女人在棉花糖摊旁边逗留了一会儿，有些事要商量。做棉花糖的机器还在转，但顾客已经走光了。孩子们终于被父母带回家去睡觉了，那个浑身油腻的摊主正收拾摊子，他也准备要离开。亚历山德拉问苏吉：“你想干什么？”

“没什么，我想缠住他，近距离观察他。这是我们唯一的机会。”她用记者特有的语气说话，很果断，甚至有些咄咄逼人，她还噘起嘴巴，有点自鸣得意的样子。

“他要杀我们的。”

“我知道。他也说了。也可能是气话，简可能是巧合。”

“亲爱的，我真的应该告诉你，我觉得你刚才很讨厌，你是在勾引他吧。你到底有什么企图？”

苏吉睁大褐色的眼睛，显得很无辜，她眼珠子里面原有的金点反射着嘉年华的强烈灯光，显得更明亮。她发誓说：“我没有任何企图，都是为你好，亲爱的。”

“鲁日蒙太太。”

这可能是那个声音第二次出现。苏吉正在码头街上散步，她一边走一边思考着美德和自我牺牲的可能性：到底有没有这种东西？还是说全是自利性的伪装，或者说是伪善？她的脑海里出现了黛比·拉康的形象，她身材娇小，精致的洁白身体包在灰色的衣服下面，像一团苍白的火焰被烟雾包裹着似的。

她转过身，主要是因为被打断思绪而有点恼火。她果然看到了汤姆·戈顿，他身材肥胖走样，前两次见到他的时候，他留着跟嬉皮士一样的长头发，胡子乱得像杂草，掉了一颗牙齿，一只手还残疾了，但是，眼前的这个人胡子和头发都剪过了，身板也比上次更挺拔。她感受到了她记忆中那个年轻人的自豪感，当时，他不仅爱她，也爱自己的美，她让他认识到了自己的美。

“汤姆，”她说。她的语气中有点热情，但经过小心翼翼的控制，因此还不至于太热情。“很高兴见到你，你好吗?”

他的脸涨得通红，他肯定有好消息迫不及待地要公布。“你看!”他说着举起那只残疾的手。残余的几根手指在动。“我能动了！有感觉了!”

“哇，太好了!”她说。她吓了一跳。“医生怎么说?”

“她说是奇迹。她让我继续锻炼。”

苏吉听到医生是个“她”感到很不爽，当然，现在很多医生是女的，包括她在斯坦福德的医生也是。在中世纪，男人抢夺了女巫的医术，如今，他们正在把医术还给女人，就像内特·廷克说过，只要有点脑子的人都不再当医生了。她自己的医生，尽管身材比较高，年纪比较大，但她的笑容和黛比·拉康一样平和，这是自我满足的表现，是经常践行美德给她的奖励，给婴儿喂奶也有这样的好处。女人终于接管了这个世界，让男人沦落成为可怜虫，只能沉溺于暴力的幻想，和对从前的统治地位的怀念。

苏吉说:“真为你感到高兴，汤姆。”但是，她早就放弃了和汤姆·戈顿再续幸福的念想，他和码头街上的商店招牌以及海水上闪烁的光芒一样，都是属于过去的美好，这些东西都让她感到很亲切，主要因为她自己还活着，自己基本保持完好，没有受到过伤害。“是从什么时候开始的?”她问。这是她礼貌性的询问，因为汤姆显然希望她关注他的这个变化。

“两个星期前吧。我当时正坐在家里，看电视真人秀节目，琼在厨房里洗洗刷刷，我感到手上有一阵刺疼，我一下子站起来，我已经有二十几年没有感觉了。那天晚上，我感到很痒，痒得睡不着觉，当时我没有想太多。不过真的有变化，天亮以后我再仔细瞧了瞧，试试手指能不能动，结果真的动了一下。我觉得骨头不再错位，正常了。然后，一天比一天好一些，一天比一天好。也有点疼，但我觉得是好事，现在已经能拿叉子了。你看。”他用那只样子挺恶心、有点紫色的残疾手做了一个捏东西的动作。在繁忙的码头街跟人家说这么多，苏吉觉得有些尴尬，但她又觉得周围的行人似乎故意忽视他们。他们可能都听汤姆讲过他的故事。

“我认为，”他对苏吉说，“肯定是你们在帮我，你和那两个人。”他盯着目光游离的苏吉，他因为年纪大，也因为酗酒，所以眼白都变红了。

“我们能怎么帮呢?”她问。她想起了那一天，简还活着，她们三个人赤裸着身体向女神祈祷，事情是亚历山德拉安排的，她在地毯上撒了一圈凯德洗衣粉，作为魔法锥的底，她们各自点燃了一张塔罗牌，塔罗牌烧得很慢，她们把灰烬扔到一个铜盆里面，她挑的一张星币骑士，那是一个头脑简单但极其自负的乡巴佬，她在匆忙之中也来不及祈求女神做别的什么，她刚许了一个愿，简就吐血，然后说了那句:“该死！好痛!”苏吉吞吞吐吐地说:“当然，你这样子，我感到很难过，可是……”

“我知道你们不能说，”汤姆说。“这是见不得人的事情。不过，我在消防站那边听人家说了一些事情，去现场的急救人员说，他们闻到一股很奇怪的味道，地毯刚刚用吸尘器吸过，死者的内衣是穿倒的。我一想就明白了，我当时就叫了起来。你们对我太好了。”

“很高兴能帮到你。你以前那么帅。”

接着，很恐怖的是，他居然向她走近了一步跟她说:“我现在还很帅。你这么帮我，我感激不尽，我前段时间说的关于琼的话，你就忘了吧。她能理解。如果她不理解，我们也不用理睬她，她就是一个冷血婊子。她说我床上的要求都是在逼她背叛她的宗教。”在如此大庭广众之下，他居然说这样的话，不过他压低了声音，从他们身边走过的人应该听不见。

他是在主动向她示爱，而且他的厚颜无耻让她很感动，但是，即使他两只手都好了(她不知道那张塔罗牌能带来多少愈合作用)，他都已经成为历史。她宁愿去找黛比·拉康，她很喜欢她的黑头发。“不，汤姆，别再说这种话了。那是以前的事情,已经过了这么久,很多事情都变了。时代不同了,我也已经是老太婆了。”

“你还是个美女,我打赌,你还是跟以前那样疯狂。”

听他提到以前,她不知道为什么有一种受羞辱的感觉。“我没那么疯狂,在镇中心跟你说这么多话已经够疯狂了,”她说。“再见吧,汤姆。你和你的女医生,好好照顾那只手吧。”

受到拒绝之后,他感觉整个人都收缩了,好像她升上了空中,搭在旗杆上面看着一个可怜的秃顶渔夫站在人行道上,一个个穿着布料很少的便装的行人从他身边走过去。

苏吉和亚历山德拉都在为克里斯·盖布利尔来喝茶做着紧张的准备,她们俩总是在公寓楼前的路上迎面相遇,有一两次还相互撞上了。“你会指责他吗?”亚历山德拉问。她们刚才在小厨房里也差点撞在一起,苏吉端着一盘摆得整整齐齐的柠檬味非凡农庄曲奇,曲奇有各种各样的形状,排列得很有艺术性,亚历山德拉刚好从另一个方向进来,她端着一个日式的小碗,里面装着酱、切碎的贻贝和沙拉酱蟹肉,她在实得购超市里很少人光顾的美食柜台买了海苔味米饼,到时要蘸着吃。

“我已经问过他了,”苏吉回答说。“简的葬礼刚结束的时候。他没有否认。他就是没有说用了什么方法。”当时,克里斯还跟她说“那个胖的才是下一个”,她还是很刻意地隐瞒掉。开车回来的途中,她也隐瞒过一次,从那时开始,她就有很多东西都没有告诉这位女巫姐姐,还住在纽约州中西部手指湖地区一个小城市的时候,她就学会了隐瞒,她手淫的行为和离家出走的决心,都掩盖得很好,她的父母都不知道。随着她隐瞒的事情越来越多,她的父母越来越像傻瓜,她甚至还因此鄙视他们。尽管她从来不觉得,也不允许自己认为自己比亚历山德拉更高明,但是,在这段时间,她对美德和自我牺牲的认识逐步提升,而这个女巫姐姐却越来越贪睡,越来越健忘,有什么事情总得人家提醒。她像是一条大白蛆被蜘蛛叮瘫痪了。她的体内好像寄生着很多蜘蛛幼虫,身体快被掏空了。

“别问他用什么办法,”亚历山德拉说。“知道了真相更受不了。如果我知道他用什么方法,我们说不定会拿来用在自己身上。”

这个想法好奇怪,于是,苏吉问:“你是不是有问题?”

“我很累,”亚历山德拉承认。

“你没睡觉吗?”

“我总是要瞌睡,但晚上睡不着,每天晚上睡几个小时踏实觉,然后就再也睡不着。下面的青蛙真吵,在水塘那边。它们晚上怎么有那么多话要说。是月亮让它们兴奋的吧,最近月亮好亮。小鸟三点钟就开始叫。我有时起床从窗户往外看,就看到月亮,高高地挂在树林的上空,像一只很大很大的银白眼睛盯着我。整个世界都要睡觉,就它在那里不停地闪着光,真愚蠢。我也明白了,我们人真是无足轻重。”

“现在是新月,你记得吗?上次……”

“别提了,”亚历山德拉说。

“我们向女神祈祷的时候,是刚过了满月。”苏吉非说完不可,因为向女神祈祷是亚历山德拉的馊主意。

“不是女神,是婊子,”那个年纪较大的女巫说。“我不知道简祈求了什么,才得到那样的报应。”

“我的祈求也得到了回应,”苏吉说。“上星期我在镇中心碰到汤姆·戈顿,他的残疾手好像在好转。他有感觉了,也能做一些动作。不知道还能好到什么程度,但他一下子像打了鸡血似的,主动提出来说要和我好。”

“真的吗?你怎么没早点跟我说?这是好消息!”

这种事情她必须隐瞒,苏吉想,因为她在这里面注入了个人的精神。这个女巫还有一定的精神力量,或者说是幻觉力量。苏吉不希望让亚历山德拉想起她对年轻男人的兴趣,否则会泄露她的一个潜在意图,她的秘密梦想。在她的幻想中,有一个理想的年轻男人,要么是亚克托安,要么是雅辛托斯,在月光下,他会裸露他的胸膛,露出两个纯属装饰性的可爱奶头。"真的吗?"她故意装糊涂。"汤姆看起来很有希望,我不想去搅和。我很担心奇迹会半途而废,和很多人一样。"可能是被她自己的神秘幻觉给搞晕了,也可能是喝得有点醉了,所以,她走到了能俯瞰停车场的窗前,然后换了一个话题:"我担心,克里斯来的时候,潮水会不会太高,他就过不了堤道。"

"克里斯吗? 亲爱的,银行已经把堤道抬高了。如果过不来,没有人会买公寓的。"

"报纸上经常报道有洪水。全球变暖,你不讨厌吗?"她的脸贴着玻璃,可以看到堤道的远角。铁青色的海水似乎已经淹没了堤道! 没错,不过,她还看到水上有两条扩散开的小波浪,把两边的水草压倒了,这表明有一辆车刚刚从那里开过。

"汤姆说要和你好的时候,你是怎么说的?"

"我说没戏,当然。"苏吉后悔向这个女人透露自己的秘密,她真的不想让这个女人知道她的任何秘密,几个星期前,当她们在一起脱光衣服祈祷的时候,她就觉得有些尴尬。

"你还有做爱的兴趣吗?"亚历山德拉原来坐在沙发上,面前放着精心布置的拼盘点心,看起来像一个罗马人吃宴席一样。这时,她突然立起来说:"我觉得我已经没有了。我和吉姆在一起的时候,就已经很敷衍了,不过,那个可爱的老家伙还是很努力,想让我有享受的感觉。"

"我也没有了。"苏吉是在撒谎。

她们俩听到楼梯下的门铃响了,一下子都站起来。门铃声非常响,非常刺耳,像是来了强盗的报警声,但她们一直不知道怎么调得柔和一些。那家银行,也就是她们的房东,收了她们的钱,但她们打电话给银行,从来没有人来应答,总是有一个录好的声音给她们报一个分机号码,然后就什么声音也没有了。上楼的脚步声很响,很有力量,但是,当门打开的时候,她们看到的是一个跟城里人一样娘娘腔的中年男人，还气喘吁吁，这是她们的另一个意外。

“对不起，对不起，”他喘着大气断断续续地说。

“你没有迟到，”苏吉安慰他说。不过，按亚历山德拉的腕表显示的时间，他已经比约定的晚了。

“堤道上有水，跟以前一样。”他缓过气了，说话更平稳。“我在想到底要不要过来，犹豫了一会儿。那是跟格雷塔借的本田车，我不想让它被水给淹了。”

“她的车肯定老得不行了，”苏吉说。

“所以就更应该小心了，”他说，模仿着风流侠士的音调，仿佛借助舞台指示似的朝亚历山德拉走过去，递给她一罐绅士牌咸腰果。“给女主人的礼物。”

“是女主人们，”苏吉说。

“当然，是给女主人们的。”

亚历山德拉问：“格雷塔知道你要来这里吗？”

“知道。如果我两个小时之内不回去，她说她会打电话报警。这个可爱的姑娘担心我会吃亏。”他年轻时比较犟，接近于粗暴、无礼，这几年来可能因为参加肥皂剧演出的缘故，举止和措辞都得体很多，说话的声音有点像摄影棚里面的味道，有点沉闷，他穿着日常衣服，但看起来是准备过的：装饰着铜钉子的白色牛仔裤，跟漱口水一样蓝色的T恤，上面用花体字母印着“纽约大都会”球队的四个字母，肩膀上系着一件黄色V领羊绒衫，袖子在他喉咙的地方打结。他看了周围一圈，似乎又恢复了年轻时的脾气，大叫：“好神奇！这里是原来大浴室的位置，达里尔的音响就放在这里，浴室的顶是透明的，晚上可以看到星星。”

苏吉说：“你还可以看到以前留下的一些硬件，在简的房间里，他们涂成跟墙壁一样的颜色。”

提到了简，大家的情绪一下子就变了。苏吉不再说话，不过，她的嘴唇还是张着的，像突然有了别的想法，克里斯托弗盯着酒红色的地毯，脸都红了。

“喝茶吧，”亚历山德拉提醒另两个人。此时，在她的眼里，他们就像两个孩子，需要她来管。“克里斯托弗，你要加咖啡因的普通茶还是药草茶？普通茶我们有立顿茶和英国早餐茶，我们还有甘菊茶、花草茶和有机绿茶，都可以加香茅草。”

他说：“我不喝药草茶，谢谢，受不了那个味道。我下午两点以后也不碰有咖啡因的东西，即使吃一口巧克力，我也会整个晚上睡不着。”

“那就不喝茶了？”亚历山德拉问。

“还有什么可以喝的吗？”克里斯托弗问。

“葡萄酒，”苏吉说。她的声音怯生生，感觉不是很肯定。“已经打开了，现在盖着螺旋盖。”

“什么色的？”他问苏吉。

“红色的。基安蒂干红。”

“什么牌子的？”

“加州乐事。”

“哦，这种劣等酒也买？”

“亚历山德拉挑的。”

“两位女士平时不酗酒吧？”

亚历山德拉对苏吉说：“你干吗拼老命讨好这个小子？我们说过要喝茶，我也准备了茶。要是他这么挑剔，让他喝白水就行了。”她完全不顾那个男人就在旁边。

“拿一点威士忌兑白水更好，”克里斯托弗说。他说话的声音比刚才更像电视剧里的腔调。

他最近一次表演是什么时候？亚历山德拉自己嘀咕着。他到底是不是在演戏？不过，在这里，他是个客人。有意思的是，他明确表示过要弄死她们，这反而让他和她们产生了很强的亲切感。

“我去看看有没有，”苏吉很顺从地说。

当她在简的没有窗户的房间里面翻抽屉、开储藏室的门的时候，出于礼貌，亚历山德拉对克里斯托弗说：“我们不再喝酒了，我知道，你看过我们喝酒。”

“是的，”他语气很冲地跟她说，“听到你们一群人越喝越吵闹，最后不断地尖叫，我当时感到好恐怖。你们不断地尖叫，不断地狂笑。你想我怎么睡得着？”

“对不起，在当时那种情况下，我们不会想到你。如今，不行了，对于我们这样的老寡妇，喝酒肯定不行。我们还想多活几年。”

“祝你们好运，”他说。同时，他斜着看了她一眼，样子也跟在舞台上演戏差不多，好像是用长镜头把他拉到她的眼前，看起来更大、更清楚，而背景音乐也比现场更响，甚至有些颤抖，好像在宣告什么。

接着，苏吉像打了胜仗，脸色通红，看起来很可爱，她手里拿着一瓶帝王威士忌。“找到了！简很贼，她自己都快喝完了，从来没请我们喝一口。”

然后，她像连珠炮似的问他：“加冰吗？水呢？加多少？这样够了吗？”紧接着，苏吉就用自己笨拙的双手准备了两杯加冰块的威士忌，亚历山德拉自己还是很顽固地选择喝茶，她给自己倒了一杯香草茶，她没喝过，不知道是什么味道。其实没什么味道，就是水太烫，还不能喝。

“吃点曲奇吧。”她把精心摆设的盘子递到克里斯托弗面前。

“不用了，都是碳水化合物和糖。就我现在这样，还得减掉十磅呢。”

“我觉得，过了一定的年纪，男人的肚子还平坦的话，看起来不舒服，”苏吉说。“在斯坦福德，有很多很注意锻炼的人，他们希望苗条一些，这样穿工作制服好看一些，但是，到了一定年纪，他们看起来就像是保护得很好的木乃伊，不像自然进化的男人。”

苏吉竭力讨好这个男人的样子让亚历山德拉受不了。于是，她对克里斯托弗说："你不是说要跟我们谈电子吗？"

听到这个问题，他马上就像又活过来，他抛弃了演戏的空洞套路，而是手舞足蹈、煞有介事地介绍所谓的"电子"。他说话的样子和达里尔·范霍恩很像，手势很突然，不协调，说话顿挫严重，整个神态就像是他拥有了可以掌握宇宙、可以从造物主手中夺权的理论。"这东西很神奇，"他说。"无处不在，不可或缺。你们猜猜看，就说一安培电流，相当于一秒钟里面有多少电子流过特定的点？就一秒钟。来吧，猜猜看。"

"一百，"亚历山德拉纯属胡说。

"一万，"苏吉说。她倒是比较认真。

"女士们，扶好你们的帽子，别让它掉了：六后面带十八个零！在一立方英寸的铜里面，电子的数量有一又三分之一再带二十四个零。我们来看看氢气，最简单的原子结构，由一个质子和一个电子构成，实现完美平衡，但电子的重量是质子的一千八百三十七分之一。可是你们别小瞧了它，电子的负静电力可以瞬间撕裂一块看得见的铜，如果不是原子里面还有相当能量的质子的话。"他突然用手在空中做了一个撕裂的动作，他的手很胖，肌肉不算发达，但比达里尔·范霍恩更真实，手上的皮肤、皱纹和绒毛都更有人样。"你们看那个，桌子上的那个铜碗，如果不是存在质子和中子，可能在一个纳米秒之内就炸裂了。我们人也一样。我们身上充满电子，都是潜在的炸药。"

他和达里尔·范霍恩的言谈举止极其相似，让苏吉和亚历山德拉相当震撼，所以，她们几乎没有听到他在说什么。他说的那些超大数字有什么意义？每个人本质上就是"一"：一次生命或者一个灵魂。

"质子十分重要，"克里斯托弗接着说，一边用大拇指和中指抹掉嘴角的唾沫。"电子相互排斥，而质子和电子相互吸引，两者之间存在绝对平衡，否则宇宙就不存在。什么都不需要，只要发生一次混乱高能量沸腾，大爆炸就不用发生了，上帝可以把双手垫在屁股下面。我要说的是，如果我们身体里面电子超过质子，或者质子超过电子，电子或质子就必然会流出，我们的身体就带电，如果是电子少于质子，我们就带正电，如果质子少于电子，那么我们就带负电。在空气中，这个过程会产生火花，身体的话，会有触电的感觉。我听说，这种感觉不大好。如果多次出现这种情况，身体就会受到伤害。身体带电，大脑就会有反应，心脏和肌肉也都会有反应。所有物质都由电子和原子核构成，原子核由质子和中子构成，质子和中子由上夸克和下夸克构成。中微子是存在的，但与其他物质的相互作用十分微弱，号称宇宙间的‘隐身人’，μ 介子和 τ 粒子更难发现，而且很不稳定。好吧，就跟你们说这些。电子无处不在，电流和潜在电流同样无处不在。所以，你们要是能听懂的话，控制电流的方向是很容易的。”

他满怀期待地看着她们。“爱也是一样，”苏吉突然说。“爱就是一种在宇宙中无处不在的力量。”

“她太浪漫了，”亚历山德拉对克里斯托弗说。

克里斯托弗皱了皱眉头，因为他的谈话被两个女人给打断了。“爱是另一回事。爱的存在方式和电子不同。爱是和我们的动物本性，也就是我们的性冲动结合在一起的。”

“你爱你的姐姐珍妮吧？”苏吉指出了他的漏洞。

亚历山德拉发现他脸红了，跟刚才她们提到简的时候一样，他低头看着酒红色的地毯。“我确实很依恋她，”他说。“我们的父母太烂了。”

“你爸爸是个好人。很单纯，很热情。”

“苏吉！”亚历山德拉喊。她是在责怪这个年轻一点的寡妇不该炫耀她和克里斯托弗的爸爸的亲密关系，可能是因为这样的亲密关系，才让他爸爸走向死亡。“让他说完吧。关于电子，”亚历山德拉打了个圆场说。

“我不想再往下说了，”她们的客人说。他喝掉他的那杯威士忌。“达里尔……范霍恩先生……”

“我们知道你说的是谁，格兰特先生，”亚历山德拉说。她的语气很硬。

她发现，威士忌改变了那个男人的举止，提升了他的信心，让他露出了男人傲慢和懒惰的本性。她们原来只是请他喝茶，但现在就她一个人在喝茶，她的茶基本没有味道，而且很快就冷了。

克里斯托弗的两根眉毛上下翻动，他的眉毛比十几岁的时候更粗、更黑，当时是金黄色偏银色的，像用铅笔画的一样细。同时，他肥厚的嘴唇皱起来，似乎在向房间里面的另一个男人倾诉，当然这个男人只是幻影，说这里的两个女人有多么差劲。然后，他接着说："所以，在电子无处不在的情况下，在电子数量接近无穷的情况下，电子是很容易利用的。甚至不用电线就能形成电磁场，早在一八六四年，麦斯韦尔就提出这样的理论，他认为位移电流会以与传导电流相同的方式激发磁场，在十九世纪八十年代，赫兹通过振荡器试验，验证了麦斯韦尔的理论，测出了电磁波传播的速度和长度。他发现电磁波传播的速度和光速一样，这表明电磁波是光的一种形式，或者说光是一种电磁现象。你们可能也知道，电磁波的长度可能不只是几毫米，而是几米甚至几千米，例如无线电波，电报、收音机、雷达和电视都是利用这样的电波。"看到两个女人好像就要提出问题或者转移话题，他就用更强的语调接着说："我们的老朋友达里尔·范霍恩对麦斯韦尔的理论十分着迷，尤其是将电视为一种不可压缩的流体，这是一种幻想的流体，完全可能是不存在的。但是，以这种想象为基础进行的方程式计算，结果和电磁场的实际情况完全吻合。现实和想象之间的循环，"他学达里尔用手做了一个抛物线的动作，"让他十分着迷。量子理论也曾经让他充满希望。波粒二象性，不确定性原则，电子或光子两种纠缠态粒子的相互依存和极化，如果你测定了一个粒子的旋转速度，另一个粒子的旋转速度就自然可得，即使它们之间距离几光年，这就造就了超越光速的隐形传送，这些超乎逻辑而又明显存在的事实，对于达里尔而言，就像是造物主创造的织物反面留下的粗糙接缝，是上帝掩盖不掉的缝隙，是可以利用的，就像魔术师利用观众感官和直觉的局限性进行舞台魔术表演一样。魔术可能是假的，但无线电是真的。远距离量子纠缠理论也适用于超颗粒世界。例如，阴极射线示波器可以通过横向和纵向金属折射盘发射电子光束，可以让荧光物质发光，也可以让物质达到饱和，包括人体，在电子数量超过质子的情况下，就会带负电，像电线被剥掉了绝缘外套一样。”

这时，两个女人开始禁不住插话，他早料到了。首先是苏吉大喊：“你说什么？把人的外套脱掉？”

接着亚历山德拉说：“你就是这样对付简的，对吧？现在是不是用同样的办法来对付我们？”

克里斯托弗脸又红了。“没有。”他撒谎了。然后，他对亚历山德拉说：“这里面有些技术困难，要说清楚需要很长时间，你们恐怕没有耐心。范霍恩先生碰到困难就闪了，他总是这样。他有很多想法，但他一个都没有实现。他一直在搬家，一会儿租一间公寓，过一段时间就换，他的很多设备都没有跟着搬走。这是我跟他分开的原因，我需要稳定。当时我经常接到制作人的电话，我刚二十出头，他们都说我镜头感很强，跟他在一起的话，我受不了他每天晚上闹饮狂欢的折腾。他总是请一些闲人来，就是整天在街上游荡的人，他们这种人就是到处蹭饭吃，都是骗子。每次我有意见，他就说这些人有灵魂，这就是他跟这些人混的理由。我才不管他们有没有灵魂呢，我就希望能正常吃饭，每天有比较固定的床可以睡觉。他像是得了多动症，什么地方都想去，越冷僻的地方他越喜欢，像阿尔巴尼亚、乌兹别克斯坦、津巴布韦、斐济、苏丹和伊拉克。他很喜欢这生僻的名字，他很喜欢学习各种语言。还有中国，他很喜欢中国。他说，哇，中国有十二点五亿个灵魂！他们面临着资本主义魔鬼的威胁，却没有上帝来保护他们！”

“我们都去过中国，”苏吉对他说。“很好玩，还是很淳朴，对达里尔而言就是无聊，他肯定受不了。”

“我们认识他的时候，”亚历山德拉说，“他就经常觉得无聊，我们就要想办法逗他玩。后来是内夫夫妇和哈利布雷德夫妇逗他。”

“他不挑人，”克里斯托弗说。他低头看着自己手里的杯子，里面只剩下两块融化一半的冰块。“还有威士忌吗？”

“我把剩下的都给你吧，”苏吉说。她好无私啊！“我改喝葡萄酒。”

“我也要喝葡萄酒，”亚历山德拉说。“药草茶纯粹是骗人的。”

克里斯托弗扬起一边的眉毛，斜着眼睛看她。“你这几天胃口怎么样？”

“不好，”她说。“感觉有点恶心，特别是在早上和傍晚。是你干的吗？”

他先喝了一口威士忌，然后若有所思地舔了一下嘴唇。“是你自己的问题，”他说。“你对我姐姐感到愧疚。”

“我也对我的女儿感到愧疚，”她说。“一直住在东镇的那个。她一直没有离开过，可怜的人，她一直等着我来补偿她以前失去的东西。”

“她需要的是关注吧，”他说。“还有生活的准则。”

“哦，别这样，”苏吉有点生气地说。“我们别这么沉重。我饿了，海苔克力架也吃完了。我得去厨房找一点东西吃，可能只好将就乐之饼干了。”她说完就走出去。

“人们得癌症的原因都在自己身上，”克里斯托弗郑重其事地对亚历山德拉说。

“我知道，”亚历山德拉说。“内疚或者压力都可能引发。”

“这是得到过证明的生理学机制。”他说话的样子像一个大权威。

“你们想想，如果达里尔在这里，他会干什么？”苏吉在厨房里喊。“他会弹钢琴吧！”

“我们没有钢琴，”亚历山德拉说。“我们连唱片机都没有。”她说完就意识到，她用的那个词透露了她的年纪。

“我们有收音机，”苏吉喊。“我们用它听天气预报和新闻的。”她回来的时候满脸笑容，甚至露出了牙齿，手里端着一盘摆得很整齐的曲奇。“收一下 WCTD 吧，”她说。“调频 96.9。晚饭的时候有爵士经典音乐。”

随着派对的节奏发生变化，亚历山德拉发现眼前的情形很有意思，似乎两个女人都很卖力地要讨好巴结一个男人，而这个男人从很多方面来讲都是下等货，况且他还有计划要杀害她们俩，替早已经死去的姐姐报仇。珍妮死去很久了，在卡昆斯卡索克公墓的棺材里面，她肯定只剩下一具空壳，在亚历山德拉的记忆里，她的形象也日渐模糊，她还记得她就是一个挺漂亮、挺乖巧、有些腼腆的女孩。就在一刹那，就像巨型相机的镜头叶片快速打开，也像这里原来的那个天花板飞速向两边收缩，亚历山德拉仿佛看到了她自己死后的景象，那是绝对永恒的黑暗和虚无。接着，这个快门或者天花板再次关闭，闭得像肛门一样紧，此刻，她发现自己还坐在灯光明亮的房间里面。

苏吉终于调到了 WCTD，来自阿舍韦的信号很强，足以充满那台微型的收音机，目前，这台收音机的主要功能是给公寓的两位租客显示时间，她们半夜被尿憋醒了或者因为内疚睡不着翻身起来，大半夜在客厅里走动，就可以看到收音机上很大的红色数字。收音机里出来的音乐有点断断续续，可能是因为静电的作用，低沉的钢琴跨越弹奏，悠扬的黑管，激动人心的短号，节奏鲜明的架子鼓，每一种乐器都传递着那个已经逝去的时代的记忆，时而某种乐器独奏，时而合奏，不断重复一个旋律。是的，是的，是的，所有乐器持续有节奏地喊叫着，直到最后所有乐器齐刷刷地奏出最后一个音符。

“还记得达里尔弹奏的《夜莺在伯克利广场歌唱》吗？”苏吉稍事沉默后问。“他弹得很好。”

这时，收音机里传来一个人说话的声音，声音不像大学生一样青春荡漾，更像一个上了年纪的爵士乐迷，好像是偶尔能客串 DJ 的大学教授或者学校门卫。他介绍了刚才所播放的音乐专辑的名称，以及乐队和独唱歌手，他的声音很低沉，可以说很优美，但已经过时了。

克里斯托弗问：“这种音乐怎么能跳舞？”

“可以跳林迪舞，”苏吉说。“也可以跳吉特巴舞。要不要我跳给你看看？”

“不用，谢谢。”

可是，这时收音机里又说：“听众们，我们变换一下节奏，我们来听格伦·米勒的《在情绪中》，在四十年代，这首抒情甜蜜的曲子曾经连续四周占据排行榜榜首。”于是，在遥远的地方，一张经典唱片又在转动，通过神奇的电磁波，声音从位于东镇的这台棕色的小收音机里面传出来，虽然中间伴随着轻微的爆裂声。克里斯托弗舒舒服服地躺在藤椅上，苏吉就站在他的身边，但他好像不理睬她。

“你看，”她说。她很妖娆地摆动着屁股，重心在两只脚之间切换。“你看着我，先左脚，一、二，然后出右脚，三、四，注意脚趾和脚跟，这样就右脚在前，左脚在后，然后左脚向前一步，到右脚前面。再来。跟着音乐，注意听长号。好情绪，嘀嘀哒，好情绪，哒哒嘀！”苏吉站在那里，摇晃着，打着响指，像是跟一个幻影在跳舞。克里斯托弗为她感到有些尴尬，终于站了起来，像是被看不见的磁力给托起来的，一只手放到她的手上，另一只手搭在她背后，做出狐步舞的姿势。“对，”她说。他开始模仿她转换重心，虽然比较僵硬。“别害怕踩到我脚上，我不会让你踩到的。我稍微用力握你的手，就是给你示意，你就把我推开，然后再把我拉回来。记住，一只脚两拍，然后另一只脚快速跟进。好极了！你学得很快。”

亚历山德拉看到眼前一个举止僵硬的男人被一个年纪比他大但比他更有活力的女人所俘虏，她觉得不可思议，一时竟没什么反应。苏吉很兴奋，在这个天花板做得比较矮的房间里面，她浑身都在冒汗，克里斯托弗跟着她进入一个有很多陷阱的区域，当然他并非完全是被迫的。两个人就在红葡萄酒色地毯上的那个特殊位置，当时，简就在那里向女神祈祷，她居然当场吐血。

音乐停下来。“男女朋友们，”那个客串的老 DJ 继续用低沉的声音说，“《在情绪中》的结尾很棒，曲子的旋律是十二小节布鲁斯，作词作曲是乔·加兰和安迪·拉扎夫，主题也曾经出现在小号手兼乐队领袖温吉·曼努的

《焦油纸爵士舞》里面。有人这样说，米勒的唱片红了以后，给了曼努一笔钱，让他不再用这个主题。摇滚乐手杰瑞·李·刘易斯后来也做过这个主题，但不是大乐队版的。耳朵尖的听众可以在披头士乐队《你需要的是爱》的尾声的背景音中听到一些小片段。”亚历山德拉认定这个 DJ 不是门卫，而是一个教授。“现在，我们再来听一段感伤的音乐，”这个 DJ 继续用低沉的声音说，“年纪稍微大一些的听众，特别是眼睛常湿润的，听了这首曲子肯定会流眼泪。这首曲子来自班尼·伯瑞根的大碟。班尼·伯瑞根曾经是米勒的乐队成员，也曾经和保罗·怀特曼、道尔西兄弟乐队以及班尼·古德曼合作过，他自己也曾经组建过一支乐队，但维持的时间不长。他出生在威斯康星州希尔伯特市，三十三岁在纽约去世，死于肝硬化，给我们留下了美妙的嗓音和动人的小号演奏，他的代表作是《我不能开始》，作曲是伟大的瓦农·杜克，作词是艾拉·格什温，录于一九三七年。大家请欣赏。”

歌曲节奏很缓慢，只能跳慢舞。“够了，”苏吉说。她本来想带克里斯托弗跳双人舞步，但还是放弃了。于是，两人分开，两人的脸上都红着，身上都湿了。克里斯托弗的 T 恤上，胸部湿透了，背后两个肩胛的位置都可以看到汗水，衣服贴在肩膀上。

苏吉稍微有点喘。基于两人刚刚建立起来的亲密关系，她对他说：“你觉得纽约怎么样？你建议我住在那里吗？”

“不，”他说。“现在房租太离谱了。”

“我丈夫给我留下不少遗产。大城市里总是贵的。”

“现在比以前更糟糕。很多有钱的阿拉伯人都在买公寓，以防他们自己的国家崩溃。大家都把美国当成避风港。”

亚历山德拉打破他们两人的私密对话，她对克里斯托弗说：“格雷塔·内夫说给你两个小时，你现在回去来得及，堤道已经干了。”

“哦，亚历，”苏吉用嗔怪的口气说。“克里斯托弗在跟我们介绍情况呢！他慢慢喜欢我们了，你没看见吗？”她从那个大玻璃瓶里给他喝光的威士忌杯子里倒了一些红葡萄酒，顺手关掉还在吱吱响的收音机。他最终离开的时候，收音机上的红色数字显示为八点四十七分。道谢和道别的时候，他的声音是深沉的，很有绅士风度，但他淡蓝色的眼睛还是闪烁着一个郁闷茫然的青年的微弱光芒。

“我不觉得他跟我们说清楚了什么，”听到他的车嘎吱嘎吱地开下去很远之后，亚历山德拉跟苏吉说。“你和他都很开心，但今天晚上的派对，对我们没什么帮助。我觉得，中间有一阵子他想让我死，但你还在教他吉特巴舞，还把简留下的威士忌都倒给他。”

“他需要啊，他跟那帮同性恋演员在一起，压抑太久了。他们都渴望发财，都渴望出名，但同时又都住在没有热水的公寓里面，每天勉强糊口。可怜的家伙！”

“就是这个可怜的家伙，在我们的身上灌了不知道多少电子。”

“这可能只是他的想法，我怀疑他就懂这么多，甚至根本就不懂，只是在转述达里尔的话。”

“真的吗？我觉得你越来越看不懂了。你居然对这个小魔鬼那么痴迷。”

“他不算小。”

“我觉得他小。在我心目中，他还是那个被达里尔兄弟绑架的小伙子。如今，他回来了，铁了心要杀我们，像科伦拜校园事件[①]一样，那些中学生肯定觉得杀人好玩。”

“杀我们？也包括我？”

“为什么不包括呢？当时你也在，我们三个都在，你也恨死了珍妮。”

苏吉想了想，然后张开肥嘟嘟又很可爱的双唇说：“都过去那么久了，很

---

① 1999年4月20日，美国科罗拉多州杰斐逊县科伦拜中学发生校园枪击事件，两名学生枪杀15人后自杀身亡。是为美国历史上最血腥的校园枪击案之一。

难相信我们会干那种事情。”

“那些爱鸡奸的牧师也这么想，尤其是教会被告到破产的时候。但是，最终他们还是要面对法官，面对刑罚。苏吉，我坦白跟你说，我内心真的很害怕。”

“别害怕，亲爱的。我们还有魔力，对吗？”

亚历山德拉低头看着自己的双手，它们就像两条肥胖的蜥蜴，背部很粗糙，被太阳晒出来很多斑点，那是因为她喜欢到沙滩上晒太阳，喜欢顶着太阳在院子里干活，喜欢大白天在沙漠里骑车，也喜欢大白天在开阔的农场里遛狗。她的指甲干裂了，她的关节有些变形，所以几根手指的方向都有所不同。这是陌生人的手，一个她很不喜欢的陌生人的手。“你可能还有，”她对苏吉说。“我想我已经用完了。一想到魔咒，我就恶心。”

“妈妈，你瘦了！是怎么了？”

“我瘦一些是不是更好看？”亚历山德拉马上又意识到，她不应该说这样的话。她看到她女儿的脸上闪过一丝惊愕，她就意识到自己的样子有多难看。她还发现，她们母女俩长得真像，身材都很庞大，脸太大，所以不漂亮。玛茜在鼻尖上也有一条小沟，只是没那么明显。这个孩子继承了她爸爸的忧郁，奥斯瓦尔德·斯波福德一直盼望得到别人的认可，让人们觉得他是一只无害的绵羊。她一直在跟他说，大多数人不值得他那样，他们不接受也无所谓，他们不睬你，你就先不睬他们好了，别做绵羊，跟狼在一起，你就要做一条狼。

她看了一眼镜子。她本来可以骗骗自己，例如转过头去，这样就看不见皱纹，低下头，就看不见下巴日益明显的皮袋子。但是，她这个大女儿的表情暴露了一切。

八月历来闷热潮湿，果树上的果实虽然还没有成熟，但越来越大，而各种虫子却都成熟了，它们把树叶都咬成了蕾丝。就在八月即将结束之前，亚历山德拉兑现了她给玛茜的承诺，就是当外孙罗杰和小霍华德从夏令营回来之后，来跟他们一家一起吃顿晚饭。当时，玛茜还让她把两个朋友都带来，但等到孩子们回家，简已经去世了两个星期，而且，最近一段时间，苏吉神神秘秘，总说在镇上有事情，几乎没有空闲的时间，甚至都不知道什么时候能和亚历山德拉一起在公寓里吃顿饭，也不知道她的宝马车什么时候能借给亚历山德拉。亚历山德拉平时会在下午太阳快下山阳光不会伤害到皮肤的时候去海滩散步，会去死气沉沉的东镇图书馆找陶斯那边的读者最喜欢的西部作家的书，例如科马克·麦卡锡和芭芭拉·金索沃尔，会去实得购超市买肉和新鲜蔬菜，特别是她偶尔说服苏吉留在公寓里面和她一起吃晚饭的时候，她得做得比较丰盛一些。面对亚历山德拉，苏吉表现得像是比较有钱的人，大大咧咧，风风火火，她的私人安排都无比重要。三个女人刚来这里度暑假的时候，她们说好一定要走遍这个美国最小的州，要跟踪纳拉干湾周围一圈的所有音乐会和其他各种演出，去新港参观久负盛名的豪华农庄，从加利利搭渡船去布洛克岛，去参观吉尔伯特·斯图尔特[①]的出生地并在沿途路边吃午饭，她们还在东镇施巫术的时候，就听说这个地方叫斯密斯堡，虽然不是很豪华，但风景十分优美，也是种植园时期留下的遗产。但是，简生病去世之后，两个还活着的寡妇根本不可能实现这样的休闲旅行计划。亚历山德拉感觉自己又变得跟东镇当地人一样，一个明显的感觉就是被套牢了，不是因为事情太多，而是无事可做，但是，日子却似乎过得越来越快，突然间发现，看着虫子啃夏天的树叶的日子已经所剩无几。又一次，她跟苏吉抱怨，说她怎么总躲着她，可是，这个红头发的寡妇马上反过来责怪亚历山德拉说："你难道不明白吗？你这笨蛋，我是在救你！"她自己的脸，在比较忘我的时候，似乎会突然萎缩，像一张纸在一团看不见的火上烤，突然卷起

---

① 吉尔伯特·斯图尔特(1755—1828)，美国肖像画家，曾为六届美国总统画过像。他创作的乔治·华盛顿像，在一美元纸币上使用了一百多年。

来,接着收缩掉。

亚历山德拉觉得自己的生命已经无关紧要,什么时候死都没关系,所以她并没有追着让对方解释她在怎么救她,而是默默地转身离开,像一个求爱被拒的人。

今天晚上,苏吉又突然有事情,她的手机接到一个电话,然后又拨出去一个,都没有解释是什么电话,反正苏吉要用她的宝马车,所以她把亚历山德拉放在卡昆斯卡索克大道利特菲尔德家附近,不容分说地要她替她向这家人道歉,到时让这家人送她回公寓。亚历山德拉很尴尬地给她女儿打电话,说苏吉本来跟她一起来的,但在最后一刻,也就是在半路上,突然又有重要事情,无法接受他们一家人的盛情邀约。玛茜很坚定地说:"好吧,这样更好! 我们就一家人团聚。"

两个男孩挣扎着从样子有点旧还粘着各种食物的扶手椅上站起来,软绵绵地和他们的外婆拥抱,她想在他们的脸上亲一下,但罗杰好像很厌恶地转开,更小、更阳光的小霍华德则静静地让她像啄木鸟一样在他脸颊上啄了一下。罗杰明显已经发育了,跟他爸爸一样瘦高而结实,上嘴唇似乎有一块阴影,跟他留得太长而从前额上垂下来甚至遮住耳朵的棕色头发相呼应。"你几岁了?"亚历山德拉问他。

他用惊讶的眼神看着她。"十三。"

玛茜插进来说:"他刚刚过了生日。"

亚历山德拉感到一阵冷,她又欠了一个人情债。"哦,亲爱的,恐怕我错过了吧?"

"是的,"罗杰很平静地说。他的眼睛是深棕色的,现在可以和她平等对视了。

玛茜用更温柔、更宽容的声音说:"就前天,妈妈。"

"我都不知道自己怎么了,八月份有这样重要的日子,我居然给忘记了。"

“没关系，外婆，”罗杰很豪爽地说。他可能见惯了大人犯错误的窘迫状。

“那么，你就告诉我，”亚历山德拉用恳求的语气说，“大胆说，你希望我给你什么礼物?”这是她履行亲情责任的最后机会。看到那个孩子的脸没有亮起来，她就接着说：“可能你更喜欢礼金，一点意思，对吧?”

她对于一美元或者十美元能买到什么的概念，还停留在六十年代，但是，消费水平已经显著提高，现在人们说到有钱人，都说亿万富翁，百万富翁已经不算富翁了。“你再考虑考虑吧。”她的口气有些生硬，说完她就转向那个更小的外孙。霍华德比他哥哥长得更漂亮、更匀称，今年九岁，他的圆脸，以及缝隙明显的牙齿，都表明他很热情，比较有追求。亚历山德拉努力回想从前自己曾经全心全意追求过什么。她六岁的时候想要索尼娅·海妮①一样的白色滑冰鞋，十二岁的时候，她想要穿耳洞，想戴从丹佛纺织品公司珠宝柜台买的莱茵石耳坠，十七岁的时候，她想要一件青铜色塔夫绸吊带裙，她要穿这件裙子去参加高三年级舞会，还希望她爸爸(她妈妈当时已经去世了)同意她和男朋友一起呆到凌晨两点才回家，她的男朋友是学校橄榄球队的替补四分卫。几十年后，她的愿望是“摆脱”，尤其是摆脱与奥斯的婚姻，奥斯人很好，所以她死活要跟他离婚的原因始终是一个谜，事实上，她并非对某个男人反感，她希望摆脱的是婚姻对女人生活的束缚。

“夏令营怎么样?”她问那个小的男孩。

结果是那个大的男孩回答她：“还好吧。”他拉长着声音，表明他并没有觉得很好。他的脸上掠过一丝黑影，像不高兴，像有想不明白的东西，也像头发太长投下的阴影。

“好玩极了，”小霍华德大声说。他牙齿的缝隙像是他阳光灿烂的脸上的黑斑。“跟我一个帐篷的一个男孩从秋千上掉下来，摔断了一条胳膊!”

---

① 索尼娅·海妮(1912—1969)，挪威籍花样滑冰运动员和电影明星。

“跟外婆说说，你在夏令营里学到了什么？”玛茜提示他说。

“划独木舟的时候怎么划桨，”小霍华德很响亮地说。

“编花边，”他哥哥说。“特别傻。那个辅导员是白痴。大孩子就想在树林里面谈情说爱。”

“你就是一个大小孩，”亚历山德拉说。她转瞬一想，这个提醒并不是很合适，不像是外婆给外孙的建议。无所谓，反正她的女儿一点也没有幽默感，搞笑就是她的责任。

不过，玛茜今天的心情不算很不好，同时，她丈夫刚好下班回到家，让这个房子里的气氛更活跃了许多。这个房子有些别扭，有些地方新，有些地方旧，白色的地毯粘了很多泥土，电视机是高清的，但尺寸太大。总之，这里面有很浓的男人气息。霍华德还是那么瘦长，关节还是那么松，和吉姆·法兰德很像。他对自己的双手很有信心。亚历山德拉和她的女儿对伴侣的品位很像，毕竟是母女俩。他穿着干净的灰色工作服，一回来就成为家庭的重心。小霍华德抱住他爸爸的大腿，他摸摸儿子金黄色的头发，举起一只手，让他的儿子跟他击掌。他亲了玛茜一口，亚历山德拉觉得这一口比玛茜期望的更亲热，所以玛茜吓了一跳。他甚至和丈母娘开起玩笑，跟她贴了脸颊，还摸了一把她的腰。“你气色好极了，孩子外婆。”他虽然这样说，但他其实都没有正眼看过她。

“别跟我撒谎，”亚历山德拉说。“我刚进门，你老婆就差点吓坏了。我老了，霍华德。”时间就是偏向男人，她觉得，当时，他不管跟她还是跟她女儿结婚都没问题。

“还有触电的感觉吗？”

“还有，但也可能是我的幻觉。这不算是最糟糕的事情。”

“哦，最糟糕的呢？”

他里里外外兜了一圈，看了一眼硕大的等离子电视机上的新闻，蹲下来摸了一把摇着尾巴的金毛猎犬，这条狗最近太胖了，摇尾巴的时候还把尾巴重重地甩在椅子脚上。然后，他又问："最糟糕的是什么？"他的嘴巴很宽，很灵活，和一般的男人不一样，鼻子很大，但好像长歪了，像是画画的时候没算好比例。他微笑着等待回答，露出参差不齐的牙齿，好像在鼓励她也敞开她自己不完美的部分。

"不大好说，"她对他说，也对家里的其他人说。"有一种不大好的感觉，"她进一步说，"感觉身体的细胞对我已经失去了耐心，它们已经懒得支撑我的灵魂。"

"妈妈！"玛茜喊。她好像真的被吓到了。"你感到哪里痛吗？有没有去看医生？"

"几个星期以前，简去看过帕特森医生，我想她是因为这样才死的。我跟你说有人触电的时候，触电的人是她，现在轮到我了。"

玛茜问："鲁日蒙太太呢？她现在姓什么？她的身体怎么样？"她好像比以前更敏感。

"米切尔。她很好。她还没有到我这个年纪，她比我小，小六岁。她也比我积极。你知道，我一直很害怕……"她不敢说出那种病的名字，"……自然。身体里面只要出现一点差错，就要你的命。别管我，我已经这么老了，生死已经置之度外，要是看不破，那就对不起这把年纪了。不过，我们还是别在孩子们面前说这种事情，对吧，孩子们？"

罗杰笑了，他的笑容跟他爸爸一个模样，就是嘴角往下拉一下子，但人家看了这样的笑容不会很开心。"跟歌里唱的一样，外婆，"他说。"生活无趣，死就死吧。科特·柯本①不怕死，他反而想死，没什么大不了，现在这种事情很多，你看在伊拉克开轰炸机的飞行员，有那么多人自杀了。"他就像电视屏幕上的那个播音员在读新闻。

"别胡说，"玛茜呵斥罗杰。

---

① 美国摇滚乐歌手，27 岁时自杀。

“说得没错，”亚历山德拉说。“我有时候也在想，现在这个世界的人口是不是太多了，我不知道到底有几十亿，我还是小姑娘的时候，当时有二十亿，人太多了，而年轻人比较敏感，也不像我们这些人那么自私，所以他们有可能通过这种方式为世界做一点贡献。你们看，有在校园枪击中死的，有为伊斯兰殉教死的，有过量吸毒死的，还有很多因为撞车死的，每天报纸上都有这样或那样的报道。我看到过报道说十几岁的年轻人开车以每小时 90 英里的速度撞树，然后他们的朋友和邻居都对着电视镜头说，这些男女青年都是那么漂亮，那么完美，至少是正常的人。”

“妈妈，别说了。别鼓励他。你自己也别开这种玩笑吧。”

“谁开玩笑？原谅我吧，亲爱的。我知道你的感受，我也不想看着我的父母去死。不管跟我有没有关系，父母去世后，我觉得生活的意义少了很多，起码没有人再看着我了。”

小霍华德一直睁着蓝色的眼睛听他们说话，这时他突然说：“我们都很喜欢你，外婆。”

“谢谢你，霍华德，我也喜欢你们。”

老霍华德用成熟、诚恳、平等的声音说：“除了帕特森医生，镇上还有别的医生，亚历山德拉。他一直还挂着牌，是为了给在普罗维登斯的儿子输送病人。有一个年轻医生，原来在纽约纪念斯隆－凯特琳癌症中心工作，他在码头街开了一家诊所，就跟我隔两扇门，邮政局过去一点。他很年轻，很聪明，最新、最先进的技术他都用过。但他跟我说，他不想一辈子在大苹果城①挣扎，不想成天面对三倍的税负和巨额的房租。他更喜欢小镇的生活，有绿色的空间，也不用担心他们家的门半夜被人家锁上。他家庭不大，很温馨，有两个女儿，超级可爱。他想让她们在公立学校读到九年级，等到青春期再另外考虑。你应该去那里看一下。我可以跟他说一声，在劳动节前约一个

① 即纽约市。

时间。”

玛茜插进来说:“霍伊,我觉得妈妈不应该在东镇呆太久。她和她的两个朋友以为回来会更年轻,可是实际情况跟设想的不一样。妈妈,我这样说对吗? 你是不是感到很失望? 你们想再弄魔法,可是没有弄成,对吧? 我是不是想太多了?”

她怎么还不处理掉鼻子旁边的那块赘肉? 亚历山德拉想。赘肉是会变成肿瘤的。在一个月前,她可能会驳斥女儿的弱智分析,但今天,她感觉很累,所以只是很平淡地说:“没有,不会。我也不知道对不对,不知道我们到底为什么回来。可能是要面对以前所做的事情吧。做一些弥补,这样我们就可以……”

“安心去死。”这是小霍华德说的,他还笑得很开心,露出了牙齿。他肯定是老师的开心果。

“霍华德!”玛茜很生气。她叫儿子霍华德,却叫她老公霍伊。

天真的孩子说出了大人不敢说的话,亚历山德拉发现她的眼前站着她安心去死的理由:她的基因会不断传下去。家庭就是一个纠缠不清的地方,为了相互忍让,相互宽容,大家都要费很大的力气,同时,这又像一个俱乐部,你一出生,就自然成为这个俱乐部的会员。接着,大家朝餐厅走去,准备围着餐桌,享受这个比较笨也比较低调的玛茜做好的饭菜,就在这时,亚历山德拉发现了家庭亲情的层次感和延续性,连不在场的、死去的和还没有出生的,都包含在这里面。他们各自找到了座位,丈夫霍华德和妈妈玛茜坐在餐桌的两头,面对面,外婆坐在一边,两个外孙坐在另一边,这样看来,外婆像是多出来的一个小孩,甚至也有可能做出孩子的淘气动作。她旁边为苏吉准备的椅子还是放着,但是桌上的餐具撤掉了。

餐桌是沉重的桃花心木桌子,她看得有点眼熟。是亚历山德拉从丹佛搬来的吗? 如果是的话,那就是她继承父母的遗产,然后,她离开东镇去西部的时候留给玛茜的,亚历山德拉记不大清楚。桌子铺着绣花桌布,放在上面的饭菜是健康、低热量的：鸡肉蝴蝶结意面，放一点酸奶油酱，西兰花配葡萄干和胡萝卜丁，以及用他们自家院子里种的番茄做的沙拉。此时此刻，她想到了自己的另外三个孩子，琳达住在亚特兰大，身材苗条，越来越像南方美女，本住在蒙特克莱，是这个牛逼哄哄的共和党人，埃里克住在西雅图，是个老嬉皮士，从事音乐和电子交叉行业，管着一家叫做“好音乐，好心情”的商店。埃里克是她最喜欢的孩子，后来相应地越来越像她，他在西雅图的艺术家圈子混得还可以，可是，当她放肆地利用巫术的时候，他也用毒品来麻痹自己的神经。不管她怎么想，不管她有没有意识，自然都在发挥着自己的作用，她自己行将归于尘土，她的孩子们，以及她孩子们的孩子们，跟着全球几十亿人一样，从小变大，从幼稚变成熟，而他们的存在是她的延续，她要谢谢他们延续着她的基因。家庭是很傻的，但还是不如个人傻，不如个人自私。不过，就在她享受天伦之乐的时候，她没有忘记那个朋友，那个一起做坏事和背叛社会的同志，今天她本应坐在她的身边。

* * *

“喜欢吗？

“喜欢，”他说。他的声音有些孩子气，也有些紧张。

“你分得清女人和男人吗？”

“不怎么分得清。”

“我让你不舒服吗？”

他没说话。她不知道他是在思考如何回答她，还是走神了。她希望不是后一种，尽管这种事情对于女人很正常，当另一个人很来劲的时候，她却总是走神。如果你心里惦记的东西很有意思，你的身体和感觉就会失去敏感性。此时，她不存在这样的问题，她的注意力全在这个昏暗的汽车旅馆里面，她眼前只有一个智力、心理加身体的问题。旅馆房间的光线主要来自外面空中的月亮，月亮又渐渐变圆了，这是他们打开房门之前在外面呼吸着咸味空气看到的。隔着一家已经停业的比萨小店，他们看到椭圆的月亮挂在静静的海湾的上空，在海面上投下一道洁白的光，像连接月亮和海湾的一根白色大柱子，柱子底正好落在东滩一个比较狭窄、有不少鹅卵石的地方，距离从雷诺别墅可以看到的公共区域大约两英里。在约会初期，她还没有对他那么渴望，她曾经跪在床上，扒开跟粗麻布一样粗糙的窗帘，朝外面探望，她可以看到年轻人的影子投在月光下浪尖留在浅滩上的一道道印子上，她放下窗帘以后，也可以听到年轻人无忧无虑的声音。窗帘的布料实在粗糙，如果开着窗，外面的风可以透进来，可是，他们后来与外面彻底隔绝，像是呆在地下室里面一样。她一开始是亲吻，接着用力吸他两只纯粹装饰用的奶头，他的奶头很漂亮，围着一圈浓密的毛。那种感觉很奇怪，所以他笑了起来，但她没有觉得奇怪。

“没有，”他想了一下，然后说。“很舒服。你的香水味跟我妈妈差不多。”她的头靠在他的腰下面，香水的气味从他的胸口飘进鼻孔里去。“也可能是你的洗发水味。她不怎么用香水，我有记忆的时候她就不用了。香水不是自然的，她觉得用香水会破坏环境。”

“别想着你妈妈。你走神了。”

“你发现了？”

“哦，是的，感觉很明显。”

“你让我射吗？”

“射吧。但我不想浪费。你现在射，等会儿还能再来一次吗？”

“等会儿是多久？我们可以在一起呆多久？”

“我们总是要回去的。”

“她……”

“别管她。她爱我，但不是这种爱。我也爱她。”

“你们有没有……”

“碰过？有。可能偶尔会干一次吧。”

“你不记得？”

“我们很兴奋，在澡盆里面玩玩就睡着了。我们像融为一体。”

“我应该来跟你们一起玩。”

“你年轻，你来了就完全不一样了。”

两个人都意识到走神了，于是全神贯注了一会儿。“你能不能……”

“什么？说！”

“再下去一点。”

“天啊！我要噎住了。”

“再下去一点，到那个雀斑。”

“哪个雀斑？”

“你可能是近视。就是这个。”他用手指指给她看。他的手指像鱼的鼻孔在拱一根珊瑚。

“你怎么那里也有雀斑？”

“晒太阳晒的。在长岛。”

“那帮家伙帮你撸到那里不会噎住吗？”

他没有做声，她侵犯到了他的隐私，他不高兴。她以为他要射，可是他并没有射。她用舌头搅着，享受着跟沙滩上的那些少年竞争的乐趣，虽然这种乐趣有些变态。

通过透射进来的一线月光，他读懂了她的心思。“你的情人也是一帮家伙吗？没那么多。你嫉妒心太强了吧。说真的，你要小心，现在艾滋病传播那么厉害。我检查过，是阴性，我要告诉你。我很小心，大家都说我胆小鬼。我是学达里尔的，他在这个方面相当相当小心。”

“我知道。跟我们在一起的时候就很小心。他不喜欢乱来。”

“你喜欢吗？”

“我不怕。就像在做梦。你可以做另一个自我，但你还是你。好了，你来了。让我尝一尝你的喷泉水。”她浑身收紧，包括膝盖和两条腿，跪在潮乎乎的床上，做好了准备动作。

“没有，”他又说。他的声音比刚才低，像舞台上的声音，同时抚摸着她的头发。她的头发很乱、很浓密，平时染成橙色，分开了以后露出了各种杂色。“你让我射，”他说，“我不知道该怎么让你高潮。”

“不懂女人，是吗？”

“以前也不是没跟女人在一起，但是……”

“我懂。我们也感觉挺恶心。”

“不是恶心。就是感觉有点怪，适应了就好了。”

“你要适应吗？你是说你要干我吗？”

他犹豫了一下。然后，他像发表宣言一样说：“我想跟你在一起。你既然决定要跟我在一起。我也不知道你是为了什么。”

“为什么？我喜欢年轻的男人。”

“我不年轻。”

“比我年轻。”

“这倒没错，可是……”

“我喜欢你的胖肚子，丝光柔滑，还会抖，跟小狗一样。我不希望你再干格雷塔·内夫。”

“别，这种话听起来好怪。她是同性恋。”

“怪吗？从某个角度看，什么东西都有点怪。我们有很多事情可以做，我们管好自己的事就好了。你想干我的屁眼吗？来吧，把我当成男的。”

“不可能。事实上，我通常是捕手，接人家的球。”

“哦。”她要好好想想。“我明白了。我没有那个球，真可怜。但我可以买一个，那种东西叫什么？假阴茎吧？到时你帮我绑好。”

“别胡说。我们不能舒舒服服地抱着躺一会儿吗？女人不喜欢相互抱着睡觉吗？”

“女人什么都喜欢，只要人家不要不理睬她就好。”她抬起头，隔着他隆起的肚子，看着他的脸。“你想要什么，我都做得到。不过，我要是有鸡巴，可能会更开心，终于跟男人一样了。但我想，如果你转换角色，习惯另一种角色，变成投球手，主动干我，那样对你的健康可能更有益。”

“你也许是对的。”他的嘴巴感到很干，在这“地下室”里，他们已经呆了很久，天都快亮了。

“你不能把我当作一个男的吗？我想我带了凡士林。”

这句话让他的喉咙感觉更干。有点冷血。“你要知道，”他警告说，“即使涂了凡士林，也会很疼。”

“我知道。我跟几个男的干过，但我不知道你有多大。”

“抱歉，这个你管不了。”

“别这样说，克里斯。现在是你在干我，你要说，来了，宝贝，全接了吧，骚逼。我要直捣你的子宫，你这婊子。不对，这是对阴道说的，我暂时不要给你这个压力。”

“你的嘴巴已经让我很开心了，你的嘴巴真舒服。还有你的手，爽极了。”

她笑了，笑得有点邪恶，舌头拼命舔着他的龟头，同时翻着眼睛看着他的脸。趁着从窗帘投射进来的月光，他可以看到她两只半月形的眼球。“爽吧？”她说。

“告诉我，”他说，“有哪些家伙干你的屁眼？”这时，他已经变成了投球手。

“别那么小气，”她接着挑逗他。“有一个是我的第一任丈夫，蒙蒂，全名叫做蒙哥马利·鲁日蒙。他像在休眠，我后来经历了这么多，才发现他就是那么回事。他很鄙视女人，只要女人比较强势，他就骂人家同性恋。结果，他自己才是同性恋。他跟我说干屁眼有好处，说这样有利于避孕。我没感到什么快感，反而拉屎的时候很痛。”

“关于我鸡巴的大小，达里尔……”

“别把达里尔扯进来，亲爱的。就我们俩不是很好吗？”

“很好，但是他……”

“专心干我们的事情。你要看我的阴道吗？你看过吗？”

“当然。”

“为什么说‘当然’？很多男人都没看过。正常的男人不敢看，跟怕看到美杜莎的头一样，害怕一看就变成石头。哦哦，你的身体开始柔和了，我猜想你还不想关心我的阴道。”

“你错了，我想。我会做好准备的。但是……”

“我知道，亲爱的，我知道。”

她接着什么话也不说，她那张可爱的嘴巴一直努力地吸着，她的舌头努力地舔着，直到他真的射了。她真的快噎住了。她把正在喷精液的鸡巴从嘴巴里拔出来，抓着它在她的脸颊和下巴上蹭，精液涂了她一整脸。射精的时候，他翻身坐起来，像触电一样，屁眼也有反应，他很想喊出来，但他不知道该叫她什么。他叫她鲁日蒙太太已经叫了很多年。天啊，她都那么老了，可是，他们还是在一起了。她满脸的精液反射着旅馆里昏暗的光线。这里跟东滩是连在一起的，可以听到海水的波浪有节奏地冲刷沙滩的声音。她把头靠在他的枕头上，好像是要让他舔她的脸。好吧，舔就舔吧，反正那些都是他自己的精液。泄完之后，他有一种莫名的伤感，希望一个人呆会儿，但要把苏吉她打发掉不容易。“叫我苏吉吧，”她说。她懂得他的心思。“我帮你吸过了。”

“是的，谢谢你。哇！”他的声音又像大男孩了。他继续亲吻她闪闪发光的脸，那东西不一会儿就干了。她有些头发散落在脸上，被精液粘住，现在也变硬了。

“我和你的那些男人比怎么样？”

“比他们好。”话虽如此，但他还是想念他们的舌头和手指头，那种劲道苏吉是没有的。

他不再亲了之后，她把脸往枕头上蹭，她明显是不想洗脸，同时用一只眼睛看着他。“你觉得纽约怎么样？我没在那里住过，你得教我。列尼喜欢住在郊区，我们后来进城的次数越来越少。你肯定知道很多特别好玩的地方，像艺术馆和外百老汇演出，还有西边的俱乐部。我还很喜欢跳舞。”

“都在变，今年好玩的，明年就不好玩了。”

她懂得他的心思，于是问：“你是不是觉得我太老跳不动？我还不到七十岁呢！你害怕带着我见到你那些同性恋朋友会尴尬吗？不会吧。他们能理解的。没有人永远年轻，每个艺术家也都需要赞助人。我想我们不会让人觉得不协调，我样子显年轻，每个人都这么说。像今天晚上，我不会问你是不是爱我，但你不也是很享受吗？”

“是的。非常谢谢你。”

“你不喜欢住在纽约吗？你帮我挑一套好一点、大一点的公寓。不要你以前跟一帮同性恋一起住的那种地下室。”

“好，”他说。“好极了。”

“下一次，”她说。“应该轮到我高潮。”她好像昏昏欲睡，但语气中充满自信。

跟乔做情人的那些年，亚历山德拉都没有进入过他的家里。他家位于东镇一个她很少经过的地方，那个地方人称波兰人聚居地，当然，那里也有葡萄牙人和意大利人，那里的房子很密集，房子也都不大，和海距离比较远，跟兹米萨克广场隔五六个街区，扬基人和夏天来度假的人还把那个广场叫做登陆广场，虽然东镇在三十年前已经通过投票表决，决定用一个本地的越战英雄来命名这个广场。那里有一幢很大的红砖天主教堂，正面很朴素，只有一道双开门和几根壁柱，顶上有一个绿色的铜十字架，十字架的下面是一排排沥青瓦屋顶。乔的家算是比较好，虽然门面比较窄，但后面有一个将近一公顷的院子，他跟意大利人一样喜欢种菜，左右两边各弄了一个菜园子，中间有一个石拱门，在拱门后面，他弄了一个果园，里面种着好几种果树，有苹果树、梨树、桃树和李树。亚历山德拉记得曾经有一次开车经过，当时她刚离婚，心情很失落，偷偷地往里面看了一眼，当时正是四月，那些果树都在开花，她很羡慕这个院子的繁荣景象以及背后潜在的家庭责任心。她到处可以看到乔的影子。房子的东面还有一个葡萄架，葡萄叶子十分茂密，早上的太阳会晒在葡萄架上，下午和傍晚，他们会在葡萄架下面放一张桌子和几只椅子，坐在那里肯定很凉爽。他用地中海人的性格来适应美国恶劣的自然条件。自从亚历山德拉开始让乔干她之后，她自己的院子也生机勃勃，特别是番茄和大黄的长势非常喜人。他不仅自己园艺手艺好，身上还自带风水，走到哪里，哪里的植物就长得好。

她把车停在路边，跟很多底特律产的老车停在一起，然后鼓足勇气，走上了乔亲手浇铸并经常走上走下的混凝土台阶。她感到心脏跳得很激烈，像飞蛾扑火似的。她最近真的瘦了很多，玛茜感到很惊恐，但是，头皮油光闪亮、最近瞎了一只眼睛的帕特森医生跟她说，她的身体没有问题，有问题的话，那也是属于自然规律的问题。这就是去看老迈医生的好处，对他而言，她的问题并不属于需要他介入的问题。最近，触电的感觉明显少了很多，十分神奇，但她的记忆越来越不好，她感觉好像从早上到晚上她都是在梦游，有时突然醒过来，发现自己不知道到了什么地方，会很惊讶。晚上，她真的想睡觉的时候，却会感到手指疼，有时腿上会抽筋，有时甚至会产生莫名其妙的恐惧，似乎她吃下去的东西都在问：你干吗呢？于是，她会在凌晨四点左右就起床，然后昏昏沉沉地过一整天。她有时候便秘，不便秘的时候就腹泻，她脖子后侧上方也疼，好像脑壳子在软化。她的双脚感觉像两团肿块，即使不穿鞋也是，所以，她走在地上感觉很模糊、迟钝。她也时不时地感到眩晕，眼睛有飞蚊症，耳朵有耳鸣。平时，她不是躺在床上，就是懒懒地坐在椅子上，她很讨厌生活干吗要有那么多重复动作，要不停地站起来去小便，还要一天吃三顿饭，还要接人家的电话，七十几年过去了，她开始憧憬美妙而永远的静止。此时，什么期望都是多余的，无欲无求的感觉才是她的勇气的来源，如果没有这样的感觉，她不可能有胆量按下吉娜·马里诺家大门的门铃。

那个寡妇打开门，站在纱门的背后，很警惕地看着她。那是一副敌对的面孔，一个阴森森的影子。“你要干什么？”

“吉娜，我是来找维罗妮卡的，她在家吗？”

“她一直在家。我叫她出去蹓蹓，她死活不肯。已经三十九了，还像一个孩子，整天躲在家里。麦克已经绝望了，他就呆在铜桶那里，不爱回来了。”

“铜桶已经不存在了吧，那个地方他们现在叫做运动吧。”

“爱叫什么叫什么，反正都一样，他每天都喝得不省人事。”铝纱门后面的那个头往旁边歪，手伸向纱门的把手。“你找维罗妮卡有事吗？”

“我有事情要问她。很快，但我不想在电话里问她，这是个人隐私问题。如果你不希望我在你家里问她，吉娜，你就让她来找我，我住在雷诺公寓，在海滩路的尽头。我会再呆一个星期。”

“她怎么去那里？车整天都被麦克占着。进来吧。我们都一大把年纪了。”她摸索着找到钩扣，然后纱门咯吱咯吱地打开了，没有男人，居然没人给它上油。“妮卡！”吉娜喊。她虽说是在喊，但并没有提高声调，她和她女儿可能一起在这房子里住了足够长的时间，所以她们之间的信号可以自如穿越家里的所有木头。

维罗妮卡真的听到了，从楼上传来了她的响应声，她的声音阴沉、腼腆。“什么事，妈妈？”

“有人找你。”吉娜看着亚历山德拉，点了一下头。“上去吧，”她说。

亚历山德拉拖着没有感觉的双脚走上铺着地毯的楼梯。楼梯很陡。进入这间房子和探索里面的秘密，比她想象的容易许多，感觉更像是这个地方在勾引她。对于房子里面的味道，她说不清是什么感觉，她感到有点闷，但很温暖，很像掀开沙发坐垫能闻到的气味，掀开沙发垫，还可能看到一些发夹和硬币，气息有点陈腐，但有很强的生活气息，有清洁剂的气味，也有烤蒜蓉面包的香味。乔曾经带着这种气息进入她自己的家里，这是一种温馨可靠的气息。她可以回想到冬季的某一天，孩子们都去上学，黑头山雀在喂鸟器里找食，果园路还积着前一天下的雪，挂在屋檐上的冰柱开始掉落，她刚刚泡了个澡，把皮肤洗得通红，等他来找她，他会把车停在房子后面，从遮阳走廊进来，进门就抖掉笨重的旧大衣，让它随便掉在她家的碎布编织地毯上，接着扔掉可爱的窄边方格羊毛帽子，然后，只围着蓝色浴袍的她就会飞快地投入他的怀抱，酸酸甜甜的男人气息马上就从他的旧羊毛衫、衬衫的领子和露出茂密腋毛的老式无袖汗衫扑进她的鼻子。

楼梯顶头有一个平台，连着一条贴着墙纸的通道，一头向着房子的正面，她猜那里应该是乔和吉娜睡觉的地方，另一头向着房子的后面，那里是没有孩子的维罗妮卡和麦克·奥布莱恩住的地方。她走出房间到通道来迎接客人，“斯波福德太太！”

“应该叫我法兰德太太，”亚历山德拉微笑着说。她也不知道，这个名字在东镇有多少意义。“你还是小姑娘的时候，人家确实叫我斯波福德太太，但那是老早以前的事了。我们在哪里可以说话？”

“就在这里吧，”那个年轻的女人说。她没有微笑，但也不算不友好。她比吉娜更高、更瘦一些，她遗传了乔的所谓罗马鼻，就是鹰钩鼻，眼睛下方有棕色影子，这些特征在女人的脸上不能算好看。和玛茜一样，她似乎小时候没有得到很多礼仪培养，所以，每一个举止都要先想想。她自己感到有些别扭，就把亚历山德拉带进小两口的起居室。起居室里面有两扇门关着，应该一扇是卧室的门，一扇是浴室的门。起居室里支着烫衣板，旁边有一个装衣服的篮子，可能是刚从旁边的烘干机里拿出来的。看到这一幕，亚历山德拉就像闻到了小时候熟悉的一种味道，十分温馨，那时候，她会看着她妈妈烫衣服，妈妈会用手指头碰一下熨斗的底试试，然后推着熨斗，嗞啦地烫平男人衬衫的领子，妈妈是在向她展示一种居家技能，这种技能会让家更加充满爱。

“这楼梯，”亚历山德拉说，“我这身体，差点爬不上。”维罗妮卡没有拿椅子让她坐下，即使有，亚历山德拉也会一直站着。这是她第一次进入乔的家里，第一次感到自己搅和了他的家庭安排。以前都是他去她家里，她不仅让他进入她家里，也让他进入她的身体。除了家和她，他剩下的生活内容就是生意。“我很快就要离开东镇，我想问你一个小问题，”她说。“一个个人小问题。”

维罗妮卡盯着她，她的眼睛跟她妈妈一样，是浑浊的，不像美国人，但眼珠子的颜色比她妈妈更浅。“问吧，”她说。

“你这个月来例假了吗?”

对面的女人没有说话，但她本来昏昏欲睡的眼睛睁得滚圆。“我的天啊，”她说。“你真的是女巫！我以为是人家随便说的呢!”

亚历山德拉脸红了，这是因为她很高兴，不知道有多少天，她第一次感到血液在身体里面流动。“我尝试了一段时间，”她承认。“我再婚以后就不用了。这么说，你确实没有来例假，对吗?”

“对。我跟谁都没说过，甚至跟麦克也没说过，跟妈妈也没说。我以为是自己胡思乱想的，也可能是偶然一次没来。我很害怕保不住。我这个年纪生孩子是不是太老了?”

“你还不到四十，”亚历山德拉对她说。“女人在这个年纪不算老。怎么会保不住呢？你想，在这个世界上，在人类历史上，有那么多女人生了孩子，不想生的也生了。自然希望我们生孩子，希望人类能不断繁衍。你抽烟或者喝酒吗?”

“没有，就是偶尔喝一杯葡萄酒，陪麦克喝。”

“别再喝了。麦克陪你吗？我想，要做爸爸，他总是要陪你的。”

维罗妮卡一下子没有反应过来，随后才慢慢明白她说什么，然后红着脸说：“哦，是的，他还是要我的，他有过几个女人，但现在只能我给他生孩子。”

“好吧,你不用多想。现在男人要当爸爸也有别的途径,但都跟你们没关系。你和他想要儿子还是女儿?”

“应是儿子吧,但不管儿子还是女儿,只要有,我们都很高兴。”

“我有两个儿子和两个女儿,”亚历山德拉说。她很少跟人家分享她的育儿经验。“十五岁前女儿比较好管,十五岁以后儿子比较方便。女孩越大越神秘,儿子都大大咧咧。我猜想你们会生儿子。有一种方法可以辨别性别,三个月以后,你把结婚戒指系到一段线上,让你丈夫提着,在你的肚子上晃荡一下,如果是转圈,就是女儿,如果是前后摆,那就是儿子。”

维罗妮卡笑了,笑声很响,她极少笑得这么响,所以她有些尴尬。她用一只手捂住嘴巴,那只手因为做家务活多,都红了,但随即把手拿开。“你为什么要帮我?”

“是自然帮了你。没有任何证明表明是我的功劳。我就许了一个愿,我向女神祈祷。”亚历山德拉稍微犹豫了一下。“是你妈妈让我帮你的。”

“我妈妈?什么时候?她说什么?”

“她没有明说。她只是提了一下。上个月我们在实得购超市门口刚好碰到。”

“可是,我不明白这是为什么?”

“是她为什么让我帮忙?还是我为什么答应帮忙?”

“都是。”

亚历山德拉又犹豫了一下。“我欠她的。她懂的。我知道她懂。我很替你感到高兴,终于有反应了。但功劳不是我的,是麦克的,是圣母马利亚的,我不知道她是不是你的女神。”维罗妮卡微微张着嘴巴,她的眼睫毛向上翘,但她还是不敢承认巫术在她身上起了反应。

“我该走了,”亚历山德拉说。“你妈妈肯定在怀疑我跟你有什么好说的。”

维罗妮卡突然觉得应该跟人家客气一下,或者该表示一下感激之情,但一时间不知道该说什么,有些慌乱,但也没有胡说。“你说你要离开东镇?”

白天一天天在缩短,地里的南瓜即将成熟。这时,月亮已经挂在天空。“劳动节前吧。我刚来的时候有两个伴,现在一个死了,另一个想在纽约找公寓。”

“所以你觉得很伤心,是吗?你刚才说身体怎么了?”

“不好,但这是生命的规律,自然规律,人总要经历生老病死。可能是我自己的幻想,和你的情况不一样。”

维罗妮卡又笑了起来,这次她控制得比较好。她的嘴唇闭上,脸上就露出很可爱的笑容,有些腼腆,但很自豪,有点沾沾自喜,但很讨人喜欢,当时乔干完亚历山德拉、穿上衣服,然后从她家里逃走,进入阳光灿烂、积雪已经融化的果园路的时候,也经常是这样的表情。维罗妮卡感觉应该和她的客人多说几句话。“你觉得怎么样?”她问。“这个夏天回到东镇来。”

“觉得……挺有收获,”亚历山德拉经过权衡之后说。“证明我不再属于这里。我记忆中的东西,在这里已经快找不到了。”

“我猜想,我们这些从来没有离开过的人,也有同样的感觉。其他地方不也一样吗?”

“对。可能是我们的问题,我们的眼光在变化。特定的地方,特定的时间,有特别的意义。我们大家都很念旧。”

维罗妮卡半转过身,像要接着烫衣服,也像着急要去迎接家里的新成员,她的身体正在孕育的一个新朋友。

亚历山德拉用坚定的声音说:“我知道我的时间到了。我知道你很想冲下去告诉你妈妈。可是我刚想起来,你们是在你爸爸去世的那年结婚的,对吧?”

“没错。一九九九年。”

“我和他认识,你知道吧?”

那个单纯的女人眨着眼睛说:“我知道。”

这个邪恶的老巫婆情不自禁地又提起乔，提起了他，她就有一种满足感，虽然阴阳两相隔，她还是能感受到他的力量，他曾经用这样的力量进入她的身体，她当时也很欢迎他进入，虽然每次都急吼吼，没来得及细细品味其中的价值，那是两个人黑暗而自然的另一面的亲密接触，是生育能力的汇聚，但她装了节育环，挡住了乔的种子。她重温跟乔在一起的感觉，是她帮那个女孩应得的回报。“我想，”她对维罗妮卡说，“如果乔多活一两年，如果他来得及给你和麦克祝福，你可能当时就能怀孕。他是个有福气的人。”她亲了一下那个准妈妈的脸颊，然后转身，拖着孱弱的双腿，走下陡峭的楼梯。

乔治安娜·杜·佩尔蒂埃张开圆滚滚但很有曲线美的双臂，似乎要抱住加勒比早晨舒爽清新的空气。她精致的嘴唇微微张开，像猫一样打了个哈欠，露出娇媚的舌头。她的嘴唇是粉红色的，但她肯定没有涂唇膏（十九世纪初有没有唇膏?），她的舌头也是粉红色的。她的唇角微微上扬，脸上出现了两个酒窝，她笑的时候都会有很迷人的酒窝，原本白皙但明显曝晒过太阳的脸颊出现了一丝红晕。

她的眼睛是天蓝色的，也有点像深海蓝色，特别是像珊瑚礁断裂掉落地方的颜色，她的双眼努力想对焦于当前现实的景象，但是，她伸出来的手不经意碰到了轻薄的蚊帐，她的每只手指都很纤细，指尖是锥形的，她的脑海里马上浮现出另一个景象，甚至她手指尖的感觉也完全不同：油腻腻、黑黝黝、充满男性的阳刚，那是她昨天夜里在睡梦中不断抚摸的身体。

苏吉考虑要这么写：“在特别兴奋的时候，她用涂着蜡、修剪得很漂亮的指甲深深掐入赫丘里宽阔而不断起伏的背部。”不过，她马上又自责，觉得好的言情小说不应该有露骨的性细节描写，否则就变成色情小说，会失去应有的目标读者群，就是那些爱幻想、有渴望的女人。太多细节会把女性读者吓跑。女人当然了解这些细节，但不喜欢明说。在苏吉的公寓的窗台上，有几只鸽子在咕咕咕地叫着，一边用嘴整理着羽毛，不断点着眼珠明亮的小头。它们交配的时候，会不断拍着翅膀，接着翅膀会一动不动地张着，如果靠近仔细观察，会有惊喜的发现，可以写成二十个故事。高楼下的街道就是汽车车身反光和尾气混杂在一起形成的河流，交通拥堵司空见惯，司机也喜欢按喇叭表示不满。这时已是九月，但在这个大城市里，人们还在熬着夏天的闷热。

热带鸟的鸣叫声从卧室的天窗穿进来，有一种不停跳上跳下的黄色小鸟(具体名字叫什么?)，声音比较柔和稳重，另一种成双成对的大嘴巴鸟，声音比较尖。外面奴隶用他们的方言唱着歌，很有节奏感，他们天刚亮就起来，此时正在棉花地里干活。家里的女奴在院子里晾刚洗好的衣服，一边嘀嘀咕咕地说着闲话，她们说的很可能是关于她们漂亮女主人的风流事。乔治安娜的丈夫叫皮埃尔·杜·佩尔蒂埃，是一个精明干练，也对人家不留情面的种植园主，在去牙买加的途中因翻船死在海里，此前，他曾经跟他的新娘子说，如果她不幸成为寡妇，她必须用刚硬的手腕，或者说是铁腕，来继续经营他们的种植园，不幸一语成谶。别看她貌似柔弱，她竟能管住两百个黑奴，家里的白人总管叫杰罗米·马罗尼，外号“黑人克星”，对她高明的手段也佩服得很，甚至不大敢相信这是真的。这个“黑人克星”有一头黑油油的头发，但极少梳理，他的嘴唇是猩红色的，时常挂着轻蔑的表情，他的眼睛是绿色的，总是盯着她看，好像随时准备占有她，让她的脊梁骨一阵阵地发凉。在她谨慎而有人性的管理下，种植园的收入不断增加。她禁用了皮鞭，曾经套住奴隶的脚踝总把他们磨得皮破血流的沉重铁镣，也被扔进了以前用来关奴隶禁闭而如今空置的小房间里面，让这些脚镣在那里生锈。奴隶们很高兴，也很努力工作。“黑人克星”马罗尼警告说，黑奴是没有被教化的，很可能会造反，如果他们真的造反，会让整个岛血流成河，跟圣多明各一样。她开玩笑地拿着她的折扇，敲着他满是麻点的鼻子，大声跟他说，在那一天到来之前，她的话就是法律。连眼睫毛很长、眼睛好像很有灵性的驴子以及从锡兰进口的印度牛也似乎都知道，在这个种植园，说了算的是一个女人，而且，它们似乎都很开心。

天花板镶花的卧室的漂白柚木双开门被轻轻推开，年轻的副总管赫丘里穿着很滑稽但很有魅力的蕨绿色制服，下身是一条到膝盖的紧身短裤，上身是高领但不翻领的外套，正面有两条白色镶带，背面是跟拔钉锤一样的尾巴，脖子上围着细麻领巾。在欧洲，家里面的仆人通常穿黑色的浅口鞋，长筒丝袜，露出乌木色的小腿和宽大的脚板。穿着优雅的赫丘里悄悄地（乔治安娜后来回忆的时候觉得当时没有听到任何脚步声）走过木地板，木地板有轻微的嘎吱声，地板的木头是珍贵的紫心木，来自巴西北部一年四季云雾缭绕的森林。其实，地板上的那一点声音，如果她不是侧耳倾听，是听不见的。赫丘里就这样悄悄地来到她的床边，把一张懒人床上餐桌放在她盖着一点被子的大腿上方，这时她感到大腿上有些刺疼，可能是需要起来尿尿了（删掉?），托盘里食物丰盛，像一幅鲜艳的荷兰静物画，色彩丰富的早餐。

言情小说虽然不允许有性细节，但允许并且鼓励对食物进行详细的细节描述，可惜的是，苏吉对美食不怎么在行。说实话，蒙蒂和列尼都认为自己是懂得享受生活的人，很希望他们的妻子是个好厨子，这样他们就不用到餐馆去花那些钱，而且，去餐馆很麻烦，他们要穿着正装，系着领带，在餐馆吃饭的时候，他们还要面对那些自以为是、心不在焉的服务员，吃完饭还要装大方给他们大把的小费。对于言情小说的读者，食物的细节描写是性细节描写的替代，这可难为苏吉了。她的舌尖从两片可爱的嘴唇中间伸出来，好像是要把舌头当成天线，去接收灵感的信号。

有倒在香槟高脚杯里的番石榴汁，切成薄片放在硬币大小的油炸玉米饼上的蜂鸟胸脯肉，刚上水切成片带皮用文火煮过的蝴蝶鱼肉。还有一只小盘子装着纵向切成条的香蕉，蘸着蜂蜜，颜色比原本更深一些，像涂过清漆的小提琴，吃的时候要用手指捏起来，然后每根手指都要吮吸干净，还有两个很小的羊角面包，奴隶们不叫羊角，都叫魔鬼的角，面包等会儿要撕开并涂上芒果黄油，颜色和飓风过后的夕阳一样。桌子上还有一只雕刻精致的银壶，壶身和柄上都刻着各种植物，壶是佩尔蒂埃家族从太阳王路易十四时代传下来的，赫丘里稳稳地拿起这只壶，往乔治安娜手里拿着的和鸡蛋壳一样薄的塞勒夫杯子里倒咖啡，咖啡里加了蔗糖碎屑，腻得很。咖啡很烫，喝了三小口之后，她才能睁开眼睛，看清楚眼前这个黑仆的伟岸、优美的身形。

昨天夜里，他抱着她，穿透了她的身体，甚至穿透了她的灵魂。然而，他弯下腰小心翼翼地给她续咖啡的时候，她觉得这个人很陌生。从他的脸上，丝毫看不到昨天夜里的激情，她把自己全都给了他，但他现在没有丝毫表情上的反应。她知道他在想什么吗？他是另一个种族的人，来自另一个大陆，那里和另一个星球没什么区别。但是，他们利用身体语言对爱的表达，可以跨越巨大的鸿沟。当他一阵阵地射精的时候，她的耻骨紧紧夹住他的生殖器（删?），但她心里还在使劲琢磨着：他会不会杀我？如果有一天早上奴隶真的造反，他可能会毫不犹豫地杀掉她，尽管前一天晚上他尽情享受了她的温柔，激烈地亲吻着她的手和舌头。在他的眼里，她白色的皮肤是不是表明她有一种可怕的病，因此他必须把她从地球上清除掉。就算他此刻毕恭毕敬地伺候着她，也可能蕴藏着杀人的动机。这个黑人在她白色的卧室里，跟金属插进了肌肉似的。

乔治安娜极力压住这些令人不安的想法。她挪动了小餐桌下面的双腿，碰到桌子，让桌子上面的瓷器和银器碰到一起，发出咔咔的声音。

赫丘里弯下腰拿走束缚着她身体的小桌子,一股强烈的男子气息冲击了她,所以,她鼓足勇气问:“我美丽的奴隶,你昨天夜里开心吗?”

她感觉他的身体突然绷紧,小餐桌上的东西突然震了一下。这时,鸟鸣声和听不清楚的女奴闲话声从天窗传进来,然后又都停了,好像看到天敌来了。赫丘里圆圆的头,头上的主动脉,以及支持这些动脉的颈部肌肉,都呈现在她的眼前。“太太,您说什么?”他说话的时候眼睛里充满了恐惧。他的瞳仁跟咖啡一样黑,他的眼白有点血丝,看起来是黄色的,那是他们热带人特有的颜色。她感受到了他们之间的巨大鸿沟,这条鸿沟看来是不可能逾越的。“总管先生,他在盯着。”

苏吉停止了键盘作业,以前叫做打字,现在他们给换了个名称;她有点茫然,有点怀疑。刚才一直盯着屏幕,几乎没有眨过眼,所以她的眼睛感觉像在烧似的。“你要多眨眼睛,”眼科医生是这样跟她说的。上东区的嘈杂声刚才已经幻化成了加勒比小岛的背景噪声,但此时又卷土重来,这些声音就是这座超级拥挤的大都市的声音垃圾。在编造那个可能发生黑奴造反的小岛以及带有情色味道的早餐时,她下意识地听到了这一楼层的电梯的门打开和关闭的声音。她等着克里斯托弗把钥匙插进门孔的咔嚓声以及蹑手蹑脚地走进前厅的脚步声。

“是我,”他像小孩子放学或者在外面玩好了回到家一样喊。他穿着新买的顶贵的新百伦运动鞋,静悄悄地走过起居室,来到小房间的门口停住。那个小房间原来是保姆房,现在变成了她的工作室,她的写作设备都放在里面。在苏吉想象中的圣玛格达莱娜岛上,此时正是早上,但在这里的现实中,这时候已经到了傍晚,摩天大楼的影子投射在街道上,笼罩着路上行色匆匆的人群,这些人就像白蚁从着火的房子里逃出来一样。此刻,新泽西的火已经熄灭了,血红的太阳挂在西边天空的尽头,到了曼哈顿变换节奏的时刻,这里的人们要开始思考到哪家餐馆去吃饭,还是要回去面对自家的厨房和储存食物已然不多的冰箱。不过，站在门口的克里斯托弗容光焕发，好像是早晨刚起床，也好像是来自另一个世界的信使，给她带来了好消息，就像给住在山洞里的抹大拉或者孤独的处女圣母马利亚送来令人振奋的消息一样。不要害怕，克里斯托弗好像在说。轻松一下。

“怎么样？”他问。他倚靠在门框的一侧。他比以前瘦了一些，回到城里，再也没有格雷塔·内夫给他做德国饭，而且，他还养成了锻炼身体的习惯。更值得一提的是，一方面是为了抵制过度依赖餐馆，另一方面是苏吉不愿意做饭，所以，他承担了买菜做饭的责任，他烧得比较多的是鱼、糙米和蔬菜，都是有利于瘦身的。他也承担了几乎所有的家务活，当苏吉正专心写作的时候，他会让洗衣机和真空吸尘器转起来，轰隆隆地响。在一定意义上，她可说是“娶”了一个“老婆”。

“还好，”她回答。“我一开始觉得是垃圾，写进去之后，我倒觉得挺有意思。也许能说明一个真理。你一下午都干什么去了？”

“哦……你知道，我去见麦克斯，他通过一些渠道在帮我联系，有几个系列喜剧。然后到健身馆去了一小时，之后沿着河走到96号码头，路上见到几个以前认识的人，跟他们在路边坐着聊了一会儿。他们说皇后区会建摩天大楼，在花旗的绿色大楼旁边。我们都觉得还是更喜欢以前的皇后区，虽然比较粗俗，比较脏，但是真正的工人阶级住得起，不像曼哈顿住的都是有钱的外国人，感觉很不真实。”

他是不是说太多话了？他肯定在隐瞒什么。以前问他同样的问题，他就会说：“哦……没什么特别的。”她要是问他去了哪里，他就说：“出去了。”有时候，他会加一句：“去透透气。”他甚至会反问：“不懂得你怎么受得了，整天呆在这里。”

麦克斯是他的经纪人，他指望通过麦克斯找到能演的角色。克里斯托弗的年纪比较尴尬，要演爸爸或者资深生意人，他的样子太年轻，但要演谈情说爱的角色，像他在二十五年前那样，现在的他又太老、太胖。苏吉看过他以前演的一些片段，就问他在演亲吻戏的时候有什么感觉，他回答说他没什么感觉，大多数性爱都是在演戏，不当真的。这让她浮想联翩。她总是认为自己对性生活很有激情，对漂亮的鸡巴尤为痴迷，她做爱的时候不是在演戏，而是能够完全投入，最早是在男朋友临时借的老爷轿车里面，有时也在家里的沙发、地毯和床上偷偷摸摸地干，然后，等到她到了足够的年纪，她就公开到旅馆或者度假别墅去开房间。其实，即使是最开放、最健康的女人也不能随心所欲。性是一种艺术，可能类似于最古老的艺术，像洞穴壁画，用赭石颜料在渗水的石壁上画的野牛、毛茸茸的麋鹿和细长腿的羚羊，这些动物都被人用燧石枪尖戳伤，这是猎人在祈求能真的捕获猎物，而这些洞穴壁画虽然在画册里能看到，但很难在实地看到，绘画的人要历尽千辛万苦穿过曲折狭窄的小道，途中可能滑倒，可能摔伤，最终才能找到无人知晓的秘密洞穴，然后创作那些有实质意义的图画。性爱和性高潮也差不多。苏吉回想起以前那么多年的曲折和耻辱，她感觉，如果性爱是演戏，那么，观众是谁？显而易见，她自己就是观众，她自己又是舞台，也是演员。对于她和克里斯托弗的性关系，她并不总是发起人，不管怎么说，他们俩都心照不宣，他们的性爱就是在演戏，有时会加上换装或者用增加喜剧色彩的道具，可能违背他们各自的本性，但就是因为有些变态感，有些罪过感，有些机械感，他们才从中获得了力量，替代年轻人肆意荡漾的激情，在一定程度上，心照不宣也很让人兴奋。

机器不时需要调整，也可以说需要呵护，同居也需要一定的技巧，他要避免让她觉得自己老了，她不能提到他没钱，不能说他在吃她的软饭。他们俩都很善于做表面工作，他们的关系保持得相当和谐。和其他嫉妒心和占有欲强烈的双性恋者不同，他不会欺负她，不会伤害她。他们经常一起去听音乐会，一起去看话剧演出，一起去看电影，一起去参观博物馆，跟小孩子好奇一样，他们对所谓的文化很关心。他们还喜欢一起上街去购物，一起追逐时尚潮流，事实上，他是纽约大都会棒球队的球迷，作为她自己，刚进城一个月，她也发现自己很喜欢在九月份阳光灿烂的日子跟一大帮人坐在体育场里面，跟着他们大呼小叫。过了那么多年的郊区生活，她发现自己竟然很喜欢坐地铁，因为地铁可以顺畅地前进，地铁票价不贵，在地铁里面，各种种族的人都混杂在一起。她后悔来得太晚，现在的地铁票是纸质的，从前是金属的，可以留做纪念。

不过，尽管他们在一起很开心，很轻松，相互很宽容，没有太苛刻的要求，但是，苏吉还是觉得，这样像演戏的共同生活有邪恶的一面，如果邪恶分冰与火，那么在她的心目中，他们的邪恶属于冰。他们的公寓楼是用冰块垒起来的，她和克里斯托弗·格兰特是其中的一块，其他的人不是骗子就是外国人。几年前她热衷于巫术时期的激情，已经被冻死了，像夭折的胎儿。他们也都是僵尸，楼里仿佛可以闻到臭鸡蛋的味道。苏吉已经接受了不完美的现实，对于她的浪漫情怀而言，这其实是一种罪过。他们的“小岛”会遭到报应，不是黑奴造反就是发生火灾，但目前报应还没有到，乔治安娜和赫丘里总有一天会遇到的。他们会相互拥抱着走向永生，这就是她要写的书。

万圣节前后

老亲爱的：

我一直写得很难受。我知道你会说什么，但我买了一台新电脑，所以我把新小说存在一个盘里面，到时候一次性地交掉，现在抠门的出版商都希望这样。我的电脑是手提电脑，我和克里斯去旅行的时候，我都可以随身带着，微软公司又加了一些新鲜的玩意儿，我不用专门带鼠标，电脑自带鼠标，在键盘中间有一个很神奇的金属片，比火柴盒大一些，比香烟盒小一些。说到香烟，我还是很想抽烟，特别是在聚会的时候，在写作的时候，虽然医生早就发现我有肺气肿，让我在戒烟和死亡之间做选择。你手指一碰这一块金属片，屏幕上就出现一个箭头，然后你滑动手指，可以拉动这个箭头，用这个方法很容易改变版面，比如变成三栏，或者变成乱七八糟的颜色，有时候也不知道怎么变回来。有时候，我真的想把这狗屁电脑给砸了，我太老了，接受不了这些新科技，甚至汽车也用了很多新科技，简直受不了。我卖了那辆宝马车，换成一辆更小、更环保的丰田混合动力车，所以我开车去城里任何地方都不害怕车被人家偷掉，谁会偷一辆混合动力车？新车的仪表盘跟隐形轰炸机一样，都是小图片和代码，我不知道需要我怎么弄，我甚至不懂得怎么换收音机电台，每次想换台，都会换到一个胡说八道的体育脱口秀，一些乱七八糟的听众打电话进来，冲主持人大喊大叫，主持人反过来也对他们大喊大叫。这个城市到处都是电线，到处都是静电。说到电，谁稀罕呢？克里斯说电是大而无当的概念，严格地讲，世界上并没有电，只有电子，电是一个很笼统的说法。世界上有些粒子带电，有些不带电。而且，纽约比斯坦福德更嘈杂，诱惑更多，我想，正因为这样，年轻人才都蜂拥而至，尽管到了这里，很多人要住在桥洞下面的包装箱里面。克里斯总是让我跟他一起去参加这个那个毫无意义的活动，一些所谓的行为艺术，比如有一个女人一会儿割自己的手臂，一会儿摸自己的屄。以前，蒙蒂和列尼隔一段时间会让我自由一下，我就可以做白日梦，而且，他们自己也有工作。我这样怀念死掉的丈夫，你是不是觉得很奇怪？我觉得他俩的工作都是操蛋，就是兜售人们根本用不着的东西，这可能就是资本主义的本质吧。除此之外，资本主义就是要用光世界上不可再生的自然资源，然后让非洲人挨饿。

现在，大都会棒球队已经没有比赛了，克里斯是狂热的棒球迷，我没想到。秋天到了，陶斯的天气肯定好极了，你的身体应该会逐渐好起来。你要多吃点，亲爱的。我们在公寓分手的时候，你真的很瘦，我从来没有看过你那么消瘦。（抱歉，跟你说了这么多小事情，我得赶紧跟你说，银行真是他妈的混蛋，一直等到天花板重新油漆好，才把剩下的押金还给我们，我从来没有发现天花板上有烟熏的痕迹，本来就有点发黄了。)

你的身体有问题,我们大家都有。另外,女人年纪大了,膀胱也喜怒无常。有时候觉得很胀,但一滴尿也出不来,有时候笑一下或者打一下喷嚏,裤底就全湿了。电视里都在讲,你有没有看新闻节目?现在和从前不一样,人家现在都不看电视了。我的皮肤对阳光过敏,我的肺里面太光滑,我的牙龈已经萎缩到了牙周。我觉得,你的问题就是心情压抑。可能是因为简的死,她就是一片药,苦药片,但我们都得吞下去,也可能是因为你是我们三个人中年纪最大的,你一直是我们的领袖,是我们的大姐大,按理应该比我们更聪明,实际上,你的本事确实比我们更大,虽然简会飞,能像松鼠一样。我觉得,女神给予简的答复,让你觉得我们所谓的巫术都是鬼话。好吧,也许吧。我现在就住在全国鬼话批发总部,我已经麻木了。我是过一天算一天。抬头看的话,通过那些新建的大楼中间的缝隙(这些都是他妈的垃圾箱!),还可以看到一小条蓝色的天空。在这样的环境里面,我觉得应该还有存在的理由,虽然不是很多。我想说的是,存在万岁!

我慢慢从克里斯的嘴里套出来他是怎么让我们触电的,我说我们,就是也包括我在内,我猜他是想留我到最后一个。他利用了达里尔的实验结果和他留下的一些设备。量子理论不是真的什么理论,就是对一些无法理解却反复发生的现象的无奈描述,如果你把一个颗粒切开成两个小颗粒,例如光子,一个小颗粒会顺时针旋转,另一个会逆时针旋转,即使两个颗粒已经离得很远,但仍然是一个按顺时针方向转,另一个按逆时针方向转,它们之间又不存在任何“交流”,这就是所谓的“开系统合作”,是颗粒领域里面最神秘的东西之一,颗粒不仅是颗粒,它们同时也是波。一个光子同时穿过两个孔,会跟自己产生干涉。电子还会和自己的反物质正电子在空间中同时出现,尽管仅仅存在十亿分之一乃至万亿分之一秒。我不骗你。科学家认为宇宙的开端就是有些反物质忘了抵消掉物质，或者有些虚拟颗粒变成了非虚拟物质。达里尔还想着当发明家，想着赚大钱去到处旅游和挥霍的时候，他想把这个特别的发现卖给美国军方，但是这种方法一次只能杀一个人，而且进展很慢，开系统合作原则和电子必须同时存在。我们以前的巫术也依赖于心灵感应。巫术只能用于周围的人，像村里认识的人。要让电子隔空传递，受害者必须很靠近，至少要住在同一个小镇里面。即使是闪电也只能蹦一两英里远。而且，那个人还要留下电子。你穿过房间然后去碰门把手的时候会有触电感，是因为你的鞋子和地毯摩擦，已经从地毯上获得了电子，然后多余的电子被门把手上的质子吸引。你感到身上带电，那是因为电子正从身上流出。还记得以前屁股上总是粘着纸条吗？是不是很生气？你在黑暗中梳头的时候，有没有出现过火花？道理是一样的，都是多余的电子在寻求平衡，从而产生静电。

我知道，探到这些口风很不容易，我最近得知，我们在雷诺别墅那边打网球和泡澡的时候，我们有时太累，或者太放松，或者心里有愧，赶着回家去照顾那些被我们遗忘的孩子，我们有些衣服放在那里没有带走，达里尔居然都保存着，以前就觉得他很好玩，但没想到他这么可怕。包括网球服、汗带、发带、梳子、内裤，甚至还有胸罩，我想是丢在更衣室里或者澡盆边的，他把我们的这些东西和别人的东西一起留着，他就想利用这些东西控制我们的灵魂，后来，克里斯托弗发现了这些东西，知道是谁的，然后，格雷塔·内夫跟他说我们终于回东镇了，他在爸爸妈妈和姐姐都去世后无依无靠的时候，她曾经对他很好，我想她的好跟我们不一样。所以，他拿着达里尔留在实验室里面的电子枪，这种东西很便宜，一美元可以买一大把，每台电视都有，就是电视机显像管的一个发射电子的装置，一般是由一根金属钨丝做电子枪的阴极（也有用碳纳米棒做的），给金属钨丝加热，再给金属钨丝加上一个负电压，那样，金属钨丝里面的电子就会被电场拉出来，进而对电子进行加速，可以利用这些高速的电子轰击屏幕，还原图像。这些都是我查的，我不像有些作家那么懒，他们查东西都要靠仆人。他用电子枪先吹简的内衣，然后再吹你的，让你们的内衣有大量电子，这样就能形成开系统合作，你们的身体会产生越来越多多余的电子，不仅会让你们感到触电，还会搅乱你们的内循环，让你们精神低落。很残忍。姐姐的死，真的让克里斯受不了。他的方法也不是很准，整个量子理论都不是很可靠，说的都只是可能性，没有准确的测量，一切都是假想。所以，别担心，老亲爱的。克里斯托弗信誓旦旦地说过，达里尔的电子枪已经坏了，爆了简的腹部主动脉瘤后就不能再用了，他不知道怎么修理，自己也没钱去请人家修。在我们两个人之间，钱是很敏感的话题，不提了，跟你没关系。

我刚才说纽约有各种问题，其实，我们回头看的话，东镇也有不好的一面。汤姆·戈顿给我寄来一些那个影印报纸的剪报（那个影印报纸跟《东镇闲话》不能比），说尼莫餐馆终于卖掉了，但是唐恩都乐承诺在重新装修的时候会保留一些历史特征。一神教会的反伊拉克战争集会推迟到劳动节以后才举行，最后也草草了事，不像以前反越战一样群情激愤，人们更关心的是经济问题。我要跟你说的是，有一天晚上，我和克里斯托弗出去逛街，我知道，我最后十天左右把你一个人丢下了，但我是想救你的命，我是在勾引一个对男女性爱没有太多兴趣而且杀心很重的男人，逛得差不多以后，他说他必须回格雷塔·内夫那里，格雷塔知道他跟我在一起以后非常生气，当时她就一个人住黑木洛克弄堂和瓦恩街中间的那个小区，然后，我回码头街的停车场开我的宝马车，经过一段路的时候，我觉得眼前一团漆黑，像踩进了一个深不见底的水坑一样，我不知道怎么形容，那个地方快到一神会教堂，一神会教堂以前属于公理会，再以前是清教徒的会堂，那时候里面什么都没有，只有一些煤炭烧着暖脚，避免人们在长达三个小时的集会中冻死。我发现周围一盏街灯都没有，附近虽然有房子，但那个人家也没有开灯，那个房子的主人我不认识，你也知道，东镇有很多房子的主人都是我们不认识的，尽管我们自以为谁都认识，我当时感觉似乎回到了很早很早以前，回到了到处是森林、人们因为害怕印第安人所以太阳一下山就关门睡觉的时候。突然间，我什么都看不见，只能看见树的轮廓，高大的可能是柏树，天空微微泛白，但一颗星星都没有，也没有月亮，我彻底迷失了方向，虽然我知道距离小超市只有几个街区，那边人行道上就很明亮，我还能听到电动帆船进港和不上学的孩子在本杰瑞店里闹，那里原来是一家理发店。我也可以听到车辆开过去，但我感觉自己好孤单，好像一个人进了沙漠一样，也像一个孩子被锁到更衣室里面，我记得我野蛮人似的父母经常威胁要这么干，但实际上从来没有干过。我感觉这个大陆的文明十分脆弱，这样的黑暗随时可能再次笼罩住我。

克里斯特别爱去珍妮和他父母的墓地，在卡昆斯卡索克公墓的一个新片区，在白天，你可以看到他们的大理石墓碑都旧了，长满了霉斑和地衣，所以姓名和日期都看不大清楚。但那里更多的是新坟，墓碑的角很尖，里面装着我以前在东镇认识的很多人，他们都埋在地下，估计都烂光了，但他们的样子在我的脑子里还很清晰，我可以记得每个人的眼神、笑声，还有他们说的话，他们的表情都栩栩如生，好像我的大脑也是一个公墓，一个飘荡的公墓，我脑子里有很多火花，随时会像萤火虫一样飞出来，跟你在坟地看到小菊花的零散花瓣被风吹起来一样。这个事情也挺可怕，大白天想到了也会感到恐怖。

但是，我们不用害怕，你和我都不用害怕。我们都还活着，克里斯跟我们一样，也觉得活着挺好。我在给你写这些话的时候，他就在公寓里面，进进出出。我问过他几个技术术语，这些你可能不会太在意。他跟我说，我们之所以能看到东西，是因为每个原子核都裹着一层电子，这些电子让光子跳到我们眼睛里面，他还说，电子总是在找空隙钻进去，跟爱一样，我以前说到，你们就笑我。他说让我向你问好，让我告诉你，如果你一直都不舒服，他会很内疚。他十分厌恶产生真实效果的巫术。

深深爱着你的

苏吉

“苏吉”两字是用红色钢笔写的，写得很潦草，跟不习惯使用钢笔的二十一世纪新人类写的一样。在下面，她还写了一个区号是212的电话号码，以及纽约东区的地址。亚历山德拉粗粗浏览了打印得密密麻麻的两张纸，然后放在玻璃桌面上，玻璃桌面正好反射窗外黄褐色的草原，西部干燥的大草原颜色变化不多，但她一直很喜欢，跟她宽敞的起居室里的各种摆设一样，像纳瓦霍人、祖尼人和普韦布洛人的陶罐，还有吉姆·法兰德做的不那么厚重、花纹没那么多宗教色彩的陶罐，这些陶罐都表明他的手在转动陶轮时是多么的灵巧。在晒不到太阳一面的土坯墙上钉着大大小小的纳瓦霍人地毯。皮椅子、布沙发都和外面的牧场颜色一样，当然，有些已经褪了色。

亚历山德拉最近又有怅然若失的感觉，她感到少了东部郁郁葱葱的树林，当然，最重要的是，每天早上当公鸡打鸣的时候，她的感觉尤其明显，那就是吉姆不在了。她曾经想过，他的去世会随着时间的推移而淡化，像伤口会自然愈合、老树会发新芽一样。可是，她还是十分想念木讷而有男子汉气概的他，在孤独和寂寞中，她的思绪经常浮想联翩。

其实，她有很多活要干。他开的店在天气很热的几个月里一直关着，现在得重新开张了，因此她要重新备货。她要回到陶轮前面，去做更有她自己个性的法兰德陶罐。她也可以继续做她的小波波，现在她已经不用和丈夫争炉子了。在她离开的几个月里面，积压了不少订单，她只是让清洁女工玛利亚·格蕾伍尔夫临时看下房子，把貌似重要的单子和信件转寄给她。玛利亚是个本地人，她根据本人对重要性的判断而转寄的信件，有许多马道鲁艺术馆顾问委员会的开会通知；有一些纳税通知单，她至今还没有去付掉这些应纳税；有一封来自华德·林克拉特的信，在信里面，他诉说了他的寂寞孤独之苦，说等她一回来，一定要邀请她一起吃晚饭，在信的末尾还附加了一句话，说他们俩都已经不年轻了，但没有具体说明想干什么；还有一封来自圣达菲一家艺术馆馆长的信，他想跟她谈举办吉姆·法兰德"新本土"陶瓷艺术回顾展的相关事宜，她不喜欢"新本土"的提法，但也许这个跟所谓的"后现代"没什么区别吧。她当时回复说，吉姆能得到如此尊重，她十分高兴。

她终于又可以开自己的车，她很开心，尽管这辆福特皮卡以前用得够狠，变速箱可能需要大修。她也很高兴再次看到周围有那么多红底黄字的车牌，上面写着"迷人之地"①，而罗得岛的车牌是白底蓝字，写着"海洋之州"。她的电话机又开始活过来了，她接到了很多陶斯艺术家的邀请，这些人聚在一起，总是不停地发牢骚，拼命喝酒。亚历山德拉最近自我感觉好了许多，她以前觉得可能身体里面有肿瘤，因为她经常恶心呕吐，现在这个症状减轻了，自从吃了第一口热酱干饼和第一顿墨西哥饭，有玉米饼、黑大豆和米饭，她的胃口感觉又回来了。她的双脚似乎没那么麻木了，尽管在不平的路上走还是会绊脚，从沙发上站起来还有些困难。她毕竟已经是年纪那么大的老太太了，这些都不是大问题，也不能回避，什么时候死掉都很正常，那个强烈要求和她一起吃完饭的华德·林克拉特也差不多。但是，回到了西部，她就没有感到自己有那么老，她感觉自己像高山顶上的雷雨云，山有多高，它就有多高，简直豪气冲天。她的拉布拉多狗"灰灰"在狗舍里呆了两个月，很幸运还活着，现在，一个有关节炎、双脚酸软的老太太和她的猎犬又经常在黄褐色的高原上行走了。

你可能会说，这些邪恶的女人怎么能这样逍遥自在？她们原谅了自己

① 美国新墨西哥州别称。

不可原谅的罪过，她们摆脱了自己的负罪感，跟年轻的时候脱掉所有衣服一样随心所欲。一个人还能用肮脏的手继续用泥土做公仔，一个还能写信给自己的邪恶伙伴，另一个最后骂了一句脏话之后就去了另一个空间。上帝的账是算得很准的，他知道哪些人欠了多少就该让他死，而且最后的账是不能改的，不能重来，不能回去，也不能减记。遗忘是最好的结局，这样就终结了所有的欲望和恐惧，以及让人煎熬的焦虑。上天让这些任性的人再次逃脱了责罚。

生活终于恢复正常的亚历山德拉既忙碌又幸福，把苏吉的信放了几个月都没有回。圣诞节期间阳光灿烂，又很凉爽，儿子、女儿和外孙、外孙女都来了，玛茜、本、琳达都来了，甚至埃里克也来了。他们是轮流来的，是玛茜通过电子邮件用大姐大的威严把所有人都喊来的。亚历山德拉其实不喜欢有这么多世俗的关注，可能是因为她自己觉得跟末日又更靠近了，但他们说一定要来。她没有圣诞树，所以在窗台上的微型仙人掌上挂了很多泥偶，拼凑了一个基督诞生图，作为儿童乐园。这个乐园果真吸引了年纪比较小的孩子，但他们总是被仙人掌刺到手指。琳达最小的孩子杰西拿起躺在马厩里的小耶稣，然后不小心掉了，摔到地上碎了。这个可爱的小朋友吓得嚎啕大哭，他可能知道自己亵渎了神灵，亚历山德拉用长期雕刻小波波变得灵巧的双手，把那些碎片用胶水都粘了回去，变成原来的样子，小可爱才不再哭。“比新的还好看，”她安慰那个睁大着眼睛的小宝贝说。

后来，过了新年，她觉得必须回苏吉的信，再不回就说不过去了。写回信挺开心的，那是寡妇和寡妇之间的相互关心、相互敞开心扉的机会。写信的时候，她似乎可以看到那个朋友俏皮而贪婪的表情，似乎可以看到她脸上的雀斑减少了，她肥硕的上嘴唇在告诉人们她很容易受伤。

一月份，有一天天空阴沉沉，前一天夜里下了雪，窗外的夹竹桃和梨树上还留着一些雪粉，东边绵延起伏的桑格雷德克里斯托山脉清晰可见。她一冲动就拨了苏吉用钢笔在那封信里写的电话号码,那边的电话响了好一会儿,她原以为会听到自动语音应答,可是,苏吉的声音猛一下响起了。“你好。”亚历山德拉一听到那么纯洁、空洞的声音,就知道克里斯托弗已经离开她,又回到达里尔·范霍恩遗留给他的另一半世界里去了。“亚历?”虽然她只是刺探性地问,但已经足以体现她作为女巫的直觉。

“是我,”亚历山德拉说。她很高兴。“今年我们一起去哪里?”

女巫、寡妇及其他
——代译后记

《东镇女巫》和《东镇寡妇》这两部小说，可以合称“东镇故事”，是厄普代克的一个小系列，《女巫》出版于 1984 年，《寡妇》出版于 2008 年，是厄普代克的最后一部长篇小说。两个故事中间隔了 24 年。厄普代克喜欢写这样的系列小说，例如“兔子四部曲”和“贝克三部曲”，每一部之间都间隔很长的时间。

《女巫》出版之后，先后被改编成电影(1987)、音乐剧(2000)和电视连续剧(2009)。不过，作为读者、观众和译者，我觉得最值得推荐的，是这个故事的原始文字版本。

影视作品侧重于故事的魔幻色彩，三位女主人公都有不同的超能力，会呼风唤雨，也会作法作弄人甚至害死人，小说的男主人公在影视作品里面也具有很强的魔幻色彩，他是邪恶的象征，最终被三个女巫用她们的巫术制服。故事的魔幻性，在一定意义上，是影视作品的最大卖点。

另一个卖点是女性题材。三个女主人公都属于新女性，也可以说是觉醒的女性，摆脱了婚姻的桎梏，却又离不开男人，而邪恶的男主人公却利用了她们的渴望，将三个漂亮女人都勾引到自己的身边。

遗憾的是,《东镇女巫》电视连续剧并没有取得很大的成功,而是半途而废。

小说版的东镇故事则丰满得多,在体现上述两个题材的同时,充分体现了厄普代克的细腻观察和智慧,故事充满优美的细节,也不时出现作者的俏皮和讽刺。这两个方面都对翻译构成很大的挑战,希望读者能够放飞自己的想象,深入领会作者的用心。

故事发生地"东镇"位于风景如画的美国东北部老殖民地,也就是"新英格兰",是欧洲人登陆美洲新大陆的最早落脚点,有很多种植园,充满历史感和神秘感。厄普代克在那里创造了一个类似于莫言的山东高密的东北部城镇,他对这个地方描写得十分细致,包括街道分布和城镇的构成,乃至走在每一条路上的感觉,都有很细致的描述,让读者有亲临其境的感觉。这些尤让译者战战兢兢,如履薄冰,害怕不能实现原作者吸引读者的意图(这几乎是肯定的),但我还是很喜欢他赋予这个虚构城镇的细腻的现实感。

当然,对于真正的现实,他的描写也毫不含糊。在《寡妇》中,三个老寡妇先后去了加拿大落基山、埃及和中国,对这些地方的描写,包括景色和人文,都令人不得不佩服。如果他去过那些地方,那么他的观察和记忆力是超强的,如果他没去过,那么他的想象力是神奇的。

厄普代克先生对各种现象的细致描绘令人赞叹。魔法或者巫术是虚构的,作者可以自由地发挥,但巫术在欧洲(老大陆)有很长的历史,甚至在美国也可以追溯到殖民地时期,马萨诸塞州塞勒姆镇的女巫审判,很多人还记忆犹新。作者的灵感显然来自这个传统,很多细节应该都有历史依据。后来,在《寡妇》中,作者又想推翻巫术的合理性,也就是要证明巫术是不存在的,为此,他用很大的篇幅描写科学。科学是巫术的对立面,科学如果成立,则巫术不成立。所以,厄普代克很具体地交代了报复女巫的克里斯所做的科学实验和科学的报复手段。克里斯相信他的姐姐珍妮是被三个女巫用巫术害死的,所以他跟那个邪恶的达里尔学了科学知识,那不是一般的科学知识，而是深奥的量子物理学，利用游离电子，造成三个女巫之一简“触电”，诱发癌症发作。对于其中的科学道理，厄普代克做了详细的阐释，但译者是外行，无法证实书中所言的那个科学道理是否正确，只能尽量跟上他老人家的节奏。

当然，小说不是科普作品，科学描述和其他细节都是表面的，故事中必然还有众多的侧面。反正，作者的智慧是无穷的。至少，让人惊叹不已的是，在1984年创作《女巫》的时候，他居然埋下了伏笔，为以后用科学对抗巫术做了准备。同时，读者也能享受他的俏皮，感受到他对社会的关切，以及他对美好生活的向往。

厄普代克的幽默可以说是一道大餐的佐料，比如他取的一些名字，主要是商店的名字，像“啰嗦狐狸”和“饥饿绵羊”；比如他设计了一些女主人公用巫术作弄人的伎俩，包括让一个老太太突然间断了珍珠项链，让一个恶狠狠的女人口吐图钉和羽毛，这些细节都令人忍俊不禁。此外，他对每一个人物的描写，都透着俏皮，希望读者都能感受到。

《女巫》有较多的时代特征，或曰有较强的政治感。首先是女权运动，如前面提到，三个女巫都摆脱了婚姻的桎梏，因为自我觉醒，才获得了超能力。相对比较明显的是，厄普代克用更多的篇幅描写她们捕获男人的细节，乃至在《寡妇》中，这三个人都七老八十了，还不忘勾搭男人，居然也有成功的。因此，小说中有性描写，但这些描写虽大胆而不淫秽，不会让人感到不舒服。通过这样的描写，厄普代克让女性的主观能动性表现得淋漓尽致。另一个政治议题是反越战。这是当时那个年代的主流思想，厄普代克自然没有置之度外。

相比《女巫》，《寡妇》没有那么多社会政治议题，更像是一个老人在回顾一生的坎坷和收获，内容和语言都更为平和。好像是倦鸟知还，厄普代克更向往自然，尤其是空气更好、阳光更灿烂的西部，好像有些厌烦了腻乎乎的新英格兰，虽然那里有更多的文化，有更多的神秘色彩。

以上种种,都是在影视作品里感受不到的。读着小说,总是有到那个地方去看看的冲动,去探访每一条路、每一个角落,去见见那一张张面孔,去体验每一个生活的细节。希望拙译能让读者产生类似的冲动。至少,小说催发的想象,肯定是有的。

ISBN 978-7-5327-7498-2

9 787532 774982 >